JOAN WENG

NOBLE GESELLSCHAFT

atb aufbau taschenbuch

JOAN WENG, geboren 1984, studierte Germanistik und Geschichte und promoviert über die Literatur der Weimarer Republik. Für ihre Texte wurde sie mehrfach mit Literaturpreisen und Stipendien ausgezeichnet. Seit 2013 leitet sie die Redaktion von www.zweiundvierziger.de, dem Blog der 42er Autoren. Nach *Feine Leute* ist *Noble Gesellschaft* ihr zweiter Roman mit dem Stummfilmstar Carl von Bäumer. Sie lebt mit ihrer Familie in der Nähe von Tübingen.

Carl von Bäumer, schönster Mann der UFA, erfährt bei einem Galadinner vom Verschwinden des Dienstmädchens Lotti. Am nächsten Tag ist sein Gesprächspartner tot. Kommissar Paul Genzer übernimmt die Ermittlungen, die ihn tief in das Berlin der Goldenen Zwanziger führen. Er recherchiert in der noblen Gesellschaft, begegnet aber auch Tippfräuleins und Leierkastenmännern. Dann wird bekannt, dass vor Jahren ein Mädchen verschwunden ist, das Lotti zum Verwechseln ähnlich sah. Und plötzlich gibt es weitere Tote. Der Kommissar ist Teil eines Verwirrspiels, aus dem er sich nur mit Carls Hilfe befreien kann. Und der übernimmt kurzerhand selbst die Ermittlungen.

JOAN WENG

NOBLE GESELLSCHAFT

KRIMINALROMAN

atb aufbau taschenbuch

MIX
Papier aus verantwortungsvollen Quellen
FSC® C083411

ISBN 978-3-7466-3276-6

Aufbau Taschenbuch ist eine Marke
der Aufbau Verlag GmbH & Co. KG

1. Auflage 2017

Umschlaggestaltung www.buerosued.de, München
unter Verwendung eines Bildes von © gettyimages / Potter
Gesetzt in der Sabon durch Greiner & Reichel, Köln
Druck und Binden CPI books GmbH, Leck, Germany
Printed in Germany

www.aufbau-verlag.de

Für das Janaundjochenbaby
und für meine Mutter

Im Laufe des Romans treten auf und teilweise auch ab:

Auf Seiten der Ermittlung:

Carl von Bäumer, der schönste Mann der UFA, berühmt für seine Rolle als Privatermittler Comte LeJuste und auch im wirklichen Leben ein sehr begabter Detektiv – zumindest nach eigener Einschätzung
Paul Genzer, Carl von Bäumers Lebensgefährte und Kommissar
Alfred Kapp, Kriminaloberwachtmeister und von diesem Fall ganz persönlich betroffen
Dr. Häßling, Polizeiarzt
Greta, Pauls Sekretärin
Pix, Polizeifotograf und manchmal Gretas Liebhaber

Auf Seiten der noblen Gesellschaft:

Graf Marian Sawicki, Juwelier mit einer Leidenschaft für Raritäten
Hans von Brunnen, Sawickis eifersüchtiger Liebhaber und Erbe der Brunnen Schokoladenfabrik

Hans von Keller, kunstsinniger Exzentriker
Gretchen von Keller, seine klatschsüchtige Schwägerin
Fabian Kranz, Buntstiftfabrikant und Opfer eines Diebstahls
Rosi Kranz, seine Schwester, bisher konnten sich noch alle Männer ihrer Heiratswut entziehen
Viktor von Rosskopf, ein Philanthrop mit einer obsessiven Liebe
Max von Volkmann, frisch verheiratetes ehemaliges Fliegerass
Jordan von Volkmann, seine amerikanische Gattin
Urte von Withmansthal, Carls stets bestens informierte Schwester
Otto von Withmansthal, Carls Schwager und Besitzer des größten Gutes von ganz Ostpreußen
sowie **Patrick O'Kelly**, dessen Identität noch geklärt werden muss

Auf Seiten der nicht ganz so noblen Gesellschaft:

Wilhelm Genzer, Paul Genzers Bruder und intimer Kenner der Berliner Unterwelt
Lotti Berschneider, ein vermisstes Dienstmädchen
Heinz Düserein, Leierkastenmann
Coco, sein diebisches Äffchen
Effi, Hausmädchen bei von Volkmann und fleißige Leserin von Spukgeschichten
Esther Rosenzweig, verschwand vor vielen Jahren spurlos
Christine Schenk, Zimmerwirtin mit Vergangenheit

Olga Tipper, Fabrikarbeiterin, aber vielleicht schon bald Tippfräulein
Josef Tipper, Kriegsinvalide und Gärtner bei Kranz
Georgie Tuchsäss, ein Strichjunge mit romantischen Vorstellungen und der Hoffnung auf Glück

Auf Seiten der überhaupt nicht noblen Gesellschaft:

Adolf Leib, genannt Muskel-Adolf, Herr über die Berliner Unterwelt und neuerdings verlobt
Lou Sad, Muskel-Adolfs Verlobte
Irene, Muskel-Adolfs Tippfräulein
Bert Kowaltschik, als Baby Bert war er lange Jahre Muskel-Adolfs Lieblingsschläger
Charlie, der Charmeur, lebt eigentlich auf dem Land, aber aktuell ist er geschäftlich in der Hauptstadt

Des Weiteren werden zu finden sein:
ein Gespenst, ein kleiner roter Kater und eine Träne Baba Jagas

Samstag, 14. Dezember 1912

Das menschliche Herz ist aus Glas.

Ist es einmal zerbrochen, beginnen die Scherben zu wandern, mal langsam, mal schnell, und irgendwann, an irgendeinem Tag, da stirbt man, innerlich verblutet.

Einer von den Jungs hatte ihr das erzählt.

Es war natürlich Unsinn, romantischer Quatsch, wie ihn die Jungs eben plapperten und weshalb Esther sie albern fand – alle, bis auf einen.

Bis auf den einen, der sie im Stich gelassen hatte. Sie und ihr gemeinsames Kind.

Esther schluchzte auf, die warmen Tränen rannen unaufhaltsam über ihre kalten Wangen, versickerten schließlich in der Wolle ihres Schals. Sie blieb nicht stehen, um in den Tiefen ihres Korbes ein Taschentuch zu suchen. Mit weit ausholenden Schritten eilte sie durch die erbarmungslose Kälte des Königsberger Winters. Es begann zu dunkeln, die ersten Straßenlaternen brannten schon.

Sie war spät dran, die Frau Mutter würde bestimmt warten, mit warmem Kakao und Weihnachtsgebäck. Was würde Esther sagen, wenn ihre Mutter sie fragte – nach den verweinten Augen und der aufgeplatzten Lippe? Was?

Und wie lange würde sie noch Zeit haben, bis man es sah? Wer würde ihr helfen? Würde ihr jemand helfen?

Esther sah in das glänzend schwarze Wasser des Pregels, sie sah das darauf schwimmende Eis, und für einen Moment war ihr, als flüsterten die Fluten lockend ihren Namen.

Freitag, 16. Oktober 1925

Gott erfand das Kokain, um die Wohltätigkeit erträglich zu machen – zumindest die Form der Wohltätigkeit, die Anwesenheit auf Dinnern und Galas erfordert.

Und so saß der Filmstar Carl von Bäumer leicht schniefend, aber unermüdlich lächelnd nun schon geschlagene sechs Gänge lang an der Tafel des Barons von Rosskopf. Es handelte sich um das jährliche Galadinner der von-Rosskopf-Stiftung für Kriegsblinde, deren Mitglied Carl auf Drängen seines Managers geworden war.

Herr Morgenstern war überzeugt davon, dass es außer vielleicht Carls Ableben wenig gab, was sich auf den Kartenverkauf so positiv auswirkte wie Bilder, auf denen man den schönsten Mann der UFA sah, wie er mit betroffener Miene Geschenke an stupsnasige Waisenkinder verteilte.

Bedauerlicherweise waren Ostern und Weihnachten nur einmal im Jahr, dazwischen mussten andere pittoreske Objekte der Wohltätigkeit gefunden werden. Nach längerem, intensivem Nachdenken war Herr Morgenstern schließlich auf die Kriegsblinden gekommen.

Jeder liebte Kriegsblinde!

Die waren wirklich hübsche Invaliden, die sah sich der potentielle Kinogänger gern in der Sonntagszeitung an, und deshalb waren sie all diesen Schauerlichkeiten mit zerstörtem Gesicht, fehlenden Gliedmaßen und derlei Unappetitlichkeiten unbedingt vorzuziehen.

Außerdem gab die von-Rosskopf-Stiftung eben jenes jährliche Dinner, über das in den Gesellschaftsbeilagen stets sehr ausführlich und bildreich berichtet wurde.

Carl lächelte noch etwas breiter. Seine Mundwinkel schmerzten, aber er wollte sich nicht durch acht Gänge quälen, nur um am nächsten Tag Vorwürfe zu hören, er habe nicht glücklich genug ausgesehen.

Auf Galadinnern musste man immer glücklich aussehen, so ernst der Anlass auch sein mochte – in diesem Punkt vertraten Herr Morgenstern und die feine Gesellschaft Berlins sehr strikte Ansichten.

Zwischen den Gängen lagen lange Pausen, in denen livrierte Diener mit Champagnerschalen auf Silbertabletts herumgingen, während die Gäste vorgaben, den Vorträgen über das Leid der Blinden zu lauschen.

Die Redner unterschieden sich von den geladenen Gästen optisch durchaus. Während die satten Herrschaften in englische Stoffe und holländische Spitzen gehüllt waren, kleideten sich die Referenten in billige Anzüge von der Stange und nicht zur Hose passende Sakkos. Carl war unsicher, ob es sich dabei um eine Form der Solidaritätsbekundung für die Blinden handelte, doch er hätte sich lieber die Zunge abgebissen, als jemanden zu fragen.

Er kam aber sowieso nicht zu Wort, seine Tischdame plapperte in einem fort.

Bei jenem jungen Fräulein handelte es sich um Rosi Kranz, die Schwester des Buntstiftfabrikanten Fabian Kranz, und schon bei der Suppe hatte Carl das Gefühl beschlichen, dass dieses unentwegt dümmlich kichernde Bubiköpfchen nicht aus Zufall neben ihm saß.

Vor etwas über einem Monat hatten die Leserinnen der »Star Revue« Carl von Bäumer zum begehrtesten Junggesellen der Republik gewählt, die Verfasserinnen von »Kintopp aktuell« sahen es ähnlich und hatten am Freitag getitelt: »Warum so einsam, Carleken?«

Carl seufzte und lächelte: »Entschuldigen Sie, meine Teuerste, was haben Sie soeben gesagt?«

»Ich habe Sie gefragt, ob die Dreharbeiten nicht schrecklich schwierig waren. Ich meine, einen Russen zu spielen? Diese Brüder Karamso sind doch Russen, oder?«

»Karamasow«, verbesserte Carl leise. »Karamasow. Und, na ja, eigentlich war es nicht besonders schwierig, ich meine, nachdem ich mir einmal klargemacht hatte, dass Dmitri Karamasow im Grunde nur Liebe sucht, da …«

»Ja, also ich stelle es mir sagenhaft schwierig vor, weil so Russen, also das sind doch die reinsten wilden Bestien, und so etwas zu spielen, brrr …«, unterbrach sie ihn schaudernd und zog ihre nackten Schultern etwas in Richtung der Ohrdiamanten. »Mein Herr Bruder ist aktuell auch in der Sowjetunion und es ist bestimmt ganz grauenhaft dort. All diese Bären, und dann diese Sowjets. Er musste leider hin, geschäftlich, verstehen Sie?«

Carl nickte und begann, in der Hosentasche mit dem Deckel seines Kokaindöschens zu spielen. Er wäre gern auf die Toilette gehuscht, aber er fürchtete, man könnte ihm eine Blasenschwäche nachsagen.

Außerdem hatte er Paul versprochen, vernünftig zu

sein. Paul war noch ein wenig angesäuert, weil Carl letzten Sonntag in ihren Fahrstuhl gekotzt hatte, mitten am Nachmittag. Letzteres fand Paul besonders verwerflich, zumindest betonte er den Umstand bei seinen Strafpredigten jedes Mal.

»Wissen Sie denn schon, was Sie machen, nachdem jetzt die Dreharbeiten für diese Brüder Karawoso abgeschlossen sind?«

Carl nickte. Kommenden Freitag planten Paul und er, für ihren Jahrestag an die Ostsee zu fahren. Unweit von Travemünde hatten sie ein Häuschen gemietet, auf rustikale Art recht hübsch und vor allem angenehm abgeschieden gelegen. Aber da er das diesem angemalten Fräulein Kranz auch wegen des Unzuchtparagraphen natürlich nicht sagen konnte, erklärte er: »Ab Mitte November drehe ich einen neuen Comte LeJuste.«

»Oh«, kiekste das Geschöpfchen so laut, Köpfe drehten sich nach ihnen um, und der Vortragende, der wohl eben etwas besonders Erschütterndes erzählt hatte, lächelte angesichts einer solchen Reaktion geschmeichelt.

»Oh«, drang es nun abermals, mit gedämpfter Stimme, aus dem rotgeschminkten Mund. »Hach, das ist meine absolute Lieblingsrolle mit Ihnen! Im Letzten, diese Szene im Morgenrock, also wirklich!« Sie hob tadelnd einen schwerberingten Zeigefinger. »Also wirklich, mein Herr Bruder war schlichtweg empört! Aber ich habe ihm gesagt, das ist eben Kunst! Sie müssen wissen, ich bin auch so etwas wie eine Künstlerin. Ich male nämlich, in Öl und in Buntstift. Also, ich male nicht so modern, mehr naturalistisch. Mein Herr Bruder findet nämlich dieses Gekleckse, das man heutzutage …«

Carl schniefte, lächelte und hörte nicht weiter zu. Er betrachtete die üppige, aus schneeweißen Lilien bestehende Tischdekoration, die spitz aufragenden Leinenservietten, die langsam an feingelenkigen Leuchtern hinabschmelzenden Kerzen, er schätzte desinteressiert den Wert des Tafelsilbers und des hauchzarten Porzellans und widmete sich dann der Beobachtung der übrigen Gäste.

Die feinste Gesellschaft Berlins war fast vollzählig erschienen. Da flüsterte der Reichskanzler vertraulich mit dem Baron von Horhleben, dort glänzte die Glatze des Theaterintendanten Saltenburg majestätisch im Kerzenlicht; hier verglichen blonde junge Gattinnen tuschelnd ihre Reitlehrer, während ihre älteren, meist aus den Staaten stammenden Männer den Börsenkurs diskutierten.

Und über alldem schwebte, gleich einem anheimelnd vertrauten Geruch, das unablässige Reden des Vortragenden, das nun aber plötzlich verstummte. Der Sprecher verneigte sich militärisch zackig, woraufhin man sofort begann, wohlerzogen Beifall zu spenden.

Es kam Bewegung in die Gesellschaft an den Tischen, und gerade als Carl gleichfalls aufstehen und mit seinem Silberdöschen vor Fräulein Kranz auf die Toilette fliehen wollte, legte sich ihm eine warme Hand in den Nacken. Angesichts solch plumper Vertraulichkeit wollte der Filmstar schon eisig um Distanz bitten, doch eine ihm entfernt vertraute Stimme lachte und sagte: »Du bist aber groß geworden!«

Hinter ihm stand niemand anderes als das einstige Fliegerass Max von Volkmann, die stahlblauen Augen spöttisch zusammengekniffen und die blonden Locken mühsam und mit Hilfe großer Mengen Pomade eng an den Kopf gebürstet.

»Der alte Rosskopf hat ja wirklich jedes hübsche Gesicht Berlins für sein ödes Dinner gewonnen. Junge, erzähl, wie geht's dir?« Nun lachte von Volkmann, breit und so herzlich, man wollte fast vergessen, was für ein aufgeblasenes Arschloch er war. »Verdammt, wer hätte damals gedacht, dass aus dir so eine große Nummer wird? Ich hab immer zu Michail gesagt: *Der Junge ist hübsch und vielleicht ein Luder im Bett, aber keinen Funken Talent.*«

Carl riss die Augen auf und sagte nichts. Ihm fiel schlicht keine Erwiderung ein.

Wie lang mochte es her sein, dass er von Volkmann das letzte Mal gesehen hatte?

Drei Jahre war er nun mit Paul zusammen, also musste es definitiv vor mehr als drei Jahren gewesen sein. Ja, Carl war sicher, das Fliegerass seit der Trennung von Michail nicht mehr gesehen zu haben.

Er hatte Michails Freunde nie vermisst, und von all denen, die er nicht vermisst hatte, hatte er Max von Volkmann sicher am wenigsten vermisst.

»Na, bist du inzwischen stumm geworden? Ein Glück, dass der Tonfilm auf sich warten lässt«, sagte von Volkmann und lachte breit. »Jordan«, wandte er sich nun an seine Begleitung, »das, mein Darling, ist der große Filmstar Carl von Bäumer. Dass er bildschön ist, muss ich dir ja nicht erst sagen. Sonst besticht er aber durch keine weiteren Fähigkeiten. Carl, das ist Jordan, meine Gattin.«

Carl nickte und unterdrückte seine Wut.

Er ärgerte sich genauso wie vor vier Jahren, als der Widerling angeblich nicht mehr wusste, dass Michail seit dem Krieg den Geruch von bratendem Fleisch nur schwer ertrug, und sie zu Kalbssteak *au four* zu sich nach Hause einlud; oder wie er sich geärgert hatte, wann immer dieses Arschloch ihn *Michails Zuckerstückchen* nannte. Aber wie mit achtzehn, neunzehn, wie vor drei Jahren, fiel ihm keine Entgegnung ein, und während er noch überlegte, plapperte die Gesellschaft um ihn herum weiter.

»Wie sich das anhört: *meine Gattin.* Das musst du aber noch üben.« Jordan sprach mit starkem amerikanischen Akzent, und auch ihr etwas zu goldenes, glitzerndes Modellkleid wirkte sehr amerikanisch. »Wir sind gerade gestern aus den Flitterwochen zurück. Wir waren in Venedig, und ich muss sagen, es war himmlisch!«

»Herzlichen Glückwunsch.« Carl hauchte einen flüchtigen Kuss über ihre Hand und bemühte sich, nicht allzu überrascht zu wirken. Als er Max von Volkmann noch regelmäßiger gesehen hatte, da hatte das Fliegerass immer geschworen, er würde niemals heiraten.

Wie es 1922 Mode gewesen war, hatte er eine sehr stürmische Beziehung mit einer höheren Tochter geführt.

»Es sind schon meine zweiten Flitterwochen, aber sie sind definitiv in allen Punkten besser«, plauderte die frischgebackene Frau von Volkmann unterdessen weiter. »Damals waren wir an den Niagarafällen, und dauernd dieses Geplätscher, da kam ich gar nicht von der Toilette! Ich war nur am Pissen.«

»Ist sie nicht entzückend!«, rief von Volkmann angesichts dieser Bemerkung aus und zeigte voll Besitzerstolz auf seine Gattin. »Ist sie nicht bildhübsch? Und die Haare erst! Aber was erzähl ich dir, Carl, du bist ja der Mann, der rote Locken gesehen und darüber alles andere vergessen hat. Was zählen schon Treue und die Gefühle anderer angesichts roter Locken? Wie geht es denn eigentlich deinem Herrn ... Kränzer? Glänzer?«

»Genzer«, korrigierte Carl trocken. »Paul Genzer, und es geht ihm gut.«

»Wer ist denn Paul Genzer?«, erkundigte sich nun Rosi Kranz, die bisher ungewöhnlich schweigsam dem Gespräch gefolgt war.

»Herr Genzer ist Kommissar und unerhört erfolgreich, was nicht eben für die Intelligenz unserer Ganoven zu sprechen scheint. Aber ich bin sicher, er hat Vorzüge, die nichts mit dem Intellekt zu tun haben. Außerdem ist er sehr rothaarig und sommersprossig und ein ziemlicher Bilderbuchsozialist. Ich finde es immer wieder schön, wenn sich politische Leidenschaft ins Privatleben überträgt.« Von Volkmann lächelte voll vergifteter Liebenswürdigkeit. »Also wirklich, Carl, dass ich dich hier treffe! Man ist heutzutage eben nirgends mehr unter sich. Ich wollte eigentlich gar nicht kommen, aber Viktor von Rosskopf und ich waren in einer Klasse, damals auf dem Internat.«

»Mein Herr Bruder war in derselben Klasse«, plapperte Rosi Kranz eifrig. »Mein Herr Bruder und Herr von Rosskopf sind sehr eng befreundet, sie sind nämlich beide ...«

»Sag, Carl«, unterbrach das Fliegerass Carls Tischdame erbarmungslos, »kennst du die Geschichte vom Dienstmädchen, das bei unserem alten von Rosskopf in Stellung war?«

Carl nickte vage. Sein jüngster Neffe war letzten Sonntag getauft worden, und wie es sich gehörte für einen Sohn des Barons Otto von Withmansthal, war die Feier gleichermaßen dezent wie imposant gewesen. Hundertfünfzig Dienstmädchen benötigte man allein für die Bewirtung der Gäste, und das Pressen des Orangensafts für den Aperitif hatte volle zwei Tage in Anspruch genommen, und der aus Kleeblättern bestehende Blumenschmuck war eigens aus Irland eingeflogen worden.

Doch trotz des Getümmels hatten seine Schwester Urte und ihre nicht minder klatschsüchtige Freundin Gretchen von Keller Zeit gefunden, Carl irgendetwas über ein verschwundenes Dienstmädchen zu erzählen. Allerdings erinnerte er sich nicht mehr sehr gut daran. Es war gegen Ende der Feier gewesen, und es hatte seine volle Konzentration erfordert, sich nicht zwischen die eingeflogene Tischdekoration zu erbrechen. Er ertrug die Anwesenheit seines Herrn Vaters nur volltrunken oder auf größeren Dosen Morphium.

Es hatte auch wirklich gut funktioniert, mal abgesehen davon, dass Paul ihn aus dem Wagen ins Haus schleppen musste, und vielleicht abgesehen von dem kleinen Zwischenfall im Fahrstuhl.

»Es ist grauenhaft, sag ich dir. Vollkommen krank!«, drängte sich von Volkmanns Stimme in Carls Gedanken. »Der alte von Rosskopf hatte eine kleine Freundin, bestimmt zwölf Jahre ist es her. Es war damals noch in

Königsberg auf dem Internat. Ich habe sie mal gesehen, ein ganz gewöhnliches kleines Ding, ganz hübsch vielleicht. Tochter eines Blumenhändlers, Jüdin, hatte auch so einen jüdischen Namen, Esther. Und die war von Rosskopfs Ein und Alles, er war vollkommen verrückt nach der, wie man eben nur mit siebzehn nach jemandem verrückt sein kann. Absolut lächerlich war das!«

Von Volkmann schüttelte konsterniert den Kopf. Und während Carl bitter daran dachte, wie ebendieser zufriedene Ehegatte vor drei Jahren noch, auf Knien bettelnd, vor einer Kaufmannstochter gelegen hatte, fuhr das Fliegerass fort: »Von Rosskopf wollte sie heiraten und mit ihr durchbrennen und was nicht noch alles, sein armer Vater ist halb wahnsinnig geworden. Der zukünftige Baron von Rosskopf, Erbe des von-Rosskopf-Vermögens, und dann so eine Mesalliance.«

Die Vorstellung bereitete dem Fliegerass sichtlich Vergnügen. »Leider kam es nicht dazu, das Mädchen hatte nämlich ganz offensichtlich mehr Grips als unser alter von Rosskopf. Sie sagte rundheraus: *Nein!* Außerdem war sie vielleicht auch schon verlobt, bestimmt mit dem Sohn eines Arztes oder so was. Diese Juden sind ja alle entweder Arzt oder Jurist ...«

»Mein Herr Bruder sagt, das sei eine Schande für die deutsche Medizin ...«, wusste Rosi Kranz beizutragen, aber von Volkmann hatte nicht vor, sich seine schöne Klatschgeschichte durch weltanschauliche Diskussionen ruinieren zu lassen. Ohne auf die Bemerkung einzugehen, fuhr er einfach fort: »Also, jedenfalls wollte das schlaue Mädchen nach einiger Zeit nichts mehr von unserem Baron wissen, aber er hat gebettelt und gebettelt, und eines Tages trafen sie sich noch mal. Auf eine heiße Schokolade, es war nämlich Winter, und du kommst ja selbst aus Ostpreußen – so ein Winter in Königsberg, der braucht den Vergleich mit dem in Moskau nicht zu scheuen. Also, kurz vor Weihnachten 12 oder 13 war es …«

»Es muss 12 gewesen sein. 13 hattet ihr doch schon euer Reifezeugnis.«

Von Volkmann schmetterte Fräulein Kranz' Einwurf durch herrisches Kopfschütteln ab und erzählte weiter: »Jedenfalls war es vor Weihnachten, wann genau, ist doch egal. Auf jeden Fall war's kalt und nass, das allein ist wichtig! Sie ist nämlich auf dem vereisten Pflaster ausgerutscht und im Fluss ertrunken.«

»Heißt es!«, warf Rosi Kranz nun ein, und wild entschlossen, sich diesmal nicht unterbrechen zu lassen, haspelte sie: »Das war es zumindest, was in der Zeitung stand. Wissen tut es keiner, sie ist nachmittags von zu Hause fort, und danach hat sie niemand mehr gesehen. Wie vom Erdboden verschluckt. Einfach weg. Mein Herr Bruder meint aber, von Rosskopf ist es selbst gewesen. Der hat sie in den Pregel geschubst, schön mit einem Gewicht in den Taschen, zur Strafe, weil sie nicht mit ihm durchbrennen wollte. Wer behauptet denn, dass er sie nicht getroffen hat? Nur er. Er ganz allein!«

Das musste auch von Volkmann zugeben, doch nachdem er sich von einem der bereitstehenden Diener eine Schale Champagner hatte reichen lassen, erklärte er selbstgefällig: »Das mag wohl sein, dass Ihr Herr Bruder das sagt, mein liebes Fräulein Kranz, aber Sie kennen kaum die ganze Geschichte. Es geht nämlich noch weiter. Der von Rosskopf, der war ja schon immer etwas eigen, hat sich ja auch so mit dem Tod seiner Frau Mutter gehabt, und nun wieder so ein Schlag. Da ist er einfach nicht drüber weggekommen, und nachdem sein Herr Vater verstorben ist und er alles geerbt hat, da hat er noch einmal nach dem Mädchen fahnden lassen. Vergeblich, sie blieb verschwunden. Und jetzt, jetzt wird es gruselig.« Die Stimme senkte sich zu einem vertraulichen Flüstern. »Er hat dann nach einer Doppelgängerin Ausschau halten lassen. In der ganzen Republik haben seine Detektive nach einem Mädchen gesucht, das aussah wie diese Esther, und als sie dann eins hatten – eine kleine Kölnerin ist es gewesen –, also jedenfalls, als sie ein Mädchen hatten, das dem verschwundenen glich wie ein Ei dem anderen, da hat er es bei sich als Hausmädchen eingestellt.«

»Als Hausmädchen, so sagt man.« Die rotbemalten Lippen des Fräulein Kranz verzogen sich zu einem süffisanten Lächeln. »Ich würde zwar niemals Dienstbotenklatsch weitertragen, aber meine Zofe ist verwandt mit der Köchin des Barons von Rosskopf, und sie hat mir erzählt, einmal in der Woche, da müsse das arme Mädchen ganz bestimmte Kleider anziehen. Repliken der Kleider, die diese Jüdin getragen hat, und in diesen Kleidern muss sie dann im Gartenzimmer sitzen und lesen. Immer dasselbe Buch, einen Gedichtband mit so Versen Walthers von der Vogelweide.«

»Und was macht der Herr Baron so lange?«, erkundigte sich Frau von Volkmann, wobei ihre Wangen vor Sensationsgier glühten. »Er muss doch irgendwas tun?«

»Nein.« Fräulein Kranz musste bedauernd den Kopf schütteln. »Er sitzt nur da und sieht sie an. Vollkommen krank ist das.«

In diesem Punkt waren sich alle einig, und auch Carl nickte, doch bevor er seine Zustimmung auch verbal hätte äußern können, verkündete das Fliegerass selbstzufrieden: »Mein liebes Fräulein Kranz, wie ich schon sagte, Sie kennen eben nicht die ganze Geschichte! Die Sache ist nämlich damit keineswegs beendet! Ganz im Gegenteil! Aus sicherer Quelle weiß ich, dass unserem alten von Rosskopf seit dieser Woche auch die Doppelgängerin abhandengekommen ist. Spurlos verschwunden, genau wie Esther damals. Einfach so weg, vom Erdboden verschluckt.«

»Oh, Darling, du bist so eine Klatschtante! Es wird dem armen Mädchen eben unheimlich geworden sein. Ich meine, von Lesestunden im Gartenzimmer weiß man, aber vielleicht ist es nicht dabei geblieben? Bestimmt wollte er grässlich unanständige Sachen von ihr.« Wohlige Schauer schienen Frau von Volkmann bei dieser Vorstellung zu überlaufen. »Ich wette, in ein paar Tagen taucht sie wieder auf, vermutlich in Köln oder woher auch immer sie stammt.«

»Und *ich* wette, die hat er auch umgebracht! Im Lustrausch erwürgt!«

Während Carl noch darauf wartete, dass Rosi Kranz diese Aussage durch die unvermeidliche Referenz auf ihren Bruder belegte, fragte von Volkmann: »Was sagt denn die Polizei? Carl, du kennst dich doch da aus.«

Carls Wissens nach hatte die Berliner Polizei schon genug zu tun, ohne nach irgendwelchen ausgerissenen

Dienstmädchen zu fahnden, aber er wollte vermeiden, dass man ihn für schlecht informiert hielt.

Schlecht informiert zu sein war in den feinen Kreisen Berlins eine ebenso unverzeihliche Todsünde wie Krokodilleder nach fünf Uhr nachmittags, und so sagte er ernst: »Ich darf nicht darüber sprechen.«

Die allgemeine Missbilligung wäre vermutlich noch heftiger ausgefallen, wenn nicht in diesem Moment die kleine Glocke geklingelt hätte, die den nächsten Gang und den nächsten Vortrag ankündigte.

»Ein Jammer, da kommen ja noch zwei Gänge und dann diese Tombola zum Schluss«, seufzte Frau von Volkmann, »Herr von Bäumer, Sie müssen uns einfach einmal besuchen! Ich werde Ihnen eine offizielle Einladung schicken. Ich hätte so gern noch mit Ihnen geplaudert. Diese Galaabende sind ja derart ermüdend. Reicht es nicht, dass man spendet? Warum muss man sich denn auch noch langweilige Vorträge anhören?«

»Herr von Rosskopf ist absolut fanatisch mit seiner Stiftung! Ich habe gehört, er hat jede einzelne der Sachspenden für diese dumme Tombola selbst in Augenschein genommen. Der erste Preis ist auch von ihm persönlich gestiftet worden. Irgendein Bild von einem Herrn Beckmann. Ich hab's gesehen – da beneidet man die Blinden fast.« Rosi Kranz kicherte einen Moment, dann seufzte sie. »Ich verstehe nicht, warum man nicht wenigstens tanzen darf. Es ist doch nicht so, dass die weniger blind sind, nur weil ich nicht tanze.«

Carl schwieg. Er spürte, wie Wut in ihm aufstieg. Er dachte an Michail, der sich beim Geruch von Steak übergeben musste, und er dachte an Pauls von Granatsplitternarben überzogenen Rücken. Er dachte daran, wie Paul manchmal nachts im Traum schrie, an das panische Zittern des schweißnassen Körpers, und wie er hinterher stets behauptete, er könne sich an nichts erinnern. Und er dachte an Herrn Morgensterns grausame Begeisterung für Kriegsblinde.

Höflich lächelnd stand Carl auf, verneigte sich zunächst in Richtung des Fliegerasses und seiner Gattin, dann zu seiner Tischnachbarin, und noch immer lächelnd sagte der Filmstar: »Bitte entschuldigen Sie mich. Ich muss leider gehen, Ihr Zynismus kotzt mich ganz kolossal an. Meine Verehrung, Fräulein Kranz. Ich hoffe aufrichtig, wir sehen uns nie wieder. Ich wünsche noch einen schönen Abend.«

Samstag, 17. Oktober 1925

Ein Aktenzeichen ist er immer gewesen. Im Säuglingsheim, im Waisenhaus, in der Erziehungsanstalt, in Moabit, in Tegel, dann wieder in der Erziehungsanstalt.

Jetzt hatte Georgie es besser, jetzt war er ein Straßenname, Ecke Brunnen- und Voltastraße war sowohl sein Name als auch sein Platz. Hier stand er jeden Tag von achtzehn Uhr bis Mitternacht und wartete, ob vielleicht einer der Besucher des nahe gelegenen Kintopps sich einsam fühlte.

Die anderen Jungs wollten hier nicht stehen, wegen des Gestanks aus der nahen Essigfabrik. Georgie fand den sauren, in der Lunge beißenden Geruch gar nicht schlimm, für ihn bedeutete er Arbeit und Sicherheit.

Außerdem war der Platz ideal. Leinwandschicksale machen das Herz weich, bringen dickflüssiges Blut in Wallung und wecken die Sehnsucht nach zarter Jungenhaut. An manchen Abenden verdiente er dreißig, vierzig Mark. Zehn Prozent davon durfte er behalten, der Rest ging an den »Ringverein Immertreu e. V.«.

Er gab es gerne, er war dankbar, und er war wirklich gut in seiner Arbeit.

Nie wäre Georgie auf die Idee gekommen, betrunken oder ungewaschen an seiner Ecke zu erscheinen, nie würde er die Kundschaft bestehlen oder einen Teil des verdienten Geldes heimlich für sich behalten.

Die Kunden mochten ihn, sie waren freundlich, und waren sie es nicht, dann dachte er einfach nur an sein schon gespartes Geld, dann war es fast nicht mehr schlimm. Er hatte Stammkunden, die ihn für einen ganzen Abend bezahlten, und es gab einen Verehrer, der ihn ganz und für immer haben wollte. Aus Mitleid und aus Liebe, so sagte er.

Heute hatte ihn ein Kunde beschimpft, hatte ihn ins Gesicht geschlagen, aber es war im Grunde nicht schlimm gewesen. Da kannte Georgie aus dem Heim ganz anderes.

Er hatte einfach die Augen geschlossen und im Geist sein Geld gezählt. Dreiundachtzig Mark und siebzehn Pfennig besaß er schon. Wenn er bei hundert war, würde er die Kaution für seinen älteren Bruder zahlen. Bis dahin war es nicht mehr weit, nur keine Zeit verschwenden.

Er war nach dem Vorfall nicht auf eine öffentliche Toilette gegangen, sondern hatte sich im Seitenspiegel eines Automobils das Blut mit Spucke von der Oberlippe gerubbelt, das ging schneller. Und jetzt stand er wieder hier, Ecke Brunnen- und Voltastraße, und wartete.

Da kam schon der nächste Kunde.

Es war immer dasselbe Spiel. Zuerst lächelte er dem Fremden zu. Nicht lüstern, nicht aufdringlich. Er lächelte wie ein Kind beim Anblick seines Lieblingsonkels, freudig überrascht, ein wenig schüchtern. *Grade dich habe ich heute sehen wollen*, scheint dieses Lächeln zu sagen, und es macht nichts, dass er den Passanten noch nie gesehen hat.

Es war nicht sein Verehrer.

Ein Ausländer schien er zu sein, vielleicht ein Pole? Sehr elegant war der Fremde gekleidet, mit weißen Gamaschen und einem Pelz, als ginge er in die Oper. Auf dem schwarzbelockten Schädel trug er einen Zylinder, in der Hand ein Spazierstöckchen mit Pudelkopf aus Silber, die Augen des Tieres aus grünfunkelnden Steinen. Wie ein Filmstar sah der aus, ein bisschen wie der Bäumer, nur mit dunklem Haar. Oder eher wie Rudolph Valentino?

»Junge, komm her!«, sagte der Fremde, aber er klang nur nach Privatschule und Studienaufenthalt in Paris und kein bisschen nach Polen. »Du schaffst doch für Immertreu an, oder? Du bist einer von Muskel-Adolfs Strichern, oder?«

Georgie nickte. Die Kundschaft mochte es nicht, wenn man zu viel plapperte.

»Dann hab ich Arbeit für dich. Hier sind zwei Mark, davon winkst du dir eine Taxe und fährst direkt zu deinem Chef. Den Rest darfst du behalten.« Aus einem schlangenledernen Portemonnaie nahm der Mann eine Münze und reichte sie ihm. »Sag Muskel-Adolf, Sawicki schicke dich, und sag ihm, ich habe keine Lust zu warten. Sag ihm, wir haben die Steine.«

Sonntag, 18. Oktober 1925

»Ich will, ich will, ich will nicht! Und ich tu's auch nicht!« In Boxershorts saß Carl auf dem Bett und verschränkte zur Demonstration seines Unmuts nun auch noch die Arme vor der Brust. »Du kannst mich nicht zwingen zu gehen, wenn ich nicht will!«

»Gut, dann bleibst du eben hier, und ich geh allein.« Paul verdrehte die Augen und begann, sein Hemd zuzuknöpfen. Schweigend richtete er die Hosenträger, schlüpfte in den Pullunder, und erst als er das Sportsakko aus dem Schrank nahm, konstatierte er: »Aber es ist sehr unhöflich und für mich ausgesprochen peinlich!«

»Sag eben, mir ist schlecht.«

»Dir war schon letztes Mal schlecht, und an Gustas Geburtstag hattest du Ohrenschmerzen. Ich weiß wirklich nicht, warum es immer so ein Drama sein muss, wenn wir bei meinem Bruder zum Sonntagskaffee eingeladen werden.«

Das stimmte nicht. Paul wusste es durchaus, oder er ahnte es zumindest. Die Besuche bei Willi hatten ihre Tücken – zum Beispiel setzte sein Bruder den armen Carl immer zu seiner Frau und Paulinchen in die Küche, während die Männer in der guten Stube aßen, und statt eines Verdauungsschnapses bekam Carl zum Nachtisch grundsätzlich Kirschlikör angeboten – zu allem Überfluss hasste er Kirschen. »Die Kinder freuen sich so auf dich, und du musst nicht mal mit in den Zoo.«

»Ja, weil ich mit Gusta, Paulinchen und Willis Schwiegermutter die Kaffeetafel für eure Rückkehr vorbereiten darf! Letztes Mal musste ich Sahne steif schlagen, und Gusta erzählt mir dann immer, wie grässlich ihre Ehe ist, weil dein Bruder seinen Schwanz nicht bei sich behalten kann. Und wenn sie was sagt, dann kriegt sie als Antwort wohl nur, dass er ihr von Anfang an keine Treue versprochen hat. Ich will, ich will, ich will nicht!« Carl ließ sich vornüberfallen, trommelte wütig auf sein Kissen ein. »Ich will da nicht hin!«

»Ach, komm, diesmal wird's bestimmt nett. Gerade hat Gusta doch wirklich keinen Grund zur Klage. Willi ist aktuell braver als mancher Konfirmand. Seine Letzte, das war dieses Revuegirl, diese Friedel Scheller, und von der hat er sich Ende Mai getrennt. Außerdem hab ich ihn vor zwei Wochen im Boxclub in Hosen gesehen, und da kann sich die Gute wirklich nicht beklagen.«

»Er hat abgenommen, ist mir auch aufgefallen.« Carl drehte sich auf den Rücken und lächelte listig: »Ich finde, er sieht aktuell richtig top aus. Groß und breit und rothaarig wie du, aber irgendwie wilder, archaischer? Willst du das wirklich riskieren? Nicht dass ich mich am Ende noch umorientiere.«

»Ich glaube, das wage ich.«

Paul fuhr Carl über das Schlüsselbein und flüsterte: »Bestimmt ist er eh schon anderweitig verliebt. Sollen wir rausfinden, in wen? Du ziehst jetzt einfach deinen gestreiften Pullunder an und schmierst dir ein bisschen Pomade in deine Frisselhaare, und dann gehen wir und investigieren im geheimnisvollen Fall der Wandlung des Willi Genzer.«

»Ich würde lieber vom Bett aus investigieren«, brummte Carl, doch dann verzog er das Gesicht und machte sich auf in Richtung Badezimmer, wobei er sein Hemd demonstrativ schlechtgelaunt hinter sich her über den Spannteppich schleifte.

Paul setzte sich seufzend aufs Bett, trank einen letzten Schluck bereits kalt gewordenen Frühstückskaffee, blätterte lustlos durch die Zeitung: Im Wintergarten Varieté hatten sie eine neue Revue, irgendein Schwein schlitzte seit Monaten Straßenkatzen der Länge nach auf, der Reichskanzler gab sich optimistisch, und natürlich hatte es auch die Verlobung des allgewaltigen Muskel-Adolf in den Gesellschaftsteil geschafft, sogar mit Bild des Gangsterbosses, sehr elegant mit Smoking und Zylinder. Zwischen den behandschuhten Fingern hielt er eine zarte Champagnerflöte, und es schien, als hätten diese Hände niemals anderes getan. Auch das breite Lächeln wirkte freundlich, offen, ja, vielleicht sogar ein wenig naiv – aber wehe dem, der es wagte, Muskel-Adolf, den Herrn über Berlins organisiertes Verbrechen, zu unterschätzen.

»Muskel-Adolf heiratet, hast du's mitbekommen? Die, mit der er schon seit ein paar Monaten rummacht, diese Kaufmannstochter. Schöne Zeiten, in denen die Eheschließung eines Gangsterbosses zur romantischen Tagesneuigkeit erhoben wird«, rief er in Richtung Badezimmer, und Carl, der offensichtlich das Haarwaschmittel in seiner Garderobentasche vergessen hatte und noch einmal zurückkam, schwenkte grinsend den Zeigefinger und mahnte: »Pass bloß auf, dass dich keiner hört! Das ist Verleumdung und Rufmord – Herr Adolf Leib ist der unbescholtene Vorstand eines wohltätigen und sehr unbescholtenen Vereins, der sich der Rehabilitation und dem Schutz Straffälliger verschrieben hat. Diesen hingebungsvollen Philanthropen als Gangsterboss zu bezeichnen, tststs.«

»Irgendwann, eines schönen Tages, werden wir ihm was nachweisen können, wart's ab«, meinte Paul bestimmt, doch von Carl kam keine Reaktion. Das plötzlich klingelnde Telefon hatte Paul wohl übertönt, und so brüllte der:

»Gehst du? Ist eh für dich!«

Das Schellen verstummte schlagartig, und obwohl Paul es noch immer für den Gipfelpunkt der Dekadenz hielt, war er wieder einmal sehr dankbar, dass sie auch im Badezimmer einen Telefonanschluss hatten.

»Kapp!«, triumphierte Carl, als er mit einem Handtuch bekleidet hereinkam und ihm das Telefon entgegenhielt. Er warf sich nackt aufs Bett und verkündete zufrieden: »Ich glaube, wir gehen heute doch nicht zu Willi. So ein Jammer, jetzt krieg ich gar keinen Kirschlikör!«

»Roter, bist du's?«, drang die Stimme von Kriminaloberwachtmeister Kapp aus dem Hörer. »Sorry, ich weiß, ist dein freier Sonntag, aber meiner ist's auch, und der dicke Gennat sagt, wir haben jetzt bald Urlaub, da können wir vorher noch was arbeiten. Hab ich eigentlich schon erwähnt, dass ich einen Tag mehr Urlaub habe als du? Ich fahre schon am Donnerstag, ich habe also nur noch drei Tage Dienst, während du ... lass mich kurz rechnen, noch vier Tage musst. Hab ich schon erwähnt, wie leid mir das für dich tut?«

»Ja, ich glaube, das hast du«, stöhnte Paul in gespieltem Kummer. »Also, was will der Dicke von uns?«

»Ne, Roter! Nich' der Dicke! Der Reichspräsident, wir sind janz jroße Fische«, sagte Kapp und lachte. »Aber im Ernst, es ist wohl so eine Geschichte, wo man Taktgefühl für braucht und Diskretion. Es ist nämlich der Patensohn von unserm liebsten Tattergreis Hindenburg.«

»Was ist der Patensohn des Reichspräsidenten? Das Opfer oder der vermutliche Täter?«

»So, wie ich's verstanden hab, beides gleichzeitig. Selbstmord. Herr Max von Volkmann. Hat sich gerade erschossen, direkt nach dem Frühstück.« Letzteres schien Kapp für ein besonders faszinierendes Detail zu halten, denn er wiederholte: »Hat gerade noch groß Croissants vertilgt und sich dann die Pistole an die Schläfe gehalten. Ich hol dich mit dem Einsatzwagen ab, okay? Wartest du vor dem Haus, so in zwanzig Minuten?«

Carl suchte indessen die neue Anzeige für Alpina-Uhren, deren Werbegesicht er seit kurzem war, und nachdem er sie gefunden hatte, hielt er Paul die ganzseitige Reklame entgegen. »Findest du, dass der Retuscheur mit den Pupillen übertrieben hat?«

Paul gab vor, die Reklame sehr genau zu betrachten. Für ihn sah Carl aus wie immer, die berühmten Rasiermesserwangenknochen dunkel ausgeleuchtet, die leicht aufgeworfenen Schmolllippen, das blonde Haar streng aus der Stirn gekämmt und die Augen mit dem schon tausendfach abgelichteten Schlafzimmerblick ins Unendliche gehend.

Ihm fiel an den angeblich nachbearbeiteten Pupillen rein gar nichts auf, nur den Slogan *Ich weiß immer, was die Stunde schlägt* fand er etwas gewöhnungsbedürftig, doch er sagte: »Es geht gerade noch, mehr hätte es nicht sein dürfen. Übrigens ein sehr gutes Bild.«

Das war offenbar die richtige Antwort gewesen, denn Carl lächelte geschmeichelt, zündete sich eine Bulgaria Stern an und riss zufrieden die Seite heraus.

»Wer hat sich denn wieder umgebracht?«

»Der von Volkmann, der dich am Freitag so genervt hat.« Paul tauschte den sonntäglichen Pullunder gegen eine sehr werktägliche Weste aus. »Aber ich vermute, dass dein kleiner Temperamentsausbruch wenig damit zu tun hat.«

»Das kann nicht sein!«, entfuhr es Carl. »Also ich meine nicht, dass der sich erschossen haben muss, weil ich ihm gesagt habe, was ich von ihm halte. Ich meine, dass der sich überhaupt erschossen hat. Solche Leute erschießen sich nicht! Du erschießt dich, ich erschieße mich, sogar dein Bruder Willi könnte sich an einem sensiblen Tag erschießen, aber der Typ nicht! Der ist viel zu selbstgefällig, da erschießen sich vorher die anderen.«

»Sosehr es mich freut, dass du meinen Bruder in deinen Kreis illustrer Selbstmörder aufgenommen hast, muss ich deiner These leider entgegenhalten: Max von Volkmann hat sich erschossen. Wird schon seine Gründe gehabt haben.« Paul zuckte die Schultern und ging in Richtung Wohnungstür. Neben ihr hingen an einem elfenbeinernen Haken Hut und Mantel. »Ich denke, das wird nicht lange dauern. Reine Routine. Soll ich auf dem Rückweg über Jädickes gehen, Baumkuchen zum Sonntagskaffee kaufen?«

»Nicht nötig!« Carl stand plötzlich in Jumper und Hosen auf dem Gang. Es war immer wieder faszinierend, wie schnell Carl an- und ausgezogen war. »Ich komme mit. Der hat sich nicht umgebracht, der ganz sicher nicht!«

—

Seit Kriminaloberwachtmeister Alfred Kapp mit seiner süßen kleinen Professorentochter zusammen war, hatte er gegen den Sonntagsdienst noch mehr einzuwenden als früher.

Mit Miriam waren die Sonntage sicherlich nicht so gemütlich vertrödelt wie noch in Alfreds wilden Zeiten – Zeiten, die ihm den Beinamen ›der hübsche‹ bzw. ›der flotte‹ Kapp eingetragen hatten und in denen er mehrfach im Jahr die Wohnung wegen Damenbesuchs und Nachtbummelns gekündigt bekommen hatte.

Miriam stand sonntags wie werktags um Schlag fünf Uhr auf und werkelte dann erst einmal zwei Stündchen an ihren Zellkulturen herum. Dafür wurde sie bezahlt, weshalb es wohl nur gerecht war, dass der sonntäglich untätige Alfred aufstand und bis zu ihrer Rückkehr aus dem Institut ein Essen zubereitet hatte.

Der Selbstmord dieses von Volkmann brachte ihm nun alles durcheinander, weshalb er den Diener dieses Fliegerasses ziemlich unfreundlich behandelte.

»Wo ist die Leiche?«, fragte er knapp, als dieser ihnen

die Tür zur Villa der von Volkmanns öffnete. Im Gegensatz zu seinem Vorgesetzten Genzer verlangte von Alfred niemand übermäßiges Taktgefühl, und sich an Genzers Begleiter wendend, erklärte er: »So machen wir das immer. Bringt gar nichts, das Personal zu verhören, bevor man nicht weiß, was überhaupt passiert ist.«

Carl von Bäumer nickte zögernd, und Alfred dachte bei sich, dass ihn keine zehn Pferde dazu brächten, sonntagmittags freiwillig irgendeinen Tatort aufzusuchen, nur um die Ermittlungsarbeit der Berliner Polizei aus nächster Nähe zu studieren. Seiner Meinung nach lohnte all die Mühe sowieso kaum. In der Rolle als Comte LeJuste, da ermittelte der Bäumer doch eh nicht wirklich! Da wurde wild gerannt und geschossen, da explodierten Autos, da starb ständig einer, und dann gab es eine Großaufnahme vom bebenden Dekolleté der trauernden Witwe. Es waren wirklich Topfilme. Nur hatte die stumpfsinnige, oft ermüdende Polizeiarbeit der Realität damit wenig gemein.

Der Kriminaloberwachtmeister schüttelte den Kopf und folgte dann dem noch immer sehr verwirrt aussehenden Diener durch die dick mit Orientteppichen belegten Gänge der Villa, in der der Tote gewohnt hatte.

»Wo ist eigentlich der Doktor Häßling?«, erkundigte sich plötzlich Alfreds Vorgesetzter bei ihm. »Und wo steckt Pix? Soll ich den Tatort malen, oder wie haben die sich das vorgestellt?«

»Na ja«, druckste Alfred herum, vermied jeden Blickkontakt, bestaunte stattdessen die goldgerahmte Ahnengalerie des Herrn von Volkmann. »Doktor Häßling kommt noch, der war halt gerade beim Mittag, sein Enkelchen wird heute sechs. Er geht ganz sicher nach dem Kuchen, hat er mir versprochen. Und, na ja, den Pix, den hab ich nicht auftreiben können, bei dem ist keiner drangegangen. Gestern war Samstag, der hat sich bestimmt wieder durch den halben Berliner Osten gesoffen. Keine Ahnung, wo der steckt. Wahrscheinlich weiß er's aktuell noch nicht mal selbst.«

»Und weil die Berliner Polizei deiner Meinung nach nur einen einzigen Fotografen hat, komm ich jetzt also ohne aus?«

»Nein, aber der Dicke hat gesagt, wir brauchen vielleicht ja gar keine Bilder, bei so einer einfachen Sache. Warum soll der Steuerzahler da sinnlos für den Film und die Entwicklung und so blechen? Der Dicke meinte, wir sollen uns das Ganze halt mal ansehen und wenn's tatsächlich eine einfache Sache ist, dann kann Pix bleiben, wo der Pfeffer wächst. Außerdem ist möglichst wenig Polizeiaufgebot auch besser, wegen der Presse«, schloss Alfred und wandte sich erklärend an Carl von Bäumer: »Sie müssen wissen, wir haben die Order, möglichst diskret vorzugehen. Auf Grund seines Kriegsruhms ist Herr von Volkmann besonders bei den unteren Schichten noch heute sehr beliebt. Sein Tod könnte eine schwer abzuschätzende Welle der Bestürzung auslösen und besonders, wenn es sich dabei um einen tragischen Selbstmord handeln sollte. Wir sind deshalb angehalten, eine Beteiligung der Presse nach Möglichkeit zu vermeiden.«

Eigentlich fand Alfred es nicht besonders geschickt, diesen Schauspieler gerade bei so einer delikaten Angelegenheit mitzuschleppen, aber der Rote, wie sie Paul

Genzer manchmal der Haare, manchmal auch seiner politischen Gesinnung wegen nannten, schlief wohl mit der Schwester des von Bäumer, und vermutlich lag die ihm in den Ohren, ihren Bruder mal in die Polizeiarbeit einzubeziehen. Kapp hatte viel Verständnis für solche Probleme.

»Dahinter ist er«, unterbrach der Diener Alfreds Gedanken und zeigte auf eine halbgeöffnete Tür. »Die war ursprünglich geschlossen – zugezogen, nicht abgeschlossen. Reinkommen können hätte aber keiner, zumindest nicht, ohne vom Personal bemerkt zu werden.«

Der Rote nickte und stieß entschieden die Tür auf. Dahinter befand sich ein kleiner, im Imperialstil gehaltener Salon. Die eine Wand bestand ausschließlich aus einem riesigen kalten Kamin und die andere aus Fenstern, die in den herbstlichen Garten gingen. Die dicken, mit französischen Lilien bestickten Vorhänge waren zugezogen, und eine elektrische Lampe brannte. Ihr orangenes Licht fiel auf den gedeckten Frühstückstisch und auf den in seinem Lehnstuhl zusammengesackten Max von Volkmann. Die Pistole war aus seiner erschlafften Hand gefallen und lag nun etwas eingesunken auf dem hochflorigen Teppich.

»Hmmm«, machte der Rote und betrachtete nachdenklich das Einschussloch im Schädel des einstigen Fliegerasses. Er wandte sich an den Diener: »Erzählen Sie mir doch bitte, wie hat Ihr gnädiger Herr den heutigen Morgen verbracht?«

»Wie immer, Herr Kriminalkommissar. Um zehn Uhr hat er gefrühstückt, und dann kam spontan der Herr Baron von Rosskopf vorbei. Die gnädige Frau ist aktuell verreist. Das war so gegen elf vielleicht, dass er kam, er wollte aber nichts essen. Das Mädchen durfte ihm nur eine Tasse Tee bringen. Die beiden haben sich eine Oper auf dem Grammophon angehört. Wagners Walkürenritt war es wohl, und dann ist Herr Baron von Rosskopf gegangen, so ungefähr eins müsste es da gewesen sein. Das war alles.« Der Diener überlegte und ergänzte dann: »Nein, bevor der Herr Baron kam, hat mein gnädiger Herr noch telefoniert. Mit dem Grafen Sawicki, diesem Juwelier. Aber nicht lange, maximal fünf Minuten.«

»Wissen Sie, worum es ging?«

»Ja, ziemlich genau sogar.« Verlegen nestelte der Diener an seinen Ärmelaufschlägen herum. »Bitte denken Sie nicht, ich hätte den gnädigen Herrn absichtlich belauscht, nur habe ich ihm währenddessen das Frühstück serviert, und es ließ sich eben kaum vermeiden ... Nun ja, es war auch nicht weiter spannend. Der gnädige Herr hatte Theaterkarten für den morgigen Abend. Am Schiffbauerdamm, so ein neues Stück.

Er plante wohl, in Begleitung des Herrn Grafen zu gehen, aber Graf Sawicki wollte nun spontan noch einen Freund mitbringen, den jungen Herrn von Brunnen, Sohn des Schokoladenfabrikanten von Brunnen. Aber der gnädige Herr glaubte, die Vorstellung sei bereits ausverkauft, was den Grafen wohl etwas verstimmte, und schließlich trug der gnädige Herr mir auf, sofort nach Öffnung der Kassen mit dem Theater zu telefonieren. Ich sollte mich erkundigen, ob es möglich sei, eine zusätzliche Karte für Herrn von Brunnen zu bekommen.«

»Um kurz vor zehn plante Herr von Volkmann also

noch den morgigen Abend, und drei Stunden später hat er sich erschossen? Das scheint mir recht kurzentschlossen.« Carl von Bäumer schüttelte ungläubig den Kopf, betrachtete höchst interessiert die schweren Samtportieren. »Die Vorhänge hier, sind die immer zugezogen?«

»Nein, der gnädige Herr muss sie geschlossen haben, bevor er sich erschoss. Ich habe sie heute Morgen geöffnet wie gewöhnlich, während des Frühstücks waren sie auch zurückgezogen.«

»Nachdem Herr von Rosskopf gegangen war, haben Sie Ihren gnädigen Herrn noch einmal gesehen?«

»Nein, gesehen nicht.« Der Diener seufzte schwer und ließ den Blick über den leblosen Körper gleiten. »Als Herr von Rosskopf ging, wollten das Mädchen und ich gerade kommen, um den Tisch abzuräumen, doch der Herr Baron sagte, wir sollten den gnädigen Herrn besser in Ruhe lassen, er sei ein wenig deprimiert, und der gnädige Herr hat sofort aus dem Zimmer gerufen, er wolle nicht gestört werden. Er klang auch ganz unglücklich, richtig niedergeschlagen. Herr von Rosskopf hat dann hinter sich die Tür zugezogen und gesagt, wir sollten am besten warten, bis Herr von Volkmann sich selbst wieder meldete. Nur, als er um drei noch immer kein Mittagessen verlangt hatte, bin ich nachschauen gegangen.«

»Nach Herrn von Rosskopf hat dieses Zimmer niemand mehr betreten oder verlassen?«, fragte Alfreds Vorgesetzter, wobei er ein zerknülltes, auf dem Boden liegendes Blatt der Tageszeitung aufhob. »Da sind Sie sicher?«

»Absolut, Herr Kriminalkommissar. Niemand, das

hätten wir bemerkt. Effi, das Mädchen, und ich haben nämlich nebenan das Silber poliert, und von dort hatten wir die Zimmertür ohne Unterbrechung im Blick.«

»Sie und das Hausmädchen haben also Silber poliert. Was tat das übrige Personal?«

»Der Gärtner hat seinen freien Tag, und die Köchin hatte eine Freundin zu Besuch, sie haben gemeinsam Quittengelee eingekocht. Der Sekretär und die Reinemachefrau kommen immer nur montags, mittwochs und freitags.« Er streckte seinen Arm zum Fenster aus, dessen Schloss von Bäumer sehr zu interessieren schien. »Die lassen sich nicht öffnen. Schon seit Jahren nicht mehr. Die Verriegelung ist eingerostet, wir lüften immer durch das Nachbarzimmer.«

»Durch das Zimmer, in dem Sie und das Hausmädchen saßen, richtig?« Der Rote hatte die Zeitungsseite inzwischen wieder glattgestrichen und zeigte sie nun Alfred: »Siehst du, was ich sehe?«

Alfred nickte. Vor allem sah er sein schon verloren geglaubtes Nachtmahl zurückkehren, aber das sagte er natürlich nicht: »Du meinst die Meldung über Muskel-Adolfs Verlobung mit dieser Lou Sad?«

»Oh!«, stieß der Diener nun hervor. »Oh, das erklärt natürlich alles! Das muss wohl doch ein schwerer Schlag für ihn gewesen sein – obwohl seine Trennung von Fräulein Sad nun schon so lange zurückliegt. Eine bildschöne Frau ist dieses Fräulein Sad, bildschön! Und was hat der gnädige Herr sie geliebt, halb wahnsinnig ist er wegen dieses blonden Teufels geworden. Aber so schön, so unbeschreiblich schön! Dass es ihn jetzt, nach all der Zeit, noch derart trifft?« Im Bewusstsein, die von einem Diener erwartete neutrale Distanz verloren zu haben, brach er abrupt ab. »Wer blickt schon in die Herzen, Herr Kommissar?«

Der Rote nickte vage, holte dann tief Luft. »Wer außer Ihnen hat das hier gesehen?«

Er zeigte auf den Toten.

»Niemand, Herr Kriminalkommissar. Niemand außer mir hat dieses Zimmer betreten.«

»Sehr gut«, sagte Genzer. »Sehr gut, dann passen Sie auf, dass es auch so bleibt. In maximal einer Stunde müssten unsere Leute kommen und Herrn von Volkmann abholen. Sie müssen sich um nichts weiter kümmern, ich werde gleich nach meiner Rückkehr auf das Revier die Presse informieren. Ich denke, wir sind uns doch einig, dass Herr von Volkmann, dieses hochgeschätzte und allgemein beliebte Fliegerass, einem bedauerlichen Unfall zum Opfer gefallen ist? Eine Unachtsamkeit beim Reinigen seiner Pistole?«

»Eine Unachtsamkeit beim Reinigen seiner Pistole«, echote der Diener, während Carl von Bäumer scharf die Luft einsog und Alfred sich überlegte, ob er vielleicht noch Schokoladensoße für den Dessertvanillepudding kochen sollte.

—

Lou erfuhr die Neuigkeit aus »Berlin am Abend«, und es war ein reiner Zufall, denn sie las normalerweise keine Zeitung.

Es hätte gut vorkommen können, dass sie die Nachricht von Max' Tod erst nach Monaten erreichte, aber heute hatte Adolf die Zeitung angeschleppt und schließlich neben dem Bett liegen gelassen.

Und so sah Lou dann die Meldung. Gerade als sie aufstehen und sich zum abendlichen Ausgehen herrichten wollte, fiel ihr Blick auf die Zeitung, halb verdeckt durch ihr daraufgeworfenes violettes Seidenhemdchen und schon ganz zerknittert, Adolf war wohl auf dem Weg ins Badezimmer draufgetreten. Seltsamerweise rührten sie zunächst vor allem das zerknautschte Papier und der Umstand, dass Max' Ende es nur auf Seite siebzehn geschafft hatte, zusammen mit von Bäumers Werbung für Alpina-Uhren und einem Bericht über einen Heiratsschwindler aus Bochum.

Im gedämpften Schein der Nachttischlampe betrachtete sie ihre sorgsam manikürten Finger, die das Blatt hielten. Kein Zittern zeugte von irgendeiner Bewegung, und der Verlobungsring blitzte kalt wie immer.

Warum auch nicht?

Was hatte sie denn erwartet? Dass der Finger schwarzfaulig anlief oder der 1,5-karätige Diamant zu Asche zerfiel, nur weil an eben diesem Finger einmal ein anderer Ring gesteckt hatte? Einen Verlobungsring hatte die Presse ihn damals genannt, aber es war nie einer gewesen.

Jetzt war Max also tot.

Aus dem Badezimmer drang das gurgelnde Geräusch der Toilettenspülung, dann begann das Badewasser zu rauschen, und einen kurzen Moment lang wollte Lou aufspringen, aus dem Zimmer, aus der Wohnung, aus ihrem ganzen Leben stürzen.

Zu Max wollte sie stürzen, ihren Kopf fest an seine

breite Brust pressen und stumm seinen Geruch einatmen, die vertraute Mischung aus Tabak, Männerschweiß und Schnaps. Sie würde ihm sagen, wie leid es ihr tue, und er würde ihr versprechen, dass diesmal endgültig alles anders werde, und sie würde ihm glauben. Sie hatte ihm doch immer geglaubt, oder zumindest sehr lange, und vielleicht würde diesmal wirklich alles anders?

Wenn du mich nur liebst, wenn du mich nur nie verlässt.

Ich werde dich nie verlassen, niemals!

Hatte sie das zu ihm gesagt?

Hatte er das zu ihr gesagt?

Aber sie hatten sich eben doch verlassen, gegenseitig, jeder den anderen, jeder ein bisschen, und jetzt war Max tot. Es gab kein *vielleicht eines Tages* mehr, Max war tot. Ihr geliebter lockenköpfiger Max, mit den Sommersprossen auf dem Handrücken und den tiefblauen Augen, ein ganz klein bisschen geschielt hatten diese Augen, meistens, wenn Max betrunken war.

Wann hatte sie aufgehört, ihm zu glauben, wenn er sagte, es sei das letzte Mal gewesen?

Es ist deine Schuld! Du bist schuld!

Hatte er das gesagt? Oder war sie es gewesen?

Ich will es nicht! Ich will dich nicht teilen! Ich will es nicht haben!

Ihr Kind war tot.

Max war tot.

Ein Unfall, kein Selbstmord. Einfach ein Unfall. Eine Unachtsamkeit beim Reinigen seiner Pistole. Vielleicht war er betrunken gewesen? Aber es hatte geheißen, er trinke nun nicht mehr?

Und warum ausgerechnet heute?

Warum gerade an dem Tag, an dem ihre Verlobung mit Adolf bekanntgegeben wurde?

Mit Adolf, nach dem sie verrückt war, seit sie im »Dantes Inferno« den ersten Tango mit ihm getanzt hatte. Den sie einfach heiraten musste, weil er all das war, was sie nach Max von einem Mann erwartete.

Ein kleines Platschen riss Lou aus ihren Gedanken, ein dunkler Fleck auf dem Zeitungspapier. Noch einer und noch einer. Sie weinte, und als sie es merkte, als sie versuchte, dagegen anzukämpfen, wurde es nur noch schlimmer. Heulend sank sie zurück in ihre Betttücher, wimmernd verbarg sie ihr Gesicht im kühlen Seidengeruch des Kopfkissens, weinend wie ein Kind, vollkommen eingeschlossen im eigenen Unglück.

»Hey, Baby, was hast du denn?«

Adolf saß plötzlich auf der Bettkante, massig und breit. Die dunklen Locken hingen feucht in sein markantes Gesicht, und in seinem Brusthaar glitzerten Wassertropfen.

»Es ist nichts, gar nichts.« Sie versuchte ein Lächeln. »Ich bin nur so furchtbar glücklich, weil wir jetzt bald verheiratet sind.«

»Okay. Baby?« Seine farblosen Augen musterten sie skeptisch. »Okay? Du willst es mir also nicht sagen?«

»Und ich bin so grässlich aufgeregt und all das.« Sie seufzte, griff nach seinen Händen, presste ihr Gesicht hinein. Sein Siegelring, der Siegelring des Geselligkeitsvereins Immertreu, drückte hart und fast tröstlich in ihre Haut. »Es ist einfach zu viel Glück.«

»Ich mag's grundsätzlich nicht, wenn man mich anlügt,

aber du, Baby, bist verdammt süß dabei.« Er nahm ihr die zerknüllte Zeitungsseite aus den Fingern. »Schau einer an, hat es den elenden von Volkmann also erwischt.«

Er klang weder bestürzt noch überrascht.

Es war vielleicht wirklich ein seltsamer Zufall, dass Max gerade an dem Tag starb, an dem ihre Verlobung bekanntgegeben wurde.

»Weißt du, Baby, was ich grundsätzlich auch nicht mag? Wenn Leute sich an meinem Besitz vergreifen, dafür hatte ich zu lange nichts.« Er entwand ihr seine Finger, zog den Ring ab, reichte ihr seine Hände erneut. »Der tut dir doch nur weh, und ich will dir nicht weh tun. Ich tu dir nicht weh, Baby. Und Baby, wenn dir irgendein anderer weh tut oder weh getan hat, dann war's das für ihn. Mein Wort drauf, das war's für ihn. Ich pass gut auf dich auf!«

—

»Und?«

Das war das Erste, was Carl seit der Begrüßung sagte, und er blickte dabei sehr konzentriert an Paul vorbei. Entgegen seiner üblichen Gewohnheit war er ihm auch nicht in der Tür um den Hals gefallen oder wenigstens aufgestanden. In T-Shirt und Pauls Pyjamahose lag er lang ausgestreckt auf dem Teppich vor ihrem Kamin, neben sich einen überquellenden Aschenbecher und die in Einzelteile zerlegte Abendzeitung. Der Papiermenge nach zu urteilen, hatte Carl jedes Blatt Berlins gekauft.

»Und?«, wiederholte Carl, seinen Edgar Wallace weglegend.

Es war sehr still im Zimmer. Allein das mechanische Knistern des Kamins und, weit entfernt, durch dickes Glas und drei Stockwerke gedämpft, der Lärm des Pariser Platzes waren zu hören.

»Und was?« Paul steckte sich eine Bulgaria Stern an, zur Stärkung für die unweigerlich folgende Diskussion. »Fassen wir zusammen: Du bist sauer, und du gehst davon aus, dass ich weiß, warum, aber ich versichere dir, ich bin ahnungslos wie eine Jungfrau frisch vom Konvent.«

»Möchtest du einen Gin-Fizz?« Carl war aufgestanden und zu dem im Sideboard verborgenen Eisschrank gegangen. »Oder eine Bloody Mary? Das ist das Neueste aus den Staaten, Wodka mit Tomatensaft.«

»Von mir aus auch Tomatensaft pur.« Paul seufzte demonstrativ. »Hättest du vielleicht die Freundlichkeit, mir zu erzählen, was ich schon wieder falsch gemacht habe?«

»Na ja, warum ist Max' Tod jetzt plötzlich ein Unfall? Das würde ich einfach gerne wissen.«

Paul ließ sich rückwärts auf ihr Plüschsofa fallen, inhalierte tief den Rauch seiner Bulgaria Stern und erklärte dann: »Der Herr Reichspräsident hat mit dem Polizeipräsidenten gesprochen. Sein ausdrücklicher Wunsch ist es, diskret mit den Todesumständen seines Patensohns umzugehen, um dessen Andenken als Kriegsheld nicht zu gefährden.«

Carl schien in keiner Weise überzeugt, weshalb Paul ergänzte: »Guck mal, ist doch egal, ob er sich die Pistole absichtlich oder aus Versehen an den Kopf gehalten hat. Da draußen sind Tausende von Menschen, für die

Herr von Volkmann immer noch das bewunderte Fliegerass ist. Diese Menschen haben oft nicht viel anderes, manche haben durch den Krieg alles verloren, es ist nur gnädig, ihnen wenigstens ein paar Illusionen zu lassen.«

»Eine schöne Gnade ist das, die auf Lügen aufbaut! Und so viel bequemer, als nach den Gründen zu suchen!« Carl mixte sich einen seiner Gin-Fizz spezial – ohne Soda, ohne Eis –, und nachdem er die Zitronen-Gin-Zucker-Plörre in einem Zug hinuntergekippt hatte, fuhr er fort: »Ich glaube nicht, dass er sich erschossen hat. Das war Mord.«

Paul seufzte abermals.

Bedauerlicherweise las Carl grässlich viele Krimis – derartige Lektüre war Gift für romantische Gemüter wie seins, weshalb Paul sich nun mit den Folgen dieses Unsinns auseinandersetzen musste. Er hielt sich vor Augen, dass Carl noch keine dreiundzwanzig Jahre alt war, und fragte sanft: »Kleines, wie kommst du denn darauf?«

»Nenn mich nicht Kleines, und schon gar nicht in diesem Ton. Ich bin kein Idiot!«

Paul zog an seiner Bulgaria Stern und verkniff sich die Bemerkung, dass Carl dann bitte schön auch keine derart idiotischen Behauptungen aufstellen sollte. Stattdessen sagte er: »Warum sollte jemand deiner Meinung nach Herrn von Volkmann erschießen?«

»Weiß ich nicht«, kam die trotzige Antwort umgehend. »Aber ich weiß auch nicht, warum jemand morgens noch die Theaterkarten für den nächsten Tag kauft und sich dann einfach so erschießt. Ohne Abschiedsbrief und ohne alles.«

»Du hast es doch selbst gehört: Als der Baron von Rosskopf ging, war Herr von Volkmann schon so deprimiert, dass er nur noch seine Ruhe wollte. Er wird erst nach dem Telefonat mit Herrn Sawicki die Zeitung gelesen haben, wahrscheinlich wusste er da einfach noch nichts von der Verlobung, und danke, mein Gin ist jetzt wirklich genug geschüttelt.«

»Schüttle ihn dir doch selber, wenn's dir nicht passt!« Vor Wut und Alkohol bekam Carl glühende Wangen und sah aus wie ein Schuljunge nach der Turnstunde. »Dass diese Lou mit Muskel-Adolf ausgeht, ist seit Wochen das Thema auf sämtlichen Abendgesellschaften! Sie haben im ›Dantes Inferno‹ einen Tango getanzt, der laut meiner Frau Schwester nur als *schlicht schamlos* bezeichnet werden konnte. Und du weißt, wenn Schwesterchen Urte etwas weiß, dann erfährt es bald auch der Rest der Welt. Außerdem geht Urte nie ins ›Inferno‹, die hat's offensichtlich auch schon erzählt bekommen. Und dass solche Wirbelwindromanzen gern in Verlobungen gipfeln, dürfte wirklich kaum jemanden überraschen.« Carl kippte einen weiteren Gin-Fizz spezial in einem einzigen langen Zug hinunter und fuhr fort, während er sich schon den nächsten Drink mixte: »Max war selbst fast vier Monate mit Fräulein Sad verlobt und dann später noch mal eine ganze Weile, der dürfte also wissen, dass eine Verlobung noch lange nicht in die Ehe führt. Und warum sollte ihn auch der Umstand, dass sie sich einen Ring an den Finger hat stecken lassen, mehr erschüttern als die ganze Romanze?«

»Das weiß ich auch nicht, aber es muss ja so gewesen sein. Menschen reagieren eben manchmal seltsam, vielleicht ist es ihm erst da richtig zum Bewusstsein gekommen?«

»Gut, gehen wir einen Moment von deiner Hypothese aus. Lass es mich mal durchdenken: Herr von Volkmann telefoniert also munter und macht Pläne für die kommende Woche, dann liest er Zeitung und ist zutiefst erschüttert, dann empfängt er den Baron von Rosskopf, hört mit ihm Opern und plaudert, dann verabschiedet er den Freund und will niemanden sehen. Dazu zieht er die Vorhänge zu, lässt aber das Grammophon weiterlaufen, die Platte drehte sich noch, als wir gekommen sind, und dann erschießt er sich einfach so. Kein Abschiedsbrief, kein letzter Vorwurf an Fräulein Sad oder wenigstens ein Lebewohl für seine bedauernswerte Gattin. Das ist Quatsch, das merk ich selbst noch nach dem vierten Gin!« Ebendiesen kippte Carl soeben hinunter, und weil er dessen Angewohnheit kannte, sich in solchen Situationen kolossal zu betrinken, lenkte Paul ein: »Gut, das ist tatsächlich ein seltsames Verhalten, da hast du recht, aber es muss trotzdem so gewesen sein, weil niemand nach dem Baron von Rosskopf das Zimmer noch hätte betreten können, und als der Baron ging, war von Volkmann ja noch am Leben. Ich nehme nicht an, dass du das Personal verdächtigst?«

»Nein, das erscheint mir recht unwahrscheinlich. Davon abgesehen, dass sie ja immer zu zweit beschäftigt waren, womit sie sich gegenseitig ein Alibi geben, sehe ich auch kein Motiv. Von Volkmann zahlte vollkommen durchschnittlich und hatte kaum Fluktuation. Der Diener ist schon seit 1899 bei der Familie in Stellung, die Köchin seit sieben Jahren, und nur das Mädchen ist mit neun Monaten relativ neu im Haus. Aber das kam auf Empfehlung der Köchin.«

»Woher um alles in der Welt weißt du das?«

»Ich habe bei Marbels Dienstbotenagentur angerufen.« Carl zuckte die Schultern. Man hätte meinen können, er täte den lieben langen Tag nichts anderes als zu ermitteln. »Jedes bessere Haus bezieht doch von dort sein Personal. Ich wollte diese Theorie sicher ausschließen können.«

»Ach, Kleines, das ist ja wirklich süß von dir, dass du mir helfen willst«, begann Paul, versöhnlich lächelnd. »Aber überlass das Ermitteln besser den Profis, ja? Ich weiß, du hattest in der Straumann-Geschichte Glück, und natürlich spielst du auf der Leinwand einen recht passablen Detektiv, aber deshalb bist du eben noch lange kein Polizist. Ich halte mich ja auch nicht für einen Schauspieler, nur weil ich auf der letzten Weihnachtsfeier ein Krippenschaf dargestellt habe. Wir haben eben alle unsere Fähigkeiten und unsere Grenzen. Ich könnte zum Beispiel nie so toll aussehen wie du. Ich finde, wir sind beide alt genug, wir sollten langsam wissen, was uns liegt und was nicht.

Du brauchst auch nicht zu glauben, dass die Polizei unfähig ist. Vertrau mir, das ist ein Selbstmord gewesen – ein seltsamer, zugegeben, aber wie sagte schon von Volkmanns Diener? *Wer blickt schon in die Herzen*?

Und jetzt hör auf, Gin in dich reinzukippen! Ich hab keine Lust, dich diesen Sonntag wieder ins Schlafzimmer tragen zu müssen – einmal im Monat reicht mir. Wenn du wie ein erwachsener Mensch behandelt werden willst, dann benimm dich auch wie einer!«

»Gut!« Carl knallte das Glas mit solcher Wucht auf das Stahlrohrtischchen, dass Paul einen Moment glaubte, es würde splittern. »Sehr gut, dann lass uns wetten! Ich wette mit dir, dass du im Unrecht bist. Ich wette, dass es kein Selbstmord war, und ich werde es dir beweisen. Bevor wir in den Urlaub fahren, habe ich den Mörder gefasst, und dann wirst du zugeben müssen, dass ich eben nicht nur toll aussehen kann.«

»Kleines, du bist betrunken.«

»Ja, natürlich bin ich betrunken. Und weißt du auch, warum? Weil ich die Wirklichkeit gerade nicht nüchtern ertrage, so ist sie auch noch schlimm genug! Ich ertrage es nicht, dass Max' Tod zu einem Unfall gemacht wird, nur weil dein Vorgesetzter und du vor dem Reichspräsidenten kuschen, der nicht will, dass sein Patenkind ein Selbstmörder ist. Und ich ertrage auch nicht, dass dieser Selbstmord einfach hingenommen wird! Ihr seid alle so widerlich bequem! Bequem und zynisch!«

»Carl, du vergreifst dich gerade gewaltig im Ton.« Im vollen Bewusstsein seiner erwachsenen Überlegenheit gegenüber diesem unreifen Wutausbruch seines kleinen Jungen beschloss Paul, dass es vielleicht an der Zeit für eine Lektion war. »Aber gut, wir wollen wetten. Wenn es ein Selbstmord war, dann spülst du während des kompletten Urlaubs klaglos ab. Ist es jedoch kein Selbstmord, dann spüle ich und gestehe dir zu, auch im wahren Leben ein großer Detektiv zu sein. Also, was ist? Schlag ein!«

—

Als der Graf Marian Sawicki seine Bettdecke zurückschlug, starrte er auf den hässlichen, glänzend schwarzen Leib eines Skorpions.

Der Graf seufzte tief und klingelte nach seinem Diener, damit dieser das tote Vieh entferne. Nachdem das ekelhafte Ding in den Müll gewandert und das Bett frisch bezogen war, entledigte der Graf sich seines rotseidenen, mit Hermelin besetzten Hausrocks, ließ sich im Nachtzeug auf den Diwan neben dem Telefon sinken und griff zum Hörer.

»Fräulein, geben Sie mir Herrn Hans von Brunnen, Leipziger Straße.«

Während er auf die Verbindung wartete, klopfte er sich eine Opiumzigarette in seine Elfenbeinspitze und nahm gerade, als die vertraute Stimme erklang, entnervt den ersten Zug.

»Mein kleiner Landjunge, was soll das?«, fragte er betont sanft. »Es war die gute Damastbettwäsche aus Paris!«

»Ich hasse dich! Ich hasse dich so sehr!« Hans' Stimme hatte den üblichen leicht quengelnden Ton, bei dem das elegante Privatschul-R so wunderbar zur Geltung kam. »Ich wünschte, du wärst tot!«

»Armer kleiner Landjunge, nicht der kleinste Wunsch wird dir erfüllt. Haben dir die Blumen gefallen?«

»Nein! Warum schickst du mir Lilien? Ich hasse Lilien! Ich bin ein einfacher Junge vom Land!«

Der Graf hörte, wie Hans eine neue Platte auf das Grammophon legte und dann, untermalt von Jack Jackson, weitersprach: »Lass uns aufs Land fahren, bitte! Mir ist so grauenhaft zumute. Lass uns auf das Gut meiner Frau Mama fahren. Oder besser, wir kaufen uns selbst etwas, vielleicht in Schottland? Es ist diese verdammte Stadtluft, die mir zusetzt. Ach, ich ertrag das alles nicht länger!«

»Wir fahren in ein paar Wochen nach Paris – aktuell bin ich mitten in geschäftlichen Verhandlungen mit Muskel-Adolf.«

»Ich will nicht in das stinkige Paris! Das ist voll grauenhafter Franzosen, und ich hasse das Französisch der Pariser. Das tut mir in den Ohren weh, so etwas Unelegantes!«

Mit einem hässlichen Quietschen riss Hans die Nadel von der Schallplatte und wimmerte: »Darling, ich ertrag das alles nicht mehr! Warum liebst du mich nicht? Ich liebe dich so abgöttisch, ich habe heute Abend nur an dich gedacht. Meine Frau Mama war schon ganz besorgt, warum ich nicht ausgehe. Ich glaube, sie will mich nicht dahaben, meine eigenen Eltern hassen mich! Und du mich auch!«

Der Graf seufzte auf und drückte seine Zigarette in den zur Spitze passenden Elfenbeinaschenbecher. »Alle lieben dich, Landjunge! Restlos alle! Und jetzt beruhige dich, dein Gejammer strapaziert meine sowieso schon angespannten Nerven. Muskel-Adolf ist ein schwieriger Geschäftspartner, auch wenn er gut zahlt.«

»Ich will nicht nach Paris. Da besuchen wir bloß wieder deinen Herrn von Keller mit seiner grauenhaften Frau, dieser schwäbischen Provinzpflanze. Künstler oder nicht, bei denen regnet es rein! Oder schlimmer noch, gehen wir zu diesem langweiligen alten Russen? Ich bringe mich um, wenn ich wieder zu diesem Fossil mitmuss. Da stinkt es! Nach Mottenkugeln und nach Tod!«

»Das langweilige alte Fossil, wie du es zu nennen beliebst, ist der exilierte Großfürst Garastinjew und mein geschätzter Geschäftspartner. Außerdem, wenn du dich umbringen willst, würde ich dir raten, es nicht in Paris zu tun. Die Überführung deiner Leiche kann Monate dauern. Bis du wieder in Berlin bist, bist du schon ganz angefault und unansehnlich. Man wird dich dann nicht aufbahren können.« Der Graf lachte und öffnete den antiken Reliquienschrein, in dem er seine Zigaretten aufbewahrte. »Hast du mitbekommen? Herr von Volkmann ist gestorben.«

»Das ist schön. Dann kann ich morgen doch mit dir ins Theater. Ich meine, jetzt ist ja egal, dass das Stück ausverkauft ist. Herr von Volkmann braucht seine Karte schließlich nicht mehr. Ich freu mich so, wir waren schon ewig nicht mehr richtig zusammen aus. Was soll ich anziehen?«

»Keine Sekunde glaube ich an einen Unfall«, sagte der Graf, mehr zu sich selbst als zu seinem Gesprächspartner. »Aber warum sollte Max sich erschießen? Heute Morgen war er noch bester Dinge, er hat sogar Witze über diese Verlobung Lous gemacht. Dass das ja kommen musste, nachdem er jetzt geheiratet hat. Und nun das …«

»Oh, diese neue Frau von Volkmann ist so unerträglich langweilig. Fast noch langweiliger als Fräulein Rosi Kranz! Warum hast du keine amüsanteren Freunde? Du solltest dir ein Beispiel an mir nehmen. Meine Freunde sind nicht so ermüdend!«

»Landjunge, ich muss Schluss machen. Ich möchte noch lesen, und ich brauche meinen Schlaf.«

»Liebst du mich?«

»Wie verrückt!« Und mit diesen Worten unterbrach der Graf die Verbindung, wählte dann jedoch sofort die Eins für das hausinterne Telefon: »Haben Sie ihn hergebracht?«

»Ja, Herr Graf Sawicki«, bestätigte sein Diener. »Er stand dort, wo Sie sagten. Ecke Brunnen- und Voltastraße bei der Essigfabrik. Er isst gerade noch. Soll ich ihn anschließend ins Badezimmer führen?«

Der Graf schwieg. Nachdenklich trat er an das Fenster, und nachdem er es geöffnet hatte, blickte er eine Weile, noch immer stumm, in den nächtlichen Garten.

Der Mond stand voll am Himmel, fast taghell lagen die kleine Lagune und die Marmorbrücke, und einen Moment lang glaubte der Graf, eine menschliche Gestalt durch die Schatten huschen zu sehen. Doch er musste sich getäuscht haben. Als er genauer hinblickte, wirkte der Garten verlassen und unberührt.

»Nein!«, bestimmte er nun kurzentschlossen. »Nein, schicken Sie den Jungen nicht ins Bad. Er soll gerade so hochkommen, wie er ist. Ich will ihn schmutzig!«

Montag, 19. Oktober 1925

»Er hat dich nicht umgebracht?«

Mit diesen nur zur Hälfte scherzhaft gemeinten Worten pflegte Viktor von Rosskopf seinen Freund Marian Sawicki seit bald einem halben Jahr zu begrüßen. Sie telefonierten jeden Morgen ein paar Minuten miteinander, wobei der Baron stets heimliche Genugtuung darüber empfand, dass Marian aus dem Büro seines Juweliergeschäfts anrief, er selbst aber noch im Bett lag.

»Hans hat mir die gute Damastbettwäsche aus Paris verdorben, indem er mir einen Skorpion aufs Kissen gelegt hat.« Marians Stimme klang erschöpft und ein klein wenig heiser. »Erspar mir trotzdem die Moralpredigt, nur heute.«

Von Rosskopf seufzte demonstrativ auf. Er hielt diesen Hans von Brunnen für eine tickende Zeitbombe, aber er beließ es bei einem: »Ich wünsch mir für dich eben ein anderes Ende als durch eine Kugel von diesem Idioten.«

Er streckte sich etwas zwischen seinen Seidenlaken, trank einen Schluck stark gesüßten Mokka und konstatierte: »Du hörst dich schlecht an.«

»Ich bin nur müde«, drang Marians Stimme aus dem Hörer. »Ich hab zu wenig geschlafen, das ist alles.«

»Oho!« Von Rosskopf lachte und biss in ein kandiertes Orangenstückchen. »Und der Grund dafür? Dieser grässliche kleine von Brunnen oder jemand anderes?«

»Ach, Viktor! Du bist neugierig wie eine alte Jungfer.«

»Also jemand anderes«, schlussfolgerte der Baron amüsiert. »Kenn ich ihn?«

»Ich hoffe nicht«, zischte Marian und klang ernsthaft ungehalten. »Du, ich hab jetzt auch gar keine Zeit mehr. Ich muss hier noch ein bisschen was vorbereiten. In einer halben Stunde kommt dieser Filmstar, dieser von Bäumer, und will irgendwas von mir. Ich glaub, wir waren ein paar Klassen über seinem Bruder. Oder war das sein Cousin? Hast du mal einen Film mit dem gesehen?«

»Bedauerlicherweise, ja. Vollkommen talentfreies Bürschchen, ein hübsches Gesicht und sonst nicht viel. Macht auch Reklame für meine Kriegsblinden, aber jetzt lenk nicht ab.« Von Rosskopf gab seinem hereinschleichenden Diener ein Zeichen, das Silbertablett mit der Morgenpost neben das benutzte Frühstücksgeschirr zu stellen. »Wie sieht deine schlaflose Nacht aus? Hell oder dunkel? Älter oder jünger als wir? Deutscher? Franzose?«

»Ich ruf dich heute Nachmittag an, falls ich Lust dazu haben sollte«, bestimmte Marian, fügte aber in versöhnlichem Ton hinzu: »Ich hab gar nicht gefragt, wie es dir geht. Ist es okay?«

Von Rosskopf verspürte eine Welle der Rührung, wie immer, wenn er glaubte, eine Spur von Wärme hinter Marians kalter Fassade zu erkennen. Doch Marian wäre nicht er selbst gewesen, hätte er die Antwort abgewartet. Übergangslos stellte er fest: »Ich muss jetzt wirklich arbeiten. Auf Wiederhören.«

»Bis heute Nachmittag«, sagte von Rosskopf in die bereits tote Leitung, und kopfschüttelnd griff er sich den obersten Umschlag der Morgenpost. Festes, teures Papier, kein Absender und die Adresse mit der Maschine getippt.

Der Baron nahm einen letzten Schluck Mokka, dann riss er das Kuvert auf. Es enthielt nur einen einzelnen Bogen, erneut Maschinenschrift.

»Hochverehrter Herr Baron von Rosskopf,
wir bedauern den Tod Ihres verschwundenen Dienstmädchens zutiefst. Es muss ein schwerer Schlag für Sie gewesen sein, insbesondere angesichts Ihrer Vergangenheit. Haben Sie schon an Lottis Familie gedacht? Wohl kaum, so egozentrisch, wie man Sie kennt. Wir aber schon. In der Hoffnung, den Schmerz der Angehörigen dadurch etwas zu lindern, erlauben wir uns, hundert Mark beizulegen. Wir gehen davon aus, dass Sie diese gewissenhaft an die Hinterbliebenen des Mädchens weiterleiten.

Herzlichst, Lottis Mörder«

—

»Ihr Besuch ist eine große Ehre für mein bescheidenes Geschäft, Herr von Bäumer.«

Graf Sawicki verneigte sich tief vor Carl und führte ihn durch den in rosa und weißem Marmor gehaltenen Verkaufsraum vorbei an den Juwelieren, die aus dem Augenwinkel unauffällig nach dem Filmstar schielten, und direkt in sein Privatbüro.

Sawicki war auf sehr distinguierte Art mager, mit akkurat gestutztem Menjoubärtchen und einem dezent gestreiften Anzug, zweifellos Pariser Provenienz. Alles an ihm war elegant und von vornehmem Glanz, seine Lackschuhe, die polierten Nägel und das blauschwarze, in ondulierte Wellen gelegte Haar. Carl fand, der Juwelier sah deutlich mehr nach Filmstar aus als er selbst. Wie ein etwas abgespannter, etwas erschöpfter Rudolph Valentino sah der aus.

»Sie sagten am Telefon, Sie suchten etwas ganz Besonderes? An was haben Sie gedacht? Nein, sagen Sie nichts! Es ist eine Passion von mir, meiner hochverehrten Kundschaft die Wünsche von den Augen abzulesen.«

Er lachte, deutete mit seiner schmalen Hand auf den für Besucher bereitstehenden und mit cremefarbener Seide bespannten Sessel, und begann ganz unverhohlen, Carls Gesicht zu mustern.

Carl war das nicht so besonders recht, für derartige Großaufnahmen fühlte er sich eindeutig zu verkatert.

»Ich vermute, es soll ein Geschenk sein?«, riss der Graf ihn aus seinen Gedanken. »Das erkenne ich daran, dass Sie selbst keinerlei Schmuck tragen und einem eher sportlichen Kleidungsstil huldigen.«

Letzteres klang ein wenig vorwurfsvoll, so dass sich Carl genötigt sah, zu erklären: »In Pullunder und Sakko werde ich seltener erkannt, und die Jacke, die habe ich letztes Jahr zu Weihnachten bekommen.«

»Lammfell – eine gute, solide Wahl, aber auch ein wenig konservativ. Gehe ich recht in der Annahme, dass sie der jungen Dame, die Ihnen dieses Objekt verehrte, zärtliche Gefühle entgegenbringen?«

Da die Jacke tatsächlich von Paul stammte, nickte Carl und fragte sich zum wiederholten Mal, wie er das Gespräch nur unauffällig auf Max von Volkmann lenken sollte.

»Man bringt Sie in den Zeitungen mit niemandem in Verbindung, also werden Sie kaum einen Verlobungsring suchen, sonst hätten Sie Ihre kleine *Affaire d'amour* bereits öffentlich gemacht.« Die Mundwinkel des Juweliers hoben sich ein wenig, dann fragte er: »Also ein Jahrestagsgeschenk für eine geheimnisvolle Geliebte?«

»Nein.« Carl schüttelte den Kopf. Es geriet ihm etwas heftig, denn er hatte tatsächlich an etwas Derartiges gedacht – irgendeinen Vorwand brauchte er schließlich, um mit Sawicki zu sprechen. »Es soll ein Geschenk für einen guten Freund sein – einen Mann. Ich dachte an eine Uhr oder so etwas?«

Sawicki blickte ein wenig konsterniert, fragte dann: »Eine Alpina-Uhr? *Ich weiß immer, was die Stunde schlägt.*« Lächelnd schüttelte der Juwelier den Kopf. »Ich bedauere, aber unser Haus hat sich seit nunmehr drei Generationen auf exquisite Unikate, auf Einzelstücke und Raritäten spezialisiert, Alpina-Uhren führen wir nicht.«

»Na ja, dann vielleicht Manschettenknöpfe?«

»Manschettenknöpfe sind immer eine gute Wahl. Damit macht man nichts falsch. Die Augenfarbe dieses Freundes?«

»Braun, ziemlich dunkel. Und seine Haare sind rot«, ergänzte Carl erfreut. Hier bot sich vielleicht die Gelegenheit, auf die er gewartet hatte. »Ein ähnliches Rot wie die Haare der bedauernswerten Gattin des unglücklichen Herrn von Volkmann. Eine schreckliche Tragödie! Sie waren mit ihm befreundet, oder?«

»Wir kannten uns noch aus dem Internat. An welchen preislichen Rahmen haben Sie denn hinsichtlich der Manschettenknöpfe gedacht?«

Carl winkte ab, er konnte ihm wohl kaum sagen, dass sie sich auf ein Geschenk im Wert zwischen fünf und zehn Mark geeinigt hatten.

Sie sparten aktuell. Bei ihrer letzten Sommerfrische hatten sie eine Ruine am Meer entdeckt, vollkommen vermodert und halb überwuchert, aber nur zwei Minuten vom Wasser entfernt. Die wollten sie haben und renovieren, wenn nicht dieses Jahr, dann nächstes.

Aber da Paul sowieso keine Manschettenknöpfe trug und an seiner Armbanduhr aus dem Krieg hing, hatte Carl gar nicht vor, wirklich etwas zu kaufen, und erklärte deshalb in feinster Filmstarmanier: »Geld spielt keine Rolle!«

»Dieser preisliche Rahmen ist mir stets der liebste.« Sawicki entnahm seinem Jackett eine silberne Tabatiere und bot Carl eine Zigarette an, ehe er vertraulich fortfuhr: »Gehe ich recht in der Annahme, dass es etwas ganz Besonderes sein soll? Etwas, das der Einmaligkeit Ihres Freundes gerecht wird? Sehr schön, sehr schön. Wie schnell brauchen Sie das Geschenk?«

»Zum 25. Oktober«, entgegnete Carl wahrheitsgemäß.

»Zum Tag der Oktoberrevolution? Wie ungemein passend, aber leider auch recht kurzfristig. Sie müssen wissen, etwas wirklich Ausgefallenes wird eine Parisreise nötig machen, und aktuell bin ich mitten in einem größeren Verkaufsgespräch, aber …« Er schien abzuwägen, wie wertvoll ein Filmstar von Carls Kaliber als potentieller Kunde war. »Ich denke, für Sie werde ich es möglich machen. Zumal ich hoffe, den erwähnten Verkauf Ende der Woche abschließen zu können.«

»Warum ist der Tag der Oktoberrevolution passend?«

»Sie werden schon sehen.« Obwohl er maximal zehn Jahre älter als Carl sein konnte, lächelte der Graf nun väterlich. »Ich bin überzeugt, Sie werden begeistert sein.«

»Danke.« Carl klang etwas schlaff. Vor seinem geistigen Auge sah er schon ihre Rücklagen für ein erstrebtes Ferienhäuschen an der Ostsee zu Manschettenknöpfen werden, dabei trug Paul höchstens an Weihnachten welche. Und in arrogantester Filmstarmanier erklärte er: »Aber ich kaufe nur, wenn es sich um etwas Einmaliges, etwas vollkommen Ausgefallenes handelt.«

»Sie können beruhigt sein, das wird es.« Seine Stimme senkte sich zu einem vertraulichen Flüstern: »Herr Adolf Leib zum Beispiel, der Geschäftsführer des Ringvereins Immertreu, kam vor einigen Wochen mit einem ganz ähnlichen Anliegen zu mir. In seinem Fall ging es um einen Verlobungsring, der nicht nur der Schönheit seiner zukünftigen Trägerin gerecht werden, sondern auch durch seine Großartigkeit jede Erinnerung an jenen Verlobungsring hinfortfegen sollte, den Fräulein Sad seinerzeit von Herrn von Volkmann bekam. Und ich kann voll Stolz sagen, das ist uns gelungen. Der Ehering aber wird alles zuvor Dagewesene in den Schatten stellen.«

Carl konnte sein Glück kaum fassen, nun war das Gespräch von ganz allein auf das Fliegerass gekommen.

»Herr Leib war eifersüchtig auf den unglücklichen Herrn von Volkmann?«

»Herr Leib ist eifersüchtig auf die Spiegel, an denen Fräulein Sad vorbeigeht. Dabei hatte Herr von Volkmann jedes Interesse an Fräulein Sad verloren. Manche Männer verwechseln Lust und Liebe, und dann leiden sie an beidem, aber haben sie ihren Irrtum erst einmal erkannt, sind sie auf ewig kuriert.« Altväterlich schmunzelnd erhob sich der Graf, um Carl zur Tür zu begleiten. »Aber machen Sie sich keine Sorgen, Herr von Bäumer, ganz egal, welcher Natur Ihre Gefühle für Ihren zu beschenkenden Freund sind, das Schmuckstück, welches ich für Sie im Sinn habe, wird Ihre Erwartungen mehr als übertreffen.«

—

Ein Zuhause ist, wo man sicher ist. Sicher vor dem da draußen.

Ein Zuhause war für Georgie etwas vollkommen Neues, und jedes Mal, wenn er den Schlüssel ins Wohnungsschloss steckte, jedes Mal, wenn der Schlüssel sich tatsächlich drehen ließ, dann überwältigte ihn eine heiße Welle reinen Glücks.

Heute hatte er sogar mit der Nachbarin aus dem Parterre gesprochen.

Grässliches Wetter! Kalt wie Dezember.

Mittwoch soll es besser werden, aber das glaube ich erst, wenn ich es sehe!

Herrlicher Beweis seiner bürgerlichen Existenz, seines Wertes als Mensch.

Die Nachbarin wusste natürlich nicht, was er beruflich tat, bestimmt hielt sie ihn für einen Lehrjungen.

Der Gedanke gefiel ihm so gut, dass er zu pfeifen begann, woraufhin ihn seine Zimmerwirtin bemerkte und rief: »Georgie? So spät heute und dabei so fröhlich? Komm in die Küche, wir haben dir Frühstück aufgehoben, aber es ist ja jetzt fast Mittag – soll ich dir ein Ei über den Brei schlagen?«

Frau Schenk war Kriegswitwe oder etwas in der Art. Den Krieg hatte ihr Gatte, der angesehene Altphilologe Professor Dr. Leonhard Schenk, zwar überlebt, doch war er nach einer Verletzung durch einen Granatsplitter auf ständige Pflege angewiesen und schließlich dann, im Herbst 23, an einer Lungenentzündung gestorben. Seiner jungen Gattin hatte er wohl wenig mehr hinterlassen als eine umfangreiche Bibliothek, eine in Fachkreisen gerühmte Abhandlung über die Catilinarischen Reden und eine altmodisch in Nussbaum eingerichtete Wohnung in Charlottenburg.

Ein Zimmer dieser Wohnung vermietete die Witwe Schenk nun. Gewöhnlich an alleinstehende Damen, aber auf Vermittlung von Herrn Muskel-Adolf hatte sie für Georgie eine Ausnahme gemacht. Obwohl sie wusste, was Georgie tat, und obwohl sie wusste, dass er keine Papiere besaß.

Sie war eine sehr nette Frau, und sie mochte Georgie, so sehr, dass er sogar ohne Aufpreis mitessen durfte. Im Gegenzug trug er ihr die Einkäufe und die Kohlen hoch, Frau Schenk war nämlich schwanger.

Der Vater dieses für das kommende Frühjahr erwarteten Wesens war natürlich nicht der in allen Ehren beigesetzte Professor Dr. Leonhard Schenk, sondern vielmehr ein breitgebauter Rothaariger, der zwei-, dreimal in der Woche morgens mit beim Frühstück saß und auch kam, wenn eine Glühbirne gewechselt oder wieder einmal die Toilette repariert werden musste.

Er war verheiratet, was wohl der Grund dafür war, dass Frau Schenk manchmal morgens rotgeränderte Augen hatte und es Tage gab, an denen sie mit schuldbewusster Miene Blockschokolade naschte.

Er fand den Rothaarigen sehr dumm, weil er für Frau Schenk nicht alles stehen und liegen ließ. Anderseits hätte sie dann vielleicht keine Zimmer mehr vermietet, und das wäre Georgie auch nicht recht gewesen.

Aber heute saß der Rothaarige am Küchentisch, trank Kaffee und rauchte. Da sein nasser Mantel zum Trocknen über dem Stuhl am Ofen hing, schlussfolgerte Georgie, dass er die Nacht wohl bei seiner Ehefrau verbracht hatte und erst vor kurzem gekommen war.

»Schau, was Willi uns mitgebracht hat!« Freudestrahlend zeigte Frau Schenk auf den Fleischberg, den sie gerade durch den Wolf drehte. »Das gibt Buletten bis zur nächsten Fastenzeit!«

»Na, ich hab gedacht, ihr könnt es brauchen. Ihr müsst doch alle drei noch wachsen.« Er lachte und schob seinen Stuhl etwas zur Seite, damit Georgie auf die Bank rutschen konnte. »Aber du wirst wirklich immer größer, Junge! Du siehst insgesamt ganz gut aus. Geht's dir auch so?«

»Danke der Nachfrage, Herr Genzer. Es geht wirklich ganz wunderbar.« Und als er es sagte, da merkte Georgie, dass es die reine Wahrheit war. Lächelnd verschob er ein Wollknäuel samt Nadeln, das einmal ein Windelhöschen werden sollte. Er löffelte seinen Brei und erzählte:

»Gestern, gestern hat der Herr Graf Sawicki nach mir schicken lassen. Der Herr Graf ist so vornehm, er kommt nicht selbst, sein Chauffeur hat mich zu ihm gebracht! In einem schwarzen Maybach, und die Sitze mit Chinchilla bezogen! Und die Villa erst! So etwas haben Sie noch nicht gesehen – im Kintopp vielleicht, aber nicht in echt. Überall Glas und alles entweder topmodern aus Stahl oder uralt, so mit Messing. Und ich habe Abendbrot gekriegt, und hinterher durfte ich im Gästezimmer schlafen. In einem Federbett mit Leintüchern, die haben nach Parfum geduftet, und der Graf selbst erst!

Er sieht richtig top aus, wie ein Filmstar! Wie Rudolph Valentino! Und nett ist er obendrein!«

»Liebes, such dir besser einen neuen Mieter«, witzelte Willi Genzer. »Der Junge ist verliebt!«

»Ach, hör schon auf!« Etwas wie mütterliche Besorgnis legte sich über Frau Schenks Züge, und vielleicht beim Gedanken an einen möglichen baldigen Abschied legte sie ihm noch ein Stück vom Sonntagskuchen neben den Teller. »Will er dich denn mal wiedersehen?«

»Ja! Heute Abend schon!« Er spürte, wie sich seine Wangen vor Stolz röteten. »Und wieder für die ganze Nacht.«

»Ach, Georgie«, seufzte Frau Schenk. »Sei bloß vorsichtig. Bevor man sich versieht, steckt man bis zum Hals in Schwierigkeiten. Pass bloß gut auf dich auf, diese feinen Herren, die sind oft gar nicht so fein, wie sie tun.«

Georgie nickte.

Er würde ihr ganz bestimmt nicht erzählen, was der Graf von ihm verlangt hatte, und während er sein Buch unter einer Zeitschrift mit Schnittmustern für Umstandsmode hervorsuchte, dachte er an diesen roten Sportwagen, der vor dem Tor der Villa des Grafen gestanden hatte. Darin hatte ein junger Mann gessesen, etwas älter vielleicht als er, aber sicher noch keine einundzwanzig.

Dieser Mann hatte ihn sehr seltsam angesehen, so ganz eindringlich, als wolle er sich jede Einzelheit einprägen, und später schien es Georgie, als sei ihm jemand gefolgt. Aber wenn er sich umgedreht hatte, war da niemand gewesen. Er musste es sich eingebildet haben. Und wer sollte ihm auch nachlaufen?

—

»Sie können das doch nicht einfach so hinnehmen!« Baron von Rosskopf funkelte Paul aus tiefbraunen Augen gleichermaßen auffordernd wie angriffslustig an. »Was gedenken Sie nun zu tun?«

Der Kommissar seufzte und warf einen hilfesuchenden Blick auf das neben seinem Schreibtisch sitzende Tippfräulein, doch Greta schien vollkommen davon in Anspruch genommen, die Bleistiftenden in eine akkurate Linie zu schieben.

Ungewohnt stumm und geduldig wartete sie auf die Fortführung des Diktats, das der Baron durch sein Hereinplatzen so abrupt unterbrochen hatte.

»Was nun? Was werden Sie tun? Herr Gennat hat mich zu Ihnen geschickt, damit ich das Problem mit Ihnen bespreche. Und Sie? Sie sehen mich an wie ein unglückliches Mondkalb und seufzen!«

Paul widerstand der starken Versuchung, abermals zu seufzen. Stattdessen zündete er sich eine Bulgaria Stern an und begann umständlich: »Herr Baron von Rosskopf, ich verstehe selbstverständlich, dass Sie im Moment sehr aufgebracht sind, aber Sie müssen auch verstehen, dass die Berliner Polizei nur sehr begrenzte personelle Mittel zur Verfügung hat. Sehen Sie, ich untersuche aktuell einen Raubmord in Wedding, die Fälle eines erstickten Säuglings, eines tödlichen Abtreibungsversuchs und eines erschlagenen Arbeitslosen. Meine Kollegen und ich haben schlicht keine Zeit, auch noch entlaufenen Dienstmädchen hinterherzurennen.

Ich möchte Ihre Sorge sicher nicht kleinreden, aber täglich verschwinden in Berlin Dienstmädchen, und in den allermeisten Fällen tauchen sie nach ein paar Tagen oder Wochen wieder auf. Viele haben Heimweh nach ihren Frau Mamas, andere verlieben sich und heiraten plötzlich, wieder andere werden Revuegirl, und nur die allerwenigsten bleiben verschwunden.«

Die fischten sie dann für gewöhnlich irgendwann aus der Spree, aber das sagte Paul nicht. Er hätte es auch gar nicht können, der Baron tigerte schon wieder wild gestikulierend und lautstark protestierend vor seinem Schreibtisch auf und ab.

»Ja, aber dieser Brief! Dieser Brief, den ich erhalten habe! Reicht Ihnen das nicht als Beweis, dass hier eine Straftat vorliegt? Lotti wurde entführt und ermordet! Niemals wäre sie weggelaufen! Sie hatte doch gar keinen Grund dazu.«

»Man weiß nie, was in diesen Mädchen vorgeht«, konstatierte der Kommissar vage. Am Samstagmorgen hatte Carl ihm eine ganze Reihe von Klatschgeschichten über den Baron und sein seltsames Verhältnis zu Lotti Berschneider erzählt. Natürlich durfte man nicht alles glauben, was Dienstboten so über ihre Herrschaften weitertrugen, aber wenn auch nur ein Teil davon wahr war, dann hätte Lotti allen Grund gehabt, das Weite zu suchen.

Anscheinend war das ein neuer Sport der feinen Berliner – Verbrechen suchen, wo es keine gab. Erst Carl mit seiner hirnrissigen Mordtheorie und jetzt der mit seinem ausgebüxten Dienstmädchen.

»Und dieser Brief?«

»Ich möchte Ihnen nicht zu nahe treten, aber es ist durchaus möglich, dass sich hier nur jemand wichtigmachen möchte. Das Auftauchen dieses Schreibens ist kein Beweis für einen Mord. Vielleicht hat sich einfach jemand einen makabren Scherz erlaubt?«

»Einen teuren Scherz! Hundert Reichsmark sind kein Pappenstiel. Hier versucht doch jemand, sich von seiner Schuld freizukaufen!«

Angesichts dieser Summe, die ihr Monatsgehalt überstieg, blickte selbst Greta auf, und Paul beschloss, dass er genug von all diesen neurotischen Möchtegerndetektiven hatte.

Sollten die sich doch gemeinsam amüsieren und vernünftige Menschen ungestört ihren Job machen lassen!

Mit gespielter Freundlichkeit fragte Paul deshalb: »Haben Sie denn einen Verdacht, wer hinter dem Verschwinden des Mädchens stecken könnte? Hatte sie Feinde?«

Von dem plötzlichen Interesse des Kommissars leicht verwirrt, schwieg der Baron einen Moment, starrte ratlos auf die am Fenster vorbeidonnernde 12 Uhr 43, sagte dann: »Nein, Feinde hatte sie keine, aber ich glaube, sie hatte Männerbekanntschaften. Sie war ja sehr hübsch. Vielleicht steckt einer von denen dahinter?«

»Haben Sie Namen? Greta, Sie schreiben mit!«

»Das wird nicht nötig sein, ich habe keine Namen. Da gab es einen jungen Mann, der sie manchmal an ihrem freien Abend abholte. Die Sorte junger Mann, die eine Nelke im Knopfloch und kunstseidene Hemden trägt. Ich nehme an, die anderen Mädchen werden Ihnen Genaueres sagen können.«

»Der junge Mann heißt Peter Kowaltschik, ist neunzehn Jahre alt und bei einer Mechanikerwerkstatt unweit des Stettiner Bahnhofs angestellt. Für den Samstag, an dem Lotti nicht heimkam, hat er ein Alibi, sogar ein besonders gutes. Er saß nämlich noch von Freitagnacht in einer Ausnüchterungszelle in Hammelstall.« Paul lächelte, zufrieden über das überraschte Gesicht des Barons. »Das haben die Kollegen alles bereits überprüft. Haben Sie sonst noch jemanden im Verdacht?«

Von Rosskopf zögerte einen Moment. Er schien mit sich zu ringen, sagte dann überraschend heftig: »Ich weiß es nicht! Ich möchte wirklich niemanden in irgendetwas hineinziehen, aber Herr Kranz schien manchmal recht vertraut mit ihr.«

»Herr Fabian Kranz? Der Buntstiftkranz?«

Die Sache wurde immer abstruser.

Niemals würde Fabian Kranz, dieser überzeugte Verfechter von Familientugend und arischem Blut, mit dem

Dienstmädchen eines Freundes anbandeln. Keineswegs aus Gründen des Anstands, ausschließlich aus Angst vor einem Skandal und dem damit verbundenen Ende seiner politischen Karriere würde dieses Schäfchen brav auf dem rechten Pfad bleiben.

»Sie hatten das Gefühl, Herr Kranz und Ihr Dienstmädchen könnten ...«

»Ach, ich weiß es nicht!« Aufgebracht warf der Baron die Arme in die Luft. »Ich weiß es wirklich nicht! Aber irgendwo muss sie doch sein! Sie kann doch nicht einfach so vom Erdboden verschluckt worden sein? Im einen Moment verlässt sie das Haus für ihren freien Samstagabend, und im nächsten Moment ist sie weg?«

»Beruhigen Sie sich bitte. Wir werden sehen, was wir für Sie tun können. Wir werden wirklich jeder noch so kleinen Spur nachgehen. Sie hören in ein paar Tagen von uns.« Bis dahin würde das Mädchen längst wohlbehalten irgendwo wieder aufgetaucht sein, davon war der Kommissar überzeugt. »Greta, seien Sie so lieb, und führen Sie den Herrn Baron hinaus?«

Und kaum war die Tür hinter den beiden ins Schloss gefallen, griff Paul nach dem Telefon, bat um Verbindung mit dem Pariser Platz 13 und sagte: »Kleines, ich brauche deine Hilfe als Detektiv. Es ist aber eine wirklich diffizile Angelegenheit, etwas außerhalb dessen, was ich als Kommissar machen darf, deshalb bitte ich dich. Es geht um Herrn von Rosskopfs verschwundenes Dienstmädchen. Es gibt da vielleicht eine heiße Spur. Was ist, wärst du bereit, dich unter einem Vorwand mit Herrn Kranz zu treffen und ihm bezüglich seines Verhältnisses zu Lotti Berschneider auf den Zahn zu fühlen? Ja, du machst es?«

—

Sie konnte nicht weg sein!

Und doch war sie nicht an ihrem Platz!

Das Telefon auf Fabian Kranz' Schreibtisch klingelte, aber er hob nicht ab. Dann war er eben noch nicht aus der Sowjetunion zurück, konnte auch keiner verlangen, dass er aus dem Zug sprang und sofort erreichbar war.

Wo war sie nur hin?

Es konnte einfach nicht sein!

Er musste sie übersehen haben!

Vielleicht war die Kette zwischen die Geschäftsbriefe gerutscht?

Noch einmal, diesmal ganz methodisch und sich zur Ruhe zwingend, räumte Fabian die Schublade aus und stapelte ihren Inhalt auf der grünledernen Schreibunterlage vor sich.

Sie war nicht da!

Vielleicht war sie in eine der Ritzen am Rand gerutscht?

Nein, und so klein war sie ja auch gar nicht. Zwei Zentimeter hatte bestimmt allein der Anhänger.

Fabian spürte leichte Panik in sich aufsteigen.

Es war so dumm von ihm gewesen, sie aufzuheben, aber schließlich kannte niemand das böse Geheimnis dahinter. Eine harmlose kleine Kette, nicht wertvoll, nicht außergewöhnlich. Zumindest für das Auge des Unwissenden.

Sollte am Ende doch jemand …

Absoluter Blödsinn! Das war unmöglich, schlicht unmöglich! Vielleicht hatte sein Fräulein Schwester sie beim Putzen gefunden und an einen anderen Ort gelegt? Erst vor ein paar Wochen hatte Rosi doch seine Büroräume säubern lassen.

Wann nur war das gewesen?

Es musste im September gewesen sein, denn Rosi hatte nach Krempel für den Wohltätigkeitsbasar dieser dämlichen von-Rosskopf-Stiftung gesucht. Deshalb auch der Großputz.

Hatte er sie vor seiner Abreise noch einmal gesehen?

Nein, ganz bestimmt hatte Rosi die Kette bei ihrem Großputz weggeräumt. Aber konnte er sie danach fragen, ohne Verdacht zu erwecken?

War es nicht egal, wo die alte Kette vor sich hin moderte? Es wusste doch keiner, was sie in Wirklichkeit war.

Vielleicht hatte Rosi das gruselige Souvenir sogar einfach weggeworfen?

Welche Erleichterung wäre das.

Ja, er hoffte fast, es möge so sein, welch eine Erlösung wäre das gewesen.

Verdiente er Erlösung?

Fabian schüttelte entschieden den Kopf. Weg mit diesen albernen Gedanken, am Ende wurde er noch sentimental.

Und als er den Hörer des ununterbrochen schrillenden Telefons abhob, sagte er in gewohnt kalter geschäftsmäßiger Stimme, nachdem seine Sekretärin ihn bat, den Anruf durchstellen zu dürfen: »Wer ist in der

Leitung? Der Filmstar Carl von Bäumer? Was kann der bloß wollen? Na, stellen Sie mal durch.«

—

»Du siehst verheerend aus.«

Carls Schwester musterte ihn im Gehen missbilligend aus dem Augenwinkel. Dies war eine Kunst, die Urte und seine Mutter in Perfektion beherrschten, und von daher nicht weiter beeindruckend. Er war schon dankbar, dass sie aufgehört hatte, auf dem leidigen Thema *unmögliches Betragen bei der Taufe des kleinen Ludwig* herumzuhacken.

War doch ihre Schuld gewesen. Er hatte laut und deutlich gesagt, er wolle nicht mit den Eltern an einem Tisch sitzen. Lieber esse er auf der Toilette.

Mit ihrem Herrn Vater sprach er nicht mehr, seit der ihn als Reaktion auf das Schauspielstudium enterbt hatte. Mit der Mutter kam er eigentlich ganz gut aus, aber die wiederum sprach in Anwesenheit ihres Gatten aus Protest nur Russisch und verschwand spontan nach der Suppe, weil sie einen Anruf bekam, Prinzessin Leopoldin liege in den Wehen. Prinzessin Leopoldin war eine ihrer Siamkatzen.

Was hatte Urte erwartet?

Sich kolossal zu betrinken stellte eine entscheidende Maßnahme zum Erhalt seiner geistigen Gesundheit dar. Wobei er zugab, dem Herrn Vater zu erklären, er ficke täglich mit dem Sohn eines Bahnwärters, war nicht richtig gewesen. Das war erstens geprahlt und zweitens ungerecht gegenüber Paul. Dessen Vater nannte sich immerhin zweiter Stationsvorsteher, das machte schon einen Unterschied.

»Wirklich schlicht verheerend. Das kommt davon, weil du nicht richtig isst.«

Schwester Urte selbst sah natürlich wie immer makellos aus – von ihrem aschblonden, in Wasserwellen gelegten Bubikopf über den grauen, um die Schultern drapierten Fuchs bis zu den gleichfalls grauen Wilderpumps. Alles an ihr zeugte von Geld, guter Erziehung und der vollkommenen Abwesenheit irgendeines Mangels. Nichts erinnerte auch nur im Entferntesten an die erst vor vier Wochen stattgefundene Entbindung von einem weiteren Söhnchen.

»Aber warum möchtest du das eigentlich wissen?«, wechselte sie das Thema. »Seit wann interessiert dich die Familie Kranz?«

»Sie interessiert mich eben«, gab Carl zurück, wobei er dem Portier der Damenschneiderei Larson mit einem Kopfnicken für das Öffnen der Tür dankte.

Das Innere des Ladens roch nach neuem Stoff und ein ganz klein wenig nach den teuren Parfums der Kundinnen.

»Unsinn! Und im Übrigen weiß ich es sowieso schon.« Unter ihren dauergefärbten Wimpern warf Urte ihm einen triumphierenden Blick zu und sagte dann zu dem sich tief verbeugenden Ladenmädchen: »Ich komme zur Anprobe des Nachmittagskleides. Madame hat mich anrufen lassen.«

»Gewiss, Frau Baronin von Withmansthal. Es ist alles vorbereitet. Wenn Sie mir nur bitte folgen würden?«

Diese Aufforderung galt wohl auch Carl, der nun

gleich einem braven Schoßhündchen hinter den beiden Frauen durch eine cremefarbene Welt der weiblichen Oberbekleidung trotten durfte, vorbei an kopflosen Puppen, behängt mit ausgefallenen Kostümen, vorbei an einer älteren, sehr jugendlich gewandeten Dame, die anscheinend ein Jäckchen für ihren Mops schneidern lassen wollte, bis hin zu einer schwarzlackierten Tür, hinter der man sie aufforderte, noch kurz Platz zu nehmen.

»Mein Herr Bruder berät mich heute«, erklärte Urte dem Ladenmädchen, nachdem es ihnen an einem kleinen, chinesisch anmutenden Tischchen Tee eingeschenkt hatte. Und kaum war das Mädchen mit ihren Mänteln verschwunden, wandte Urte sich wieder an Carl: »So, jetzt hast du mindestens zwanzig Minuten, um mir dein Anliegen vorzubringen. Madame ist niemals pünktlich.«

»Mein Anliegen ist noch dasselbe wie vor einer halben Stunde«, entgegnete Carl leicht gereizt und setzte sich auf einen mit schwarzer Seide bespannten Hocker. »Ich möchte wissen, was du über die Familie Kranz weißt.«

»Runter da, das ist nur für die Füße. Benimm dich nicht wie ein Barbar. *Mon dieu*, du bist schlimmer als meine Kinder. Bitte platziere dich auf einen dieser Stühle und spiel auch nicht mit dem Besteck«, befahl Urte scharf. »Und da du mir nicht sagen willst, woher dein neuerdings so brennendes Interesse an der Familie Kranz stammt, werde ich es dir sagen. Dein kleines Tête-à-Tête mit Fräulein Rosi Kranz ist keineswegs unbemerkt geblieben. Meine Freundin Gretchen von Keller hat mir schon alles erzählt. Sie sagte, du konntest die

Augen nicht von ihr nehmen.« Plötzlich kicherte Urte ausgelassen wie ein Backfisch. »Ach Carl, es freut mich so sehr, dass du endlich ein Mädchen gefunden hast, das dich zu interessieren scheint. Das mit diesem Bahnwärtersohn, das hatte doch keine Zukunft, und ich muss zugeben, sie ist wirklich reizend. Ganz vortreffliche Manieren, auf einem Schweizer Pensionat erzogen und zum Abschluss ein halbes Jahr Wien. Man kann sagen, was man will, in Wien bringen sie den Mädchen wirklich bei, wie man ein Haus führt. Gretchen von Keller war auch in Wien, und letzten Erntedank, da waren tatsächlich drei ihrer Hausmädchen grippekrank, und die Zuckerköchin, die lag mit gebrochenem Bein darnieder. Und weißt du, was Frau von Keller getan hat? Da kommst du nie drauf! Sie hat sich selbst in die Küche gestellt und eine Mehlspeise gekocht, das hat sie in Wien gelernt! Wir waren alle absolut hingerissen!«

Carl nickte. Er hatte die Geschichte von Gretchens hinreißender Mehlspeise schon mehrfach gehört und schon beim ersten Mal kein Interesse dafür aufbringen können, weshalb er nun recht unwirsch versetzte: »Schön, schön, aber die Familie von Keller ist mir herzlich egal!«

»Was du nicht sagst.« Wieder kicherte Urte auf diese mädchenhafte Weise. »Also jedenfalls, gegen die Familie Kranz ist nichts einzuwenden. Die Eltern sind bedauerlicherweise schon lange tot. Ihre Frau Mutter war eines der Opfer des Titanic-Unglücks, und ihr Herr Vater starb 23 an einer Lungenentzündung. Seitdem steht Fräulein Rosi unter der Vormundschaft ihres älteren Herrn Bruder. Er ist lobenswert streng mit seinem Fräulein Schwester, da kann man ihm nichts nachsagen. Auch die Fabrik hat er wieder wunderbar in Schuss gebracht. Als der alte Herr starb, da munkelte man, dass es mit der Liquidität nicht gerade zum Besten stehe. Aber du musst dir wegen der Mitgift keine Sorgen machen, das ist alles längst überwunden. Ihr Herr Bruder wird bestimmt eine steile Karriere machen, davon ist Otto überzeugt.« Wie üblich gelang es Urte, die Meinung ihres Gatten als etwas Unumstößliches, etwas in Stein Gemeißeltes darzustellen, und selbstzufrieden schnurrte sie weiter: »Otto meint auch, ihr Herr Bruder habe sich im Krieg sehr gut gehalten, natürlich kein Kriegsheld wie Michail von Orls oder der bedauernswerte Herr von Volkmann, doch durchaus ein tapferer Offizier. Politisch ist im Übrigen nicht viel gegen die Familie einzuwenden. Ihr Herr Bruder ist vielleicht ein wenig radikal. Es heißt, er liebäugle mit München und sympathisiere mit diesem österreichischen Emporkömmling. Aber Otto meint, das gebe sich mit dem Alter. Junge Männer seien eben so. Als Schwiegervater wird er bestimmt ganz reizend sein, solange du dich anständig benimmst! Deine ewigen Pullunder wirst du dann nicht mehr tragen können, und auch diese alberne Filmerei ...« Sie schien zu überlegen. »Ach, das biegen wir schon wieder hin, sei unbesorgt. Da geht ihr eben, bis Gras über dieses ganze Filmstargetue gewachsen ist, ein, zwei Jahre ins Ausland, und dann verschafft Otto dir ein Ämtchen, erst was Kleines natürlich. Du bist ja noch so jung. Ach, Carl. Ich kann dir nicht sagen, wie ich mich freue! Und so ein reizendes, anständiges Mädchen. Ich hatte ja immer Angst, du würdest an so einer schamlosen Person wie dieser Lou Sad hängenbleiben! Ihre armen

Eltern! Nirgends können die sich jetzt noch sehen lassen, sie werden nach Wien ziehen müssen. Oder schlimmer noch, nach Süddeutschland.

Apropos Süddeutschland, habe ich dir erzählt, Gretchen von Kellers Schwägerin ist in anderen Umständen? Du weißt schon, diese wirrköpfige Süddeutsche mit dem Eton-Cut? Das Baby soll im Februar kommen, sehr unpassend, wenn man bedenkt, dass die beiden erst Ende August geheiratet haben!« Urte schauderte behaglich, und während sie ihren Rock über dem Knie glättete, fuhr sie fort: »Herr Kranz ist ja auch noch unverheiratet. Vielleicht sollten wir ihn Cousine Sieglinde vorstellen? Was meinst du?«

»Ich meine, dass Cousine Sieglinde ganz glücklich mit ihrem Maler ist.«

»Ach, Carl! Ich bitte dich! Niemand ist mit einem Maler glücklich!« Mit einer herrischen Geste fuhr ihre schmale Hand durch die Luft. »Und dann auch noch mit einem, der so schreckliche Bilder verbricht, alles ganz schwarz. Da erkennt doch keiner was drauf. Wenn Tantchen nicht Mitleid mit ihnen hätte, sie würden verhungern! Ich glaube, mit dem jungen Herrn Kranz, das könnte passen. Eine Buntstiftfabrik ist ja auch durchaus künstlerisch. Ich meine, zum Malen braucht man doch Buntstifte?«

»Cousine Lillis Freund nicht, der braucht nur schwarze Tinte«, bemerkte Carl trocken und fragte: »Warum ist Herr Kranz noch unverheiratet?«

»Ich weiß es nicht. Wahrscheinlich hat er die Richtige einfach noch nicht gefunden? Vielleicht liegt es auch daran, dass Herr Kranz so viel reist? Er ist ständig in den

Staaten, und sogar in der Sowjetunion war er schon!« Urte machte ein desinteressiertes Gesicht. »Es ist jedenfalls nicht das, was du denkst. Er hat zwar ziemlich viel Umgang mit dem Grafen Sawicki, aber er ist über jeden Verdacht erhaben. Ihr Kontakt ist rein geschäftlicher Natur. Ach, Graf Sawicki ist wirklich zu bedauern. Er kann doch nichts dafür, dass er so krank ist, nicht wahr? Er wäre sicher auch lieber ein normaler Mensch. Und dann auch noch dieser grässliche Hans von Brunnen!

Du kennst doch den Schwager meiner Freundin Gretchen von Keller? Der, von dessen unmöglicher Frau ich dir gerade erzählt habe. Du weißt schon, der junge Mann, der so grauenhaft exzentrisch ist und seine ganze schöne Villa mit Künstlern randvoll gestopft hat?

Jedenfalls, Herr von Keller gibt immer wieder Gesellschaften, auf denen es fürchterlich turbulent zugehen muss, und auf einer dieser Gesellschaften, da war auch Graf Sawicki eingeladen. Herr von Keller und er kennen sich noch aus dem Krieg, aber das tut jetzt nichts zur Sache.

Es war jedenfalls auf einer dieser Feierlichkeiten, dass der junge Herr von Brunnen dem Herrn Grafen Bowle ins Gesicht geschüttet hat! Vor allen Leuten! Und danach hat er mit einer Pistole rumgefuchtelt und gedroht, ihn zu erschießen! Oder sich selbst, da war er wohl unschlüssig.« Urte schnurrte behaglich, aber das Geräusch näher kommender Schritte ließ sie abrupt fragen: »Eines noch, Carl, das interessiert mich doch wirklich. Warum um alles in der Welt bist du denn bei Herrn von Rosskopf am Freitag so abrupt gegangen? Dein Verschwinden wurde allgemein bemerkt und sehr negativ kommentiert. Sind dir die Kriegsblinden denn vollkommen egal?«

»Ich habe es schlicht keinen Moment länger neben Fräulein Kranz ausgehalten. Wenn ich nicht gegangen wäre, ich weiß nicht, was ich als Nächstes getan hätte«, sagte Carl wahrheitsgemäß und erntete zum Dank für so viel Ehrlichkeit ein gehauchtes: »Ach, wie romantisch!«

—

Missmutig knöpfte Heinz Düserein seinem Coco das schäbige Mäntelchen zu. Das Äffchen zitterte und keckerte anklagend.

»Ach, hör schon auf! Alte Diva, du! Ich schwitze auch nicht gerade!«

So ein blödes Mistwetter, und schlecht fürs Geschäft obendrein. Bei der Kälte hatten alle Leute natürlich die Fenster zu, da ließ sich als Drehorgelspieler mal eben gar nichts verdienen. Lausige fünf Mark und dreiunddreißig Pfennig – und dafür waren sie den ganzen Tag durch den Berliner Westen gehumpelt. Und jetzt noch den ganzen Weg heim, im Dunkeln, und bestimmt begann es jeden Moment zu regnen.

»Jetzt holen wir uns wenigstens einen schönen Eintopf zum Nachtmahl.«

Die Wörter Eintopf und Nachtmahl schienen Coco etwas mit seinem Ziehvater zu versöhnen, doch nicht genug, als dass er bereit gewesen wäre, selbst zu gehen. Oben auf der Drehorgel thronend, ließ er sich von Heinz durch den Regen schieben, während er ihm demonstrativ den Rücken und sein schlapp herabhängendes Schwänzchen zeigte.

Seufzend zog Heinz sich den Schal vom Hals, wickelte Coco darin ein, und während er sich selbst fröstelnd den Mantelkragen hochschlug, erklärte er: »Wenn es morgen wieder so lausig ist, bleiben wir daheim, versprochen. Mittwoch soll es besser werden, stand in der Zeitung.«

Coco nickte, keckerte und drehte sich so, dass er Heinz vorwurfsvoll betrachten konnte.

»Ich weiß, du hast es gleich gesagt, aber ich alter Dickschädel, ich hab wieder nicht auf meinen schlauen Cocoli Coco hören wollen. Ich mach's ja auch wieder gut. Soll ich uns was aus dem Zigeunerbaron spielen, nur so für uns, gegen die Kälte?«

Und da Coco zwar eine kleine Diva, aber von gutartigem Naturell war, begann er, bereits bei den ersten Klängen von »Ja, das Schreiben und das Lesen« munter zu werden. Er sprang von der Orgel, hüpfte ein paar Schritte, tanzte vergnügt in einen Hinterhof, schrie plötzlich auf und kam in großen Sätzen zurückgestürmt. Wimmernd versteckte er sich unter dem Mantel seines Ziehvaters.

»Ja, Potz Donnerwetter Parapluie, was hast du denn? Ist da etwa ein großer böser Hund?«

Den Lauten nach lauerte dort etwas, schlimmer noch als der übellaunige Pudel ihrer Zimmerwirtin. Heinz seufzte tief. Am liebsten hätte er einfach seinen Coco gepackt und wäre rasch weitergegangen. Aber dann überlegte er, ob dort vielleicht ein Mensch Hilfe brauchte? Vielleicht ein Verletzter? Coco hatte furchtbare Angst vor Blut.

Heinz wusste, er selbst wäre tot, hätte ihn seinerzeit nicht ein Kamerad aus dem französischen Feuer getragen. Dieser Kamerad hätte auch einfach feige sein können. Vielleicht war da ja auch gar nichts? Eine tote Katze? Oder doch einfach ein Hund?

Und den vor Angst wimmernden Coco in einen überdachten Hauseingang setzend, erklärte Heinz: »Pass mir gut auf den ollen Leierkasten auf. Wenn einer kommt, ihn klauen, dann schreist du, aber du bleibst schön in sicherer Entfernung. Keine Alleingänge. Ist das abgemacht?«

Der Hof lag verlassen im Dunkeln zwischen den Backsteinhäusern. Es roch nach Katzenpisse, nach Erbrochenem und ein ganz klein wenig nach dem blumigen Duftwasser irgendeiner Hure, die in dieser Nische ihrem Gewerbe nachging.

Was nur konnte Coco so erschreckt haben?

An der Wand entzündete Heinz ein Streichholz.

Jetzt sah er da im Schatten eine schwarze Masse Mensch liegen.

Ein Betrunkener?

Der Mensch lag sehr still, und obwohl sich Heinz bei jedem Schritt in Richtung dieser schwarzen Masse sagte, dass es ganz sicher nur ein Betrunkener war, spürte er, dass er sich selbst belog.

—

Berlin war grausam.

Hätte Alfred Kapp nach dem frühen Tod seiner Eltern, nach dem Krieg und nach all den Jahren bei der

Berliner Polizei noch Tränen besessen, er hätte sie nun geweint. Hier in einem Charlottenburger Hinterhof, im strömenden Eisregen einer Oktobernacht, über dem leblosen Körper dieses Kindes.

Alfred kannte den Jungen.

Er wusste, dass die anderen ihn Georgie riefen und dass er in der Nähe der Essigfabrik gestanden hatte. Auf dem Weg ins Kino waren Alfred und seine Braut manchmal an ihm vorbeigegangen. Anfangs hatte der Junge beim Anblick des Kriminaloberwachtmeisters lieber dezent den Rückzug angetreten, aber Alfred hatte nie geplant, ihn zu verpfeifen. Er hatte selbst acht lange Jahre in den Mühlen der staatlichen Fürsorge gelitten. Wer das kannte, verstand jeden, der sich lieber verkaufte, als in eines der Heime zurückzukehren. Die wahren Verbrecher waren doch die, die den Jungen bezahlten. Die gehörten bestraft. Diese ganzen Schwulen gehörten eingesperrt, dass die nur darauf warteten, Kinder zu verführen und junge Männer umzubringen, sah man doch an den Haarmann-Morden. Der Unzuchtparagraph hätte viel schärfer ausgelegt werden sollen. Sein Vorgesetzter Genzer vertrat die Meinung, die Männer könnten nichts dafür, die wären eben krank aus dem Krieg zurückgekommen und bräuchten Hilfe, doch Alfred hielt nichts von diesem wachsweichen Getue. Die gehörten einfach weggesperrt, damit sie keinen weiteren Schaden anrichteten.

Aber für den kleinen Georgie kam jede Hilfe zu spät.

Von hinten erschossen.

Wie lange mochte er schon so liegen?

Der Mantel, ein beiger Kamelhaarmantel, war tiefbraun vor Nässe, es regnete seit Stunden.

Der Mörder hatte sich nicht einmal die Mühe gemacht, die Leiche zu verstecken. Georgie lag da, wo er zusammengebrochen war. Seltsam achtlos, wie weggeworfen zwischen einer zerbrochenen Weinflasche und einem benutzten Pariser.

Eine Windböe verirrte sich in den Hof, jagte heulend zwischen den Gebäuden umher, ließ die Fransen von Georgies Strickschal ein wenig zittern.

Erst jetzt fiel Alfred auf, dass der Junge zwar Handschuhe, Schal und Mantel, aber keinen Hut trug. Die feinen dunklen Haare lockten sich in der Feuchtigkeit, kringelten sich über den Ohren.

Wo mochte der Hut sein?

Alfred blickte sich um, aber er konnte ihn nirgends finden.

»Mutzke«, wandte er sich nun an den ihn begleitenden Kriminalassistenten. »Gehen Sie in die Wirtschaft an der Ecke und telefonieren Sie nach dem Roten. Er soll herkommen, vielleicht sieht er etwas, was ich nicht sehe.«

»Herr Kriminaloberwachtmeister, Sie haben es vielleicht nicht gemerkt, aber das ist nur ein Stricher. Einer von Muskel-Adolfs Leuten. Ich habe ihn mal beim Essigkintopp stehen sehen, das ist Immertreu-Revier«, gab der vom Finder herbeigerufene Schupo zu bedenken. Er triefte vor Nässe und zitterte leicht in der Kälte. »Das lohnt sich doch nicht, wegen so einem ein Fass aufzumachen! Da wird ringvereinintern wohl abgerechnet worden sein, und überhaupt, um so einen ist's doch nun wirklich nicht schade.«

Alfred schwieg und ging zum Einsatzwagen, holte den zusätzlichen Regenschirm heraus, und als er zu Georgie und dem Schupo zurückkehrte, reichte er dem dankbar lächelnden Kollegen den Schirm. »Sie freuen sich zu früh, der ist nicht für Sie. Sie nehmen ihn jetzt, spannen ihn auf und halten ihn über den Kopf dieses Jungen. Ich möchte nicht, dass er noch weiter den Elementen so ausgesetzt wird.«

»Aber dann werde ich nass! Der Schirm ist doch nicht groß genug …«

Alfred lächelte: »Genau.«

Dienstag, 20. Oktober 1925

Graf Marian Sawicki stand am geöffneten Fenster und starrte in seinen nächtlichen Garten.

Er rauchte.

Er wartete auf den Jungen Georgie.

Er konnte sich nicht erinnern, jemals auf einen Menschen gewartet zu haben. Zumindest nicht mehr, seit er erwachsen war. Als Kind, da natürlich. Da hatte er gewartet, auf die blonde, feingelenkige Mutter, die so selten kam, und auf den breitschultrigen Vater mit seinen steifen Anzügen, der ihn noch seltener besuchte.

Aber nicht mehr, seit er erwachsen geworden war, seit er wusste, dass man Liebe durch materielle Dinge erwarb. Natürlich nicht die wahre, große Liebe, doch gerade so viel davon, dass man nicht erfror.

Ihn fröstelte, doch er ließ das Fenster geöffnet. Er wollte beobachten, wie der Junge kam, eine schwarze Gestalt vor dem Kiesweg, der im Mondschein weiß leuchtete.

Als er den Jungen das erste Mal gesehen hatte, da hatte er ihm gefallen, einfach gefallen: die großen dunklen Mädchenaugen im schon männlich kantigen Gesicht, die tiefbraunen Locken und der helle Streifen Haut zwischen Hutrand und Schal.

Er hatte sich gedacht: *Warum auch nicht? Wenn er es nicht tat, dann tat es ein anderer.*

Aber gestern, als der Junge dann vor ihm gestanden hatte, hier in diesem Zimmer, schmal und hoch aufgeschossen, da hatte er bemerkt, wie jung Georgie war. Fast noch ein Kind.

Im Licht der Laterne hatte er angenommen, der Junge sei so alt wie Hans oder doch zumindest zwanzig.

Er hatte ihn nach seinem Alter gefragt, und der Junge hatte erwidert, er sei achtzehn. Das war gelogen.

Und während er gesprochen hatte, hatte der Junge begonnen, sein Hemd aufzuknöpfen, und Marian hatte gespürt, wie sein Herz schneller schlug. Aber nicht aus Lust, aus Scham.

Er schämte sich vor diesem Kind und konnte nicht recht sagen, wieso. Vielleicht schämte er sich für eine Welt, in der sechzehnjährige Jungen mit älteren Männern schlafen mussten und es normal fanden?

Er hatte Georgie gefragt, was er tat, wenn er nicht arbeitete, und die Frage schien den Jungen ziemlich zu verwirren, und er hielt im Öffnen seines Hemdes inne. Aus dunklen, leicht ratlosen Augen hatte er Marian betrachtet, und ihm war aufgefallen, dass die Brauen des Jungen seltsamerweise deutlich heller waren als die tiefbraunen Haare. Das hatte Marian an irgendetwas erinnert, aber bevor er hätte sagen können, an was, hatte Georgie erklärt: »Ich lese gern.«

Nach weiterem Nachfragen erzählte er, aktuell sei er mitten in »Die Elenden« von Victor Hugo. Er sprach *Hugo* ohne Zögern und in korrektem Französisch aus, und als Marian ihn dann bat, sich einfach neben ihn zu setzen und ihm die Geschichte zu erzählen, prononcierte er sämtliche Namen vollkommen richtig.

»Parles-tu français?« Und da hatte der Junge das erste Mal gelacht, ein breites, fröhliches Lachen, und auf Französisch hatte er erzählt, er stamme ursprünglich aus dem Elsass, seine Eltern hätten dort angeblich eine kleine Bäckerei besessen, aber daran könne er sich nicht mehr wirklich erinnern, sein älterer Bruder habe ihm nur davon erzählt. Sein Bruder sei es auch gewesen, der achtgegeben habe, dass er seine Muttersprache im Waisenhaus nicht verlerne, sie hätten immer heimlich Französisch miteinander gesprochen.

Warum heimlich?

Ein Schulterzucken.

Und wo war der Bruder jetzt?

Abermals ein Schulterzucken und auf Deutsch die Frage, ob der gnädige Herr nicht langsam anfangen wolle.

Marian hatte nur den Kopf schütteln können, und der Junge hatte laut vernehmlich geseufzt.

Man einigte sich schließlich darauf, dass Georgie ihm stattdessen die Bedeutung der Catilinarischen Reden für das Gesamtwerk Ciceros erläuterte, wobei er besonders auf die Weiterentwicklung des Redners im Vergleich zu den Verres-Reden einging. Marian hatte gelauscht und gestaunt. Wie gescheit der Junge war, wie hübsch und vor allem wie unbeschreiblich sauber – sauber wie ein frisches Stück Seife kam er ihm vor. Wie gern hätte Marian den Schmutz seiner befleckten Seele damit fortgewaschen – er musste selbst über diesen pathetischen Gedanken lachen. Er war müde und hatte für das Telefonat mit Hans eine Opiumzigarette gebraucht, da kamen einem seltsame Ideen.

Georgie hatte auf dieses Gelächter hin ein wenig verwirrt dreingesehen, fuhr dann aber unbeirrt fort, bis ihm mitten im Ausblick auf die Philippische Rede die Augen zufielen.

—

Marian hatte ihm die Schuhe ausgezogen, ihn zugedeckt, und da hatte der Junge noch einmal kurz gelächelt und auf Französisch geflüstert: »Du darfst nicht vergessen zu beten.« Es war das erste und einzige Mal, dass der Junge ihn duzte, und Marian war klar, der Satz hatte nicht ihm gegolten, sondern war eine ferne Erinnerung an den Bruder. Danach schlief der Junge endgültig. Marian aber fand keine Ruhe.

Er hatte sie auch den gesamten heutigen Tag nicht wiedergefunden. Dieser Filmstar war ihm auf die Nerven gegangen, und als gegen elf einer von Muskel-Adolfs Gorillas unangekündigt in seine Büroräume geplatzt war, ihm offenbart hatte, dass sein Chef nun doch keines Eherings bedürfe, weil er woanders fündig geworden sei, da hatte es den Grafen alle Kraft gekostet, wenigstens ein bisschen Bestürzung zu heucheln.

Wie gleichgültig ihm das alles war!

Er hatte mit Hans im Automobilclub geluncht, aber jeder Bissen war ihm fad erschienen, und Hans fand er absolut unerträglich. Der Gedanke, auch noch den Abend mit ihm im Theater verbringen zu müssen, war ihm derart zuwider gewesen, dass sich sein *Ich kriege eine Migräne* nicht einmal unwahr angefühlt hatte.

Zurück an seinem Schreibtisch, hatte er sinnlos vor sich hin gestarrt, die gelben Lindenblätter vor seinem

Fenster waren ihm blass vorgekommen, und ein für ihn untypischer Wunsch, früher Feierabend zu machen, hatte ihn erfüllt. Seltsamerweise war ihm Esther in den Sinn gekommen, die Jugendliebe seines besten Freundes.

Er hatte das Mädchen gemocht.

Jede Woche hatte er im Laden ihres Vaters eine einzelne Rose gekauft, langstielig und weiß. Er hatte sie auf seinen Schreibtisch in der Internatsbibliothek gestellt, ein kleines Zeichen von Schönheit und Zivilisation inmitten preußischer Jungenerziehung.

Wenn Esther im Laden war, hatte er es immer einzurichten gewusst, dass sie es war, die ihn bediente. Er sprach gern mit ihr, und es hatte ihm gefallen, wie sie mit ihren hellen, schmalen Fingern die Blumen aussuchte, fast zärtlich. Wenn sie schließlich die vollkommene Blüte gefunden hatte, huschte ein kleines Lächeln über ihr ernstes Gesicht.

Woran er gemerkt hatte, dass sie in ihn verliebt war?

Er wusste es nicht mehr zu sagen.

Er wusste nur noch, wie er an jenem Tag, als er es bemerkt hatte, auf seinem schmalen Internatsbett gelegen und sich bemüht hatte, mehr als vage Zuneigung für jenes schöne Gesicht zu empfinden. Es war ihm nicht gelungen.

Kranz war verrückt nach ihr gewesen, und der Baron von Rosskopf sowieso. Die beiden überboten sich mit Liebesbeweisen, aber Esthers schwarze Augen blieben unbewegt. Später hieß es dann, Max von Volkmann habe den Wettstreit um sie gewonnen. Es hieß, sie sei schwanger gewesen, doch von wem?

Was mochte nur mit Esther geschehen sein?

Man hatte sie alle verhört, die gesamte Oberprima des Friedrich-Internats, aber anscheinend war nichts dabei herausgekommen. Letztendlich war die Polizei zu dem Schluss gekommen, es sei ein tragischer Unfall gewesen, Esther sei auf dem vereisten Kopfsteinpflaster ausgerutscht und im Pregel ertrunken. Man hatte dann auch noch einen Strumpf aus dem Wasser gefischt, der Esther gehört haben mochte oder auch nicht, die Polizei hatte ihn auf jeden Fall als Beweis ihrer Theorie betrachtet und die Akten geschlossen.

Marian hatte Zweifel.

Er stimmte nicht mit Kranz überein, der Baron von Rosskopf mehr oder weniger öffentlich des Mordes beschuldigte. Wann immer Marian es mitbekam, verteidigte er den Freund, von dessen Unschuld er felsenfest überzeugt war. Doch an einen Unfall wollte auch er nicht recht glauben.

Nicht nach dem Brief, den sie ihm zwei Tage vor ihrem Verschwinden geschrieben hatte. Es hatte nicht viel dringestanden, nur, dass sie ihn dringend sehen müsse und sie vor jemandem Angst habe. Sie hatte um seine Hilfe gebeten und um ein Treffen. Er hatte vorgehabt, sich mit ihr zu verabreden, nur war sie kurz vorher verschwunden.

Den Brief hatte die Polizei Marian damals abgenommen und nie zurückgegeben.

Was hätte er auch damit anfangen sollen?

Was hätte er tun können, um Esther zu retten?

Und wie hätte er Baron von Rosskopf helfen können, wie er damals vor ihm gestanden hatte, an jenem eisigen Dezemberabend, wachsbleich im Licht der Gaslampen?

Von Esthers Verschwinden hatte sich der Baron nie wieder erholt. Von Volkmann hatte überall herumgeklatscht, der bedauernswerte Tropf habe sich ein Dienstmädchen eingestellt, das Esther gleiche wie ein Ei dem anderen, die Gründe überließ das Fliegerass genüsslich der Phantasie des Zuhörers.

Am liebsten hätte Marian ihn dafür geohrfeigt. Hatte Max denn nicht gesehen, wie der Baron litt?

Und aus einem Impuls heraus hatte Marian zum Telefonapparat gegriffen und von Rosskopf angerufen, und erst da, erst als er die liebgewonnene Stimme des Freundes gehört hatte, da hatte Marian begriffen. Er war einunddreißig Jahre alt und das erste Mal in seinem Leben wirklich verliebt. Er war verliebt in einen kleinen Strichjungen, verliebt in den Sohn elsässischer Bäcker, verliebt in einen passionierten Leser, verliebt in Georgie. Und vor Glück und Erstaunen hatte er zu zittern begonnen und in die Sprechmuschel geflüstert: »Ich glaube, ich bin verliebt. Wirklich verliebt.«

Der Freund hatte gelacht, hatte interessiert seinen Beschreibungen von Georgie gelauscht und abschließend erklärt: »Warte ab, es gibt keinen exquisiteren Schmerz als wahre Liebe.«

Daraufhin hatten sie beide etwas unsicher gelacht, doch Marian hatte sich gefreut. Es war das erste Mal seit langem, dass der Freund Esther erwähnte, wenn auch nur indirekt. Es hatte ihn seinerzeit furchtbar aufgewühlt, als er ihm von Esthers Brief und ihrer Bitte um Hilfe erzählt hatte. Wie grauenhaft musste es auch für ihn gewesen sein, als er damals von Kranz erfahren hatte, dass Esther, seine keusche Göttin, schwanger gewesen sei? Sie hatte ihm so viel bedeutet, und Marian hatte gedacht, dass der Baron seine Gefühle für Georgie wohl tatsächlich verstehen könne. Marian hätte noch ewig über den Jungen sprechen mögen, nur leider hatte seine Sekretärin einen Anruf von Kranz auf der anderen Leitung gemeldet, und so hatte der Juwelier geseufzt und das Gespräch mit seinem besten Freund recht abrupt beendet. Die Unterhaltung mit Kranz, diesem Buntstiftkönig, war dann auch ebenso unangenehm gewesen wie befürchtet. Schon vor Kranz' Reise in die Sowjetunion hatte sich das Ende ihrer geschäftlichen Beziehungen angekündigt. Es tat Marian nicht leid.

Es waren für sie beide zwei durchaus lukrative Jahre gewesen. Ohne diese kleinen Nebeneinnahmen gäbe es die Kranz'sche Buntstiftfabrik inzwischen wohl kaum noch. Aber alles Geld der Welt half eben nicht über die simple Tatsache hinweg: Fabian Kranz war ein Arschloch!

Die grausame Sache mit den Katzen, nur als Beispiel.

Das tat doch kein gesunder Mensch!

Und da wusste er es ganz plötzlich: Katzenfell!

Ja, an das kurze, flaumige Fell ganz junger Katzen hatten ihn Georgies Augenbrauen erinnert. Vielleicht würde er dem Jungen von dieser Assoziation erzählen? Vielleicht auch nicht, er wollte sich nicht lächerlich machen, und die Gefahr dafür war groß. Derjenige, der mehr liebt, ist immer lächerlich, wie derjenige, der wartet, immer der Schwächere ist, aber es war Marian egal. Er wartete gern, er wartete leichten Herzens, denn er wusste, es konnte nicht mehr lange dauern. Er wusste, der Junge würde kommen.

Er würde kommen.
Und dann?

—

Es war eine dieser Nächte.

Eine der Nächte, in denen Paul gegen elf anrief, er schlafe auf dem Revier, sie hätten noch was reinbekommen – und dann stand er gegen drei doch plötzlich neben seinem Bett. Triefend nass und zitternd weckte er Carl durch heftiges Schütteln.

Carl hatte Angst vor diesen Nächten.

Es waren jene Nächte, in denen Pauls Nägel Halbmonde in Carls Schulterblätter gruben und nach denen Carls Haut am nächsten Morgen rot und wund gescheuert von blauen Flecken übersät war.

Es waren jene Nächte, nach denen Paul beim Frühstück Carls Blick mied und über das Wetter sprach. So viel Wut, so viel Schwäche und so viel Lebensgier gestand sich Paul gewöhnlich nicht zu.

Von der Straße drang schon das Hufgeklapper des uralten Braunen ihres Milchmannes, als Paul seinen schweißfeuchten Kopf, seine noch vom Regen nassen Haare in Carls Ellenbogenkuhle presste und stockend zu erzählen begann: »Der Junge wäre in ein paar Wochen siebzehn geworden. Als ich siebzehn war, da bin ich das erste Mal allein nach Berlin gefahren. Ich habe Willi besucht, und ich weiß noch, wie er mich am Alex abgeholt hat. Er trug die Kneipjacke seiner Studentenverbindung, und obwohl er ja nur ein neues Mitglied, ein Fuchs, war, kam er mir kleinem Primaner so erwachsen vor. Schon wie er gerochen hat, nach Bier und Rasierwasser und Tabak und irgendetwas Herbem. Ich glaube, das war das Mittel, mit dem sie ihre Stiefel gewichst haben. Und dann erst Willis Mädchen, die Tochter eines Herrn Doktors aus Charlottenburg. Christine Helmholtz hat sie geheißen, und ich weiß noch, die hat er 13 auf einem Weihnachtsball kennengelernt, und danach musste er ja zum Familienfest nach München, und es war zu drollig. Er ist jeden Tag dreimal zum Postkasten gestürzt, ob sie ihm nicht geschrieben habe, und wenn ein Brief gekommen war, hat er sich zum Lesen immer in die Speisekammer eingeriegelt – damit ihn bloß keiner in seiner Andacht störte. Die wollte Willi damals heiraten, unbedingt wollte er sie heiraten, aber sie hat nein gesagt. Oder zumindest nicht so enthusiastisch *ja,* wie mein Bruder sich das vorgestellt hat. Ihr Herr Vater ist bei Verdun gefallen, das hat mir Willi mal erzählt, und was aus ihr geworden ist, das weiß ich gar nicht.«

Mit leichten Fingern fuhr Carl Pauls Haaransatz im Nacken nach, machte tröstende Laute.

»Ich hab immer gehofft, Willi bekäme noch mal eine Chance, aber dann hat er ja Gusta geschwängert, und das war's dann. Und vielleicht ist eine zweite Chance einfach zu viel verlangt? Viele kriegen nicht mal eine Chance. Der Kleine, den wir heute Nacht gefunden haben, zum Beispiel. Georg Tuchsäss, der hat beide Eltern beim Brand in einer Bäckerei verloren, da war er drei, ist seitdem durch die Fürsorgeanstalten gewandert. Am fünften August ist er in Leipzig ausgerissen und auch davor schon mehrfach aus der Fürsorge geflohen. Laut seinen Erziehern durchaus intelligent und fleißig, aber aufsässig gegenüber dem Lehrpersonal und unwillig, eine bestehende Ordnung zu akzeptieren. Seine letzte Flucht war wohl dadurch begründet, dass er sich der Bestrafung für *Widerworte und freches Nachfragen* entziehen wollte.«

Carl murmelte etwas, er war müde. Außerdem wurde sein Arm langsam taub, und er wäre gern mal auf Toilette gegangen.

»Er hat für Immertreu angeschafft, ungefähr seit September. Aber sein Tod war keine Ringvereinsarbeit und schon gar keine von Immertreu.«

»Oje«, seufzte Carl aus dem Bedürfnis heraus, irgendetwas Mitfühlendes zu äußern. Paul bewegte sich noch immer nicht. »Warum meinst du, es war keine Ringvereinsarbeit?«

»Weil Immertreu seine Liquidationen immer schön kenntlich macht, für alle anderen zur Abschreckung. Wie genau, liegt im Ermessen des jeweiligen Urteilsvollstreckers. Meistens ritzen sie den Toten ein *I* in die Stirn. Ich habe das *I* aber auch schon mit Blut an der Wand geschrieben gesehen oder auf einem Zettel, der dem Verurteilten in den Mund gestopft wurde. Außerdem gab es schon ewig keine Hinrichtungen mehr – Muskel-Adolf hat seine Leute gut im Griff. Und von den anderen Ringvereinen wird es auch niemand gewesen sein, dafür war Georgie zu unbedeutend. Der Junge hat seinen Mörder ja vermutlich nicht mal selbst gesehen!«

Carls Arm war jetzt restlos taub, außerdem brannte sein von Pauls Bartstoppeln wund geriebenes Gesicht grausam. Wenn er da nicht ganz schnell Nivea draufschmierte, würde er morgen aussehen wie eine Tomate. Leider machte Paul keine Anstalten, sich anders hinzulegen.

»Ich glaube nicht, dass wir den Täter kriegen. Wir wissen nicht einmal, wo der Junge gewohnt hat oder wer sein letzter Kunde war. Und die anderen Jungs, die es vielleicht wüssten, die werden es uns nicht sagen.«

»Vielleicht ging es auch gar nicht gegen ihn als Person? Vielleicht war es ein selbsternannter Sittenwächter?«, fragte Carl und erkundigte sich: »Möchtest du vielleicht was trinken? Soll ich dir was bringen?«

Leider ging Paul überhaupt nicht darauf ein, er sprach einfach weiter: »Vielleicht? Alles, was wir über den Jungen in Erfahrung bringen konnten, ist, dass sein Bruder aktuell wegen Einbruchs in Tegel sitzt und er einen auf einen falschen Namen ausgestellten Ausweis einer Leihbücherei in der Tasche hatte. Außerdem fehlt sein Hut.«

»Sein Hut fehlt«, echote Carl. »Das ist seltsam.«

»Ach, ich wüsste wirklich zu gern, was der Junge im Westen gesucht hat. Das ist ein ordentliches Stück von seinem gewöhnlichen Revier entfernt. Aber von dort sind es keine fünf Gehminuten zum Anwesen des Barons von Rosskopf … und wenn Lotti jetzt doch … und wenn der Junge etwas gesehen hat? Vielleicht war ihm gar nicht bewusst, dass er etwas gesehen hat? Oder er wusste es und wollte das Wissen zu Geld machen?«

Wenn Carl nur nicht so dringend auf Toilette gemusst hätte!

»Du bist morgen bei Kranz, oder? Ich erzähl dir besser noch kurz, was es über diese Lotti zu wissen gibt.«

»Tu das, ich sollte nur kurz …«

Er hätte genauso gut gar nichts sagen brauchen, Paul sprach einfach weiter.

»Lotti war sechzehn Jahre alt und seit sechs Monaten beim Baron von Rosskopf in Stellung. Dass er sie angeblich wegen ihres Aussehens und ihrer Ähnlichkeit mit seiner Jugendliebe ausgewählt hat, hast du mir selbst erzählt. Es ist mir inzwischen aber auch noch von diversen anderen Personen zugetragen worden. Ansonsten gibt es nicht viel über Lotti zu wissen. Sie war wohl ein vollkommen normales Hausmädchen, beim restlichen Personal durchaus beliebt, und sie träumte von einem eigenen Hutladen. Sie hatte einen Freund, der aber das komplette fragliche Wochenende hinter schwedischen Gardinen verbracht hat und daher als Verdächtiger ausscheidet. An dem Samstagabend vor zwei Wochen, an dem sie verschwand, wollte sie mit ein paar anderen Mädchen ins Kino – natürlich in einen von-Bäumer-Streifen. Sie hat das Haus des Barons um kurz nach achtzehn Uhr verlassen, gekleidet in einen grauen Salz-und-Pfeffer-Mantel über einem blauen Strickkleid. Sie war bester Dinge und zeigte der Köchin noch ihre neue Handtasche. So ein kleines schwarzes Ding, das sie selbst mit Blumen bestickt hatte. Sie nahm außerdem ein paar Geschäftsbriefe ihres Arbeitgebers mit, die sie auf dem Weg ins Kino einwerfen sollte. Das hat sie auch getan, im Kino ist sie allerdings nie angekommen. Die anderen Mädchen haben sich nicht viel dabei gedacht. Lotti war wohl nicht die Zuverlässigste, und so wurde ihr Verschwinden erst am nächsten Morgen bemerkt.«

Carl nickte, und dann sprang er einfach auf und stürzte wegen des bisher ganz unbemerkt eingeschlafenen

Fußes etwas unkoordiniert ins Bad. Es war ihm jetzt ganz egal, was das für einen Eindruck auf Paul machte!

Doch als er nach etwa fünf Minuten gleichermaßen reuig wie erleichtert und mit vor Creme glänzendem Kinn zurückkam, da schien Paul sein überstürztes Verschwinden kaum bemerkt zu haben.

Eine Zigarette zwischen den Lippen, saß er aufrecht im Bett und lächelte versonnen: »Weißt du, was mir gerade auffällt? Das Kino, in dem die Mädchen verabredet waren, war der Essigkintopp, der Kintopp Ecke Brunnen- und Voltastraße!«

—

Wenn Olga nachts von der Schicht in der Fabrik heimkam, fand sie gewöhnlich auf dem Küchentisch ein Glas Wasser und ein Butterbrot. Manchmal lag ein Briefchen dabei: *Mama, wie schön, dass du wieder daheim bist. Otto & Papa.* Oder: *Ich habe mir heute das Knie aufgeschürft und nicht geweint. Papa sagt, ich bin schon ein richtiger deutscher Soldat.* Leider lagen dort aber oft auch Rechnungen, vom Milchmann, von ihrem Vermieter oder von Ärzten, die immer noch verklebt waren, als wage Josef nicht, sie allein, ohne den sinnlosen Beistand seiner Frau, zu öffnen.

Heute würde sicher wieder so ein verschlossener Umschlag da liegen, das spürte Olga schon im Treppenhaus.

Wie viel mochte es diesmal sein?

Das Gemeine war doch, dass man sich bei den Herren Doktoren nie traute, nach dem Preis der Behandlung zu fragen. Feine Damen wie beispielsweise die schöne Schwester des Herrn Kranz, bei dem Josef manchmal als Gärtner angestellt war, die scheuten sich da ganz bestimmt nicht. Aber bei denen wurden die Herren Doktoren sicher auch nicht eisig, sondern erklärten alles sehr genau und zuvorkommend. Vielleicht bot man ihnen dazu sogar noch Sodawasser oder Kognak an? Das war einfach ungerecht!

Dabei konnte es dem Fräulein Kranz doch vollkommen egal sein, wie viel oder wenig so ein Arztbesuch kostete. Deren Bruder hatte ja noch alle Arme, und wenn man der eine Stellung als Tippfräulein angeboten hätte, dann hätte die sich auch keine Sorgen machen müssen, woher sie das Geld für ein angemessenes Bürokleid nehmen sollte. Wenn die wollte, ging sie in einen Laden und kaufte sich fünf Kleider!

Aber die brauchte ja eh keins, die musste ja nicht arbeiten, die ging höchstens mal durch ihren Garten und schnupperte an den Rosen. Und trotzdem immer ein Gesicht, als habe sie Zitronenwasser zum Frühstück getrunken.

Josef hatte Olga erzählt, er habe vom ersten Gärtner erfahren, mit der Verlobung des gnädigen Fräuleins wolle es nicht recht klappen, bisher hätten alle Kandidaten noch rechtzeitig fliehen können.

Der Gedanke an die einsamen Nächte des sauertöpfischen Fräulein Kranz heiterte Olga so weit auf, dass sie sich in der Lage fühlte, die Wohnungstür aufzuschließen und sich durch die dunkle Küche den Weg zum Esstisch mit dem drohenden Brief zu ertasten.

Doch auf dem Tisch lag kein Brief.

Da lag etwas Großes, etwas Kaltes, Glattes. Die Zündhölzer waren leider feucht geworden, weshalb es eine ganze Weile dauerte, bis Olga die Gaslampe zum Leuchten brachte und sehen konnte, um was es sich handelte.

Das war ein ihr gänzlich fremder Koffer, und darauf ein Zettel in Josefs Schrift: *Für das neue Tippfräulein!*

Olga verstand zuerst nicht, aber dann hob sie den Deckel.

In dem Koffer war ein Kleid! Ein blaues Strickkleid, nicht mehr ganz neu, trotzdem noch sehr ansehnlich! Und eine weiße Bluse, auch getragen, doch wunderbar in Schuss. Dazu schwarze Schnallenschuhe, vielleicht ein bisschen eng, aber nicht weiter schlimm, und herrliche, herrliche Strümpfe! So feine Strümpfe hatte Olga in ihrem ganzen Leben nicht besessen.

Und ganz unten ein Salz-und-Pfeffer-Mantel und ein Handtäschchen, ein reizend mit Blumen besticktes Handtäschchen!

»Na, was sagst du?« Josef hatte sich angeschlichen und strahlte sie nun an. »Na, was sagst du? Ist das nicht eine angemessene Ausstattung für ein Tippfräulein?«

—

Marian schreckte aus unruhigen Träumen auf.

Er war auf dem Fensterbrett sitzend eingeschlafen und hielt die Zigarettenspitze noch in der Hand.

Georgie war nicht gekommen.

Und irgendetwas sagte Marian, dass dem Jungen etwas zugestoßen war.

Woher er das wusste?

Es war wie damals, als Esther Rosenzweig verschwand.

Da hatte Marian es auch gewusst.

Er hatte es in dem Moment gewusst, in dem von Rosskopf ihm erzählt hatte, er habe sie nicht getroffen, sie sei einfach nicht gekommen. Sie waren im Café Mohrenkopf verabredet gewesen, einer jener kleinen rotplüschigen Konditoreien, wie es sie vor dem Krieg an jeder Ecke gegeben hatte.

Doch damals hatte Marian nicht mehr als ein vages Gefühl von Betroffenheit, eine dumpfe Besorgnis verspürt. Nun überkam ihn Panik. Eine kalte, seinen Magen zusammenquetschende Angst. Dem Jungen musste etwas passiert sein, etwas Furchtbares!

Nicht eine Sekunde glaubte Marian, Georgie sei einfach nicht gekommen, das sah ihm nicht ähnlich. Und er wusste auch, wer schuld war.

Wie aufs Stichwort tönte es plötzlich hinter ihm:

»Du bist so ein mieses Schwein! Warum betrügst du mich? Warum? Mach dich bereit zu sterben!«

Marian seufzte, schloss endgültig das Fenster zum Garten, drehte sich langsam um und sagte: »Guten Morgen, Hans.«

—

»Guten Morgen, mein Lieblingsbrüderchen!« Mit diesen Worten riss Willi Pauls Bürotür auf und wedelte einladend mit einer Bäckereitüte. »Ich habe dir was mitgebracht.«

»Morgen, Willi.« Paul blickte nur unwillig von seinen Unterlagen auf. In einem für Kapp eher untypischen Anfall von Arbeitswut hatte dieser unaufgefordert Lottis Freundinnen verhört, hatte diesen ein Bild von Georgie gezeigt und gefragt, ob sie den Jungen vielleicht wiedererkannten. Wiedererkannt hatten ihn die Mädchen alle, seiner hübschen dunklen Augen wegen, aber eine Verbindung zu Lotti konnten sie bisher nicht herstellen. Paul hätte sich lieber noch etwas mit diesen Verhörprotokollen beschäftigt, aber Willi hatte sich schon in den Sessel gegenüber dem Schreibtisch geworfen und streckte behaglich seine langen Beine in den Raum. »Was verschafft mir die Ehre deines Besuches?«

»Ich hatte eben Sehnsucht nach meinem kleinen Bruder!« Willi lächelte wie ein besonders braver Konfirmand. »Schau, ich habe für dich sogar ein Gebäck mit Puddingfüllung genommen!«

Paul betrachtete das ihm entgegengestreckte Plunderteilchen sehr skeptisch. Wenn Willi einem mit Familiensinn kam, wollte er immer etwas, und wenn er dann noch bereit war, fünfzig Pfennig in Zuckerzeug zu investieren, dann war das Gewünschte unter Garantie etwas Unangenehmes.

»Was willst du, Willi? Bitte erspar mir ein halbstündiges Gespräch übers Wetter und die schulischen Fortschritte deines Konrad. Ich hab wirklich viel zu tun …«

»Ja, ja. Tempo, Tempo, alle sind am Rennen, keiner hat heutzutage noch Zeit.« Willi seufzte behaglich und begann, Zuckergussplättchen von seiner Schneckennudel zu pulen. »Aber ich möchte wirklich nur ein wenig plaudern. Wir kommen so selten mal dazu, uns ein bisschen zu unterhalten. Und am Sonntag konntest du ja auch nicht. Hast aber nicht viel verpasst. Gusta hatte wieder diesen Gesellen ihres Vaters eingeladen. Mir ein Rätsel, warum der neuerdings immer dabeihockt. Wenn ich das fette Schwein schon seh, brauch ich einen Schnaps. Hing mir auch wieder wegen Konrads Erziehung in den Ohren, Benny sei kein Umgang, und überhaupt …

Ich weiß nicht, was gegen den kleinen Levi spricht, außerdem haben die Bengel denselben Schulweg, und ich bin froh, wenn Konrad zur ersten Stunde nicht allein laufen muss. Die müssen doch an diesen Spelunken vorbei, da liegen sie morgens oft vor rum. By the way, wie geht es denn deinem blonden Gift?«

»Gut geht's ihm. Wir haben in knapp einer Woche Jahrestag, dieser Historienschinken ist im Kasten, und er gratuliert sich jeden Tag zwei Mal, dass er nicht in Langs neuem Film mitspielt. Der wird die UFA ein Vermögen kosten und an den Kassen floppen, da wett ich drauf.« Paul verstaute vorsichtshalber die Verhörprotokolle in einer Schublade seines Schreibtisches. Bei Willi wusste man nie. »Und bevor du fragst, mir geht es auch blendend. Ich trinke jede Woche ein Schnapsglas Eisentonikum für mein Blut, und zur Pflege meiner armen Lunge reisen wir Freitag ans Meer.«

»Na also, es geht doch!« Willi lächelte zufrieden. Er hatte tatsächlich abgenommen, er boxte zwar immer noch in einer anderen Gewichtsklasse als Paul, aber der Bauch war weg. Genauso spurlos verschwunden wie die Knickerbocker. Willis Beine steckten in vollkommen normalen Stoffhosen. »Und hast du inzwischen ein Jahrestagsgeschenk gefunden?«

Paul schüttelte den Kopf. Dieser Jahrestag – der dritte – lag ihm schon seit Monaten schwer im Magen.

Paul kam aus einer Familie, in der man sich zu Festen Socken und neue Wäsche schenkte, aber nachdem ihm damit vor zwei Jahren wenig Erfolg beschieden war, bedurfte er Willis Hilfe. Willi kannte sich mit Romantik aus.

»Ich dachte vielleicht an ein schönes Buch? Oder eine Schallplatte? Kinokarten?«

»Oh, mein Brüderchen!« Ein tiefer Seufzer entrang sich Willis breiter Brust. »Das hat doch alles keine Klasse. Schenk irgendwas Ideelles. Ideelle Geschenke sind die besten und kosten am wenigsten. Schenk ihm doch einen Stern!«

»Einen Stern?«

»Natürlich. Das hab ich schon hundertmal gemacht, kommt immer wieder gut an.« Ein selbstzufriedenes Lächeln breitete sich auf den Zügen seines Bruders aus. »Das geht ganz einfach, du musst nur mit ihm unter freiem Himmel stehen, dann knutschst du ein bissken rum, seufzt ein bissken und flüsterst: *Siehst du den Stern da oben? Immer wenn ich den sehe, werde ich an dich denken.* Ich nehm gern einen aus dem Großen Wagen, den erkennst du auch noch nach dem achten Bier.«

»Davon hat er doch nix. Ich mein, was soll Carl mit einem Stern, noch dazu mit einem, der schon jemand anders gehört.«

Abermals seufzte Willi, er machte einen leicht entnervten Eindruck, dann schlug er vor: »Fahr doch die ganz großen Geschütze auf! Tätowier dir eben was ein, am besten was Neutrales oder was, das du notfalls später zu was anderem machen kannst. Zum Beispiel ein C, da hast du schon fast einen halben Arsch oder eine Sichel.«

»Hammer und Sichel hab ich schon links, und einen Arsch mag ich nicht auf dem Arm rumtragen, egal ob halb oder ganz. Aber trotzdem danke.« Paul befand, dass es besser war, hier abzubrechen. »Ich schau mal, was ich mache.«

»Top, es freut mich, wenn ich dir helfen konnte.« Willi lächelte zufrieden und Paul schüttelte ratlos den Kopf.

Was, um alles in der Welt, wollte sein Bruder?

Er war doch nicht am Ende tatsächlich nur so aus Freundlichkeit gekommen?

»Erinnerst du dich eigentlich noch an Christine?«

Vorsichtig biss Paul in die Puddingmasse und sagte kauend: »Natürlich, und ich finde noch immer, dass du ein verdammter Idiot warst, das so zu vergeigen. Die war echt zu gut für dich!«

Willi, hatte sie zu seinem Antrag gesagt. *Willi, ich liebe dich über alles, aber du kannst doch noch gar keine Familie ernähren. Wovon sollen wir denn leben? Dein Stipendium reicht doch für dich allein kaum …* Weiter war sie wohl nicht gekommen, an diesem Punkt war der Bruder aufgesprungen und türknallend verschwunden. Seine Romantik ließ Willi sich nur ungern durch sachliche Argumente zerstören. Danach war er erst mal durch sämtliche Prüfungen gerasselt, und danach betrank er sich vier Wochen am Stück, aber der Kriegsausbruch setzte seiner Trinkerkarriere dann ein recht abruptes Ende. Stattdessen beschloss er, den Heldentod zu sterben, und als das auch nicht klappte, schwängerte er während irgendeines verzweifelt versoffenen

Fronturlaubs Gusta und erwähnte Christine nie wieder.

»Mag sein, dass du recht hast. By the way, ich hab sie neulich mal zufällig gesehen. Sie hat ja dann diesen Professor Dr. Schenk geheiratet, einen Freund ihres Herrn Vaters. Hatte einen Lehrstuhl für tote Sprachen. Brotlose Kunst, wenn du mich fragst, hat über die Verwendung des Ablativs in den Catilinarischen Reden ein Buch geschrieben. So ein Unfug.« Willi schüttelte angewidert den Kopf, und Paul verkniff sich die Bemerkung, dass Willi aber gut informiert sei. »Er hat sich bei Verdun, in dem Abschnitt, wo's dich auch erwischt hat, eine Salve gefangen, und danach war er blind und saß im Rollstuhl, aber war im Kopf noch voll da. Vor zwei Jahren ist er gestorben, war sicher schwer für sie. Sie ist doch so zart.«

Paul musterte seinen Bruder eindringlich. Er kannte Willi gut genug, um zu wissen, dass er ihm irgendetwas verschwieg, aber er hätte nicht sagen können, was. Wenn der Bruder die Affäre wiederaufgenommen hätte, hätte er es ihm doch mit Sicherheit erzählt.

»Wie geht es ihr denn jetzt?«

»Ach, ganz gut. Ist immer noch bildhübsch, fast sogar noch hübscher als früher – also, wenn das überhaupt geht. Finanziell ist's natürlich schwer.« Nun begann Willi, die Schneckennudel in kleine Bröckchen zu zupfen. Sehr umständlich zerkaute er ein solches Bröckchen, bevor er fortfuhr: »Sie liest einem älteren Major a. D. vor und vermietet ein Zimmer – drüben in Charlottenburg, damit kommt sie über die Runden. Und na ja, ihr aktueller Mieter …«

»Willi, komm zum Punkt!«

Paul ärgerte sich und hätte nicht sagen können, warum.

Vielleicht, weil er Christine gemocht hatte und fand, sie hätte Besseres verdient, als einem ausgemusterten, muffigen General vorzulesen. Er fand auch, Willi hätte Besseres verdient als die Ehe mit dieser tauben Nuss von Gusta, aufgelockert durch unzählige, bedeutungslose Affären.

»Willi, sag einfach, was ich für dich tun soll!«

»Na, du ermittelst doch eh in der Mordsache Georgie Tuchsäss, oder? Der Kleine war eben Christines Mieter, und, na du weißt ja, wie die Weiber sind …« Willi machte eine seltsam verständnisheischende Geste mit seiner halbgegessenen Schneckennudel. »Heute Nacht noch ist einer von Muskel-Adolfs Leuten vorbeigekommen und hat ihr gesagt, dass der Kleine hops ist, und jetzt weint sie die ganze Zeit und … und, ich hab eben gedacht, vielleicht weißt du was, was sie etwas beruhigt?«

»Warte, warte! Du hast mir ein Puddingteilchen für fünfzig Pfennig gekauft, nur weil eine Frau, die du seit zehn Jahren nicht mehr gesehen hast, wegen der Ermordung ihres Mieters weint?«

Paul konnte nicht aufhören, das breite, sommersprossige Gesicht seines Bruders anzustarren.

»Mein Gott, darf man nicht einmal nett sein? Sie ist in anderen Umständen und sollte sich nicht aufregen.«

»In anderen Umständen ist sie auch noch? Und von wem? Vom alten Professor Dr. Schenk sicher nicht mehr! Ist Georgie der Vater?«

»Würde mich wundern.«

Willi war aufgestanden, bestaunte hingerissen die entlang der Wand in Regalen stehenden Aktenordner. Man hätte meinen können, er sehe das Büro zum ersten Mal.

»Ist ja auch egal, von wem sie schwanger ist, oder?«

»Mir ist es egal, so was von egal. Ich will es gar nicht wissen!« Paul war nun gleichfalls aufgesprungen, lehnte sich weit über seinen Tisch. »Verdammt, Willi, du bist verheiratet! Du hast vier Kinder! Vier Kinder mit deiner Ehefrau!«

»Fünf, wenn man das für Februar erwartete mitzählt.« In einem einzigen großen Bissen schlang Willi die Reste seines Gebäckstücks hinunter, und noch bevor er fertig heruntergeschluckt hatte, brannte eine Zigarette in seinem Mund. »Aber das ist doch jetzt egal. Sag mir einfach, was ich wissen will, dann bist du mich auch gleich wieder los. Erst hast du's eilig, und jetzt stiehlst du mir die Zeit. Also, wer war's? Wer hat den Kleinen abgeknallt und warum? Wann verhaftet ihr ihn?«

»Wenn Gusta erfährt, dass du einer anderen ein Kind gemacht hast, schlägt dein Schwiegervater dich zu Brei! Und dann auch noch Christine! Die hat echt Besseres verdient als ein uneheliches Balg von dir!«

»Verdammt, Paul! Ich glaube, ich habe allein in diesem Jahr neben Gusta sechs oder sieben Mädchen gehabt, ohne dass du dich sonderlich für den Zustand meiner Ehe interessiert hast. Also fang jetzt nicht an, den Moralapostel zu spielen.« Willi schüttelte entschieden den Kopf, und da er offensichtlich vergessen hatte, dass er schon eine halbgerauchte Zigarette im Aschenbecher liegen hatte, zündete er sich eine neue an. »Und von wem Christine sich ein Kind machen oder nicht machen lässt, geht dich einen Dreck an! Sie ist so alt wie du, sie wird schon wissen, was sie tut. Lass das einfach ihre Sorge sein, okay? By the way, ich red dir ja auch nicht rein, wenn sich dein blondes Gift wieder aufführt wie eine Diva.«

»Doch, tust du«, sagte Paul, aber er sagte es leise und fragte dann: »Wenn wir jetzt mal davon ausgehen würden, dass du öfter mal bei Christine vorbeigesehen hast …«

»… rein platonisch und um der alten Freundschaft willen!«

»Von mir aus auch das. Aber wenn du jedenfalls öfter mal bei Christine warst, dann bist du dem Jungen doch sicher manchmal auch begegnet, oder?«

»Klar, war ein nettes Kind, hätte dir gefallen. Im September ist er bei Christine eingezogen, er kam wohl aus der Fürsorge Leipzig, ist da im Sommer stiften gegangen und hat sich nach Berlin durchgeschlagen.

Wenn ich es richtig in Erinnerung hab, war er eine Zeitlang der Liebling eines größeren Bandenchefs – meines Wissens müsste es der Lange Dennis gewesen sein, aber dem ist der Bengel relativ schnell auf den Keks gegangen … By the way, der hat schrecklich gern so theoretisch diskutiert. Das war dem Langen auf Dauer wohl zu doof, und gegen Ende August rum hat er ihn an Immertreu weitergereicht. Da haben sie das Potential des Kleinen erkannt, ihn kurz angelernt, und schon stand er da, Ecke Brunnen- und Voltastraße. Aber er war ein netter Junge, ständig die Nase in einem Buch, und wenn er ein Wort nicht kannte, hat er's in Meyers Konversations-Lexikon nachgeschlagen. Der wusste die seltsamsten Dinge und konnte auf der anderen Seite keinen Dreisatz. Er hat nicht getrunken und nur geraucht, wenn man ihm welche angeboten hat. War auch sauber. Bisschen einen Reinlichkeitsfimmel hat der gehabt, jeden Tag frische Wäsche und jeden zweiten neue Socken.« Angesichts solch übertriebener Hygiene fand Willi zu seiner alten Selbstsicherheit zurück, lehnte sich entspannt in den Sessel und kam ins Plaudern: »Mit Mädchen war bei dem nicht viel los, obwohl er eine ziemliche Auswahl hätte haben können.

Ich glaub, das lag an seinem Gelese, davon kriegt man drollige Vorstellungen von Romantik, selbst wenn man als Stricher doch wirklich die Realität kennen sollte. Du hättest ihn hören sollen, wie der ständig von Graf Sawicki geschwärmt hat. Na ja, jedenfalls, der Georgie, der hatte überhaupt nicht viel Besuch, nur gestern war wohl jemand bei ihm.«

»Wer? Wer war gestern zu Besuch?«

»Ich weiß den Namen nicht, ein junger Mann eben. Ich hab ihn nicht gesehen, aber Christine meinte, er sei ziemlich hübsch gewesen, auf eine magere, überzüchtete Art, wie vielleicht eine von diesen Siamkatzen. Er trug einen Pelzmantel und sehr schöne Schuhe. Sie sind dann spazieren gegangen, fast zwei Stunden lang bestimmt, obwohl es doch so geregnet hat. Vielleicht hatten sie was miteinander, keine Ahnung! Muskel-Adolfs Jungs haben Christine erzählt, als Georgie erschossen wurde, da habe er auf Graf Sawicki gewartet. Der hatte ihm ein Telegramm geschickt, sie würden sich da treffen. Das Telegramm hab ich.« Aus den Tiefen seiner Hose kramte Willi ein zerknülltes, offensichtlich schon einmal im Müll gewesenes Papier hervor und reichte es Paul. »Und jetzt erzähl du mal mir was! Welche Spur hat die Polizei?«

—

Fabian Kranz war einunddreißig und ein alter Mann.

Seit zwölf Jahren träumte er nur noch vom Tod. Im Krieg, bei der Jagd, bei Reisen in ferne Länder hatte er ihn herausgefordert, doch gleich einer keuschen Angebeteten wusste dieser sich ihm stets im letzten Moment zu entziehen.

Es hatte für Esther keine Gnade gegeben, es würde auch für ihn keine geben.

Und nun also Lotti Berschneider!

Warum, nach all den Jahren?

Er hatte es fast vergessen gehabt, oder nein, manche Wunden vergisst man nicht – aber sie vernarben, sie verblassen. Und nun war dieses Dienstmädchen verschwunden, und der Schmerz flammte erneut auf, frisch und sengend wie am ersten Tag.

Wohin bloß war dieses Dienstmädchen verschwunden?

Er verstand das alles nicht.

Er verstand auch nicht, wo Esthers Kreuz hin war, doch er würde seine Schwester nicht fragen.

Es war kindisch, aber solange er mit niemandem darüber sprach, war es nicht wirklich weg. Jeden Augenblick konnte es wieder in der Schublade, wieder an seinem angestammten Platz auftauchen, und nichts wäre geschehen.

Stumm stand er in der eleganten Pracht seines Frühstückszimmers, starrte durch das Fenster in den herbstlichen Garten. Das mit rotem Laub bedeckte Gras, der gelbe Ahorn, seine Spiegelung auf dem reglosen Wasser des Teiches und die Astern mit ihren Blüten in der Farbe von getrocknetem Blut.

Manchmal hatte er nachts Alpträume, dann wachte er auf, das Haar klebte ihm schweißnass im Gesicht, und der Pyjama war feucht wie nach einem Regenguss. Er wusste nicht zu sagen, was er geträumt hatte – nur, dass Esther darin vorgekommen war.

Manchmal träumte er auch von ihrer ersten Begegnung, damals bei jenem einsamen Spaziergang im Sommer, das Licht zitronengelb, und über dem Kopfsteinpflaster flirrte die Luft. Überall sah man Damen mit grünen oder weißen Schirmchen, mit Strohhüten, groß wie Wagenräder, und ganz Königsberg roch nach frisch geschnittenem Gras, nach im Wind trocknender Wäsche.

Und auf einmal ein Büdchen am Straßenrand, ein schäbiges Limonadenbüdchen mit einer langen Schlange davor, und auch ihn packte plötzlich das brennende Verlangen, seinen Durst mit kaltem Sodawasser zu stillen.

Es ging sehr langsam, aber er wartete gern, sah er doch vor sich die entzückendsten sommerbraunen Schultern, die er je gesehen hatte. Ewig hätte er so in der dampfenden Hitze warten mögen, doch plötzlich fiel das Mädchen vor ihm in Ohnmacht, fiel ihm direkt in die Arme.

Esther.

Schöne, sanfte Esther mit der Vanillehaut.

Was hatte er nur getan?

»Herr Kranz, Herr von Bäumer ist nun eingetroffen.« Der Diener war lautlos hereingekommen und wartete mit gesenktem Blick. »Herr von Bäumer erwartet Sie im Herrenzimmer.«

»Danke, Friedhelm.«

Was konnte dieser Filmstar nur wollen?

Sollte tatsächlich etwas an dem Getratsche dran sein, dass von Bäumer Gefallen an Rosi gefunden hatte?

Er konnte es kaum glauben. Rosi war so ein dummes, oberflächliches Geschöpfchen.

Andererseits, die Geschmäcker waren verschieden und Schauspieler bekanntlich grenzenlos exzentrisch.

Die Frage war nur, wo sollte Fabian auf die Schnelle eine halbwegs anständige Mitgift auftreiben?

Das, was er von Muskel-Adolf für die Beschaffung des Steins für dessen Ehering bekommen hatte, war komplett in die neue Lackiermaschine und in die Hypotheken gewandert.

Wenn der nur erst zufrieden mit seinem Stein abgezogen wäre!

Fast hatte Fabian ein schlechtes Gewissen, den armen Grafen Sawicki so hintergangen zu haben, aber er benötigte nun mal das Geld! Dieser halbe Pole, der hatte doch wirklich genug davon.

»Brauchen Sie noch etwas Zeit?« Friedhelm stand nach wie vor mitten im Zimmer, wartete geduldig auf irgendeine Reaktion seines Gnädigen. »Soll ich Herrn von Bäumer so lange eine Kleinigkeit anbieten?«

»Nein, ich komme sofort. Oder nein, reichen Sie Zigaretten und Cognac. Aber nur Hennessy, ja?«

Und nachdem der treue Friedhelm die Tapetentür hinter sich geschlossen hatte, presste Fabian die Hände ans kühle Glas der Scheibe.

Ach, Esther! Warum nur?

—

»Herr Kranz, vielen Dank, dass Sie sich die Zeit für mich nehmen.« Carl erhob sich zu einer kleinen Verbeugung.

Er ärgerte sich ziemlich, dass dieser blöde Buntstiftfabrikant ihn derart lange hatte warten lassen. Es war zwar ganz nett gewesen, weil die Familie Kranz ein wirklich putziges rotes Katerchen besaß, das gern mit Carl geschmust hatte, aber er musste vor dem Urlaub noch so viel erledigen, und dann hatte er sich auch noch diese blöden Ermittlungen im Fall von Volkmann eingebrockt.

Inzwischen war er sich gar nicht mehr so sicher, dass der nicht vielleicht doch Suizid verübt hatte. Er konnte gar nicht mehr sagen, was ihn so an diesem Tatort gestört hatte. Für einen Mörder hatte es eben wirklich keine Möglichkeit gegeben, das Zimmer nach Baron von Rosskopf zu betreten, und als der Baron ging, lebte das Fliegerass ja nachweislich noch.

Berge von Geschirr, fettig glänzend und mit angetrockneten Flecken, sah Carl schon vor seinem geistigen Auge auf sich warten. Er sah sich schon stundenlang spülen, im Wissen, dass Paul recht behalten hatte: Er war eben kein Detektiv.

Dafür schien Paul ihn für einen ziemlich begabten Botenjungen zu halten. Unter dem Tisch, neben Carls Beinen, stand eine Kiste mit Hemden, die Paul vor dem Urlaub noch gewaschen und geplättet haben wollte. Ob Carl sie nicht vielleicht in die Reinigung … und wenn er doch sowieso schon unterwegs war …

Einen doppelseitig beschriebenen Zettel mit Besorgungen hatte Carl schließlich in die Hand gedrückt bekommen, abzuarbeiten bis spätestens Freitag neunzehn Uhr fünfundvierzig, da ging nämlich der Zug.

»Hatten Sie es bequem?«, erkundigte sich Kranz und setzte sich Carl gegenüber. »Man hat Ihnen doch etwas angeboten?«

Carl nickte und verkniff sich seine Meinung zu Haushalten, in denen man Hennessy ausschenkte. Er hatte das Gefühl, dass Kranz ihn etwas nachdenklich musterte. Vermutlich, weil die Haut um Carls Mund herum nach der letzten Nacht mit Paul ziemlich bescheiden aussah.

»Sie kommen mit einem persönlichen Anliegen?«

Abermals nickte Carl. Er war kolossal stolz auf seine gute Begründung für diese Verabredung.

»Ich denke schon, dass man es so nennen könnte. Sehen Sie, es geht um Ihr Fräulein Schwester. Ich bin ihr Freitagabend auf dem Wohltätigkeitsdinner der von-Rosskopf-Stiftung begegnet und …«

Kranz strahlte. »Kein Wort mehr! Ich weiß schon, worauf Sie hinauswollen.«

Carl blickte etwas skeptisch. Er hatte vorgehabt, angeblich für seine Schwester nach dem Namen der Schweizer Schule für höhere Töchter zu fragen, auf der Rosi gewesen war, um dann über die hausfraulichen Fähigkeiten der Hausherrin auf den allgemeinen Mangel an Personal und auf Lotti zu kommen.

»Sie ist wirklich ein reizendes Mädchen, nicht wahr?«

Carl zögerte. Wen meinte der? Rosi oder Lotti? Oder gar Urte? Urtes Tochter?

»Ja, wirklich ganz besonders reizend«, murmelte er vage und entschied sich, doch einen Schluck von dem grausigen Hennessy zu nehmen – nur um überhaupt etwas zu tun.

»Spontane Entschlüsse sind bekanntlich die besten!«, jubelte Kranz indessen. »Ich sage immer, warum lange zögern? Wenn man weiß, was man will, dann muss man Nägel mit Köpfen machen! Manchmal genügt eben ein Blick! Wann möchten Sie es ihr denn sagen?«

Wovon sprach der bloß?

Er konnte ihn wohl kaum fragen, dafür war das Gespräch schon zu weit fortgeschritten. Das hätte er gleich machen müssen, und so murmelte Carl: »Der richtige Zeitpunkt ist wichtig.«

Das passte eigentlich immer, doch Kranz schien davon nicht überzeugt, er sagte entschieden: »Nein, man darf derartige Entschlüsse nicht auf die lange Bank schieben. Der gegenwärtige Zeitpunkt ist immer der ideale!«

»So kann man das natürlich auch sehen«, bestätigte Carl und ließ seine gebleichten Filmstarzähne aufblitzen.

»Dann sind wir uns ja einig. Ich werde mein Fräulein Schwester sofort holen. Ich bin sicher, sie wird begeistert sein. Haben Sie die Ringe gleich mitgebracht?«

»Entschuldigen Sie, aber ich glaube, wir sprechen aneinander vorbei«, fing Carl vorsichtig an. »Von welchen Ringen ist denn die Rede?«

»Natürlich von den Verlobungsringen, aber die können Sie ja dann gemeinsam aussuchen.« Kranz war aufgesprungen. »Das ist sowieso romantischer.«

»Nein, nein! Warten Sie! Hier liegt ein Missverständnis vor!«, rief Carl, aber Kranz war schon aus dem Zimmer gestürzt, um seine grässliche Schwester zu holen.

Carl schluckte trocken, dann nahm er seine Kiste mit den Hemden, öffnete ganz leise die Tür zum Garten und stürmte davon.

Erst als er drei Straßen weiter schwer atmend nach einer Taxe winkte, stellte er fest, dass er seine geliebte Lammfelljacke zurückgelassen hatte.

—

Hans war, als brenne seine Wange noch immer.

Marian hatte ihn geohrfeigt.

Nicht besonders hart, mehr wie man ein unartiges Kind straft, mit leichter Hand und eher genervt als ernstlich wütend.

»Ich denke, das war's jetzt. Ich werde meinem Chauffeur sagen, dass er dich abholen soll, nachdem er mich in den Laden gefahren hat. Er bringt dich dann, wohin du willst. Was du noch bei mir hast, wird eines der Mädchen zusammenpacken, du kriegst es spätestens heute Abend. Und jetzt habe ich keine Zeit mehr für dich, ich muss noch frühstücken.«

Ohne ihn eines weiteren Blickes zu würdigen, war Marian aus dem Zimmer gegangen. Er hatte nicht einmal die Tür geknallt, und nach einigen Minuten war eines der Mädchen erschienen, hatte ihm Kaffee, Milch und etwas englisches Teegebäck gebracht.

Das Gebäck schmerzte fast schlimmer als die brennende Wange.

Das Gebäck war der endgültige Beweis dafür, dass er Marian verloren hatte. Man behandelte ihn wie einen ganz gewöhnlichen Gast – freundlich, aber nicht mehr.

Hans spürte, wie ihm Tränen in die Augen stiegen.

Er hatte es von Anfang an gewusst.

Sie hatten sich letztes Silvester in der Künstlerkolonie des Grafen von Keller kennengelernt. Hans war noch nicht lang in Berlin gewesen, gerade lange genug, dass sich Sehnsucht und Lebensgier hart in seine weichen Jungenzüge zu graben begannen.

Er war rastlos auf der Suche, aber er wusste nicht, wonach, und jeden Tag verlor er etwas mehr die Hoffnung, es jemals zu finden.

Zu von Keller hatte er ein paar Freunde begleitet, die weniger für Kunst schwärmten als für die hübschen und meist sehr leger eingestellten Musen, die dort herumsprangen.

Das Ganze fand im verwilderten Garten des gräflichen Anwesens statt, und überall lag schmutziger, zusammengetretener Schnee. Ständig musste man aufpassen, nicht auszurutschen und gegen eines der glühenden Kohlebecken zu schlittern. Der riesige Wolfshund des Hausherrn lief frei umher, knurrte übellaunig die Gäste an, und gegen dreiundzwanzig Uhr gab es eine Prügelei, bei der ein Stapel Champagnerkisten zu Bruch ging. Außerdem war es schneidend kalt, und es schneite.

Und gerade als Hans beschlossen hatte, einfach eine der heil gebliebenen Flaschen zu nehmen und damit gemütlich nach Hause zu gehen, da hatte sich oberhalb der Freitreppe die Tür zur Villa geöffnet und der Graf selbst war erschienen.

Ungekämmt, in Flanellhosen und einer gestrickten Hausjacke wenig festlich angetan, stand er dort oben und neben ihm, im Smoking, den Zylinder in der Hand: Marian Graf Sawicki.

Hans hatte ihn gesehen, die blauschwarzen Fingerwellen, die Schatten unter den Augen, die im Kunstlicht milchig weiß schimmernde Haut, und er hatte im ersten Moment an einen schönen, melancholischen Vampir gedacht, einen Blutsauger, ein sich von fremder Lebenskraft nährendes Nachtwesen.

Und im Bewusstsein, vielleicht neben dem Mann an der Seite des Hausherrn, der bestaussehende Mann auf dem Fest zu sein, war Hans auf Marian zugegangen und hatte gesagt: »Ich glaube, ich könnte Sie lieben.«

Marian hatte ihn aus dunklen Augen abschätzig betrachtet, wortlos die linke Braue gehoben, und schweigend waren sie ins Haus gegangen, in ein Zimmer mit Jagdtrophäen. Erst als die Kirchenglocken überall zwölf schlugen, sagte Marian: »Gutes Neues Jahr!«, und seine Stimme erinnerte Hans an Sonne in buntem Fensterglas.

Das Schlimme war, dass Hans ihn tatsächlich liebte.

Er liebte ihn, und er wusste, wie einseitig diese Liebe war.

Marian liebte ihn nicht.

Er machte sich nicht einmal die Mühe, so zu tun. Er schwor es wohl, doch nur, weil es weniger Anstrengung bedeutete, als die hässliche Wahrheit zu sagen. Und Hans hasste ihn dafür, aber er liebte ihn gleichzeitig nur umso mehr.

Er hasste auch sich selbst, weil er zu schwach war, zu gehen, und zu schwach, wirklich zu bleiben. Er hasste sich, weil er zu viel trank und weil er Kokain nahm, ständig, nur um es irgendwie zu ertragen. Er hasste sich, weil er sein Studium geschmissen hatte, weil er nichts anderes mehr tat, als Marian zu lieben. Er hasste sich für die Verachtung in den Augen seiner Eltern, und er hasste sich für die Verachtung in seinen eigenen.

Und dann war dieses Kind gekommen, dieser Junge mit seinem Unschuldsblick und den Strubbellocken, dieser Sohn der Gosse, und plötzlich entdeckte Hans in Marians Augen, was er dort immer vergeblich gesucht hatte.

Er war dem Jungen gefolgt, er hatte mit dem Jungen gesprochen. Er war ein nettes Kind, ein wenig schüchtern, ein wenig zurückhaltend, und er hasste es darum nur umso mehr. Er hasste den abgetragenen Mantel des Kindes, die billigen Schuhe und das schlechtgeschnittene Haar – er hasste all das, weil es Marian nicht störte!

Marian liebte diesen Jungen. Trotzdem oder gerade deshalb.

Hans hatte Marian töten wollen, aber er liebte ihn noch immer.

Er liebte ihn so sehr, genau wie am Anfang, vielleicht mehr denn je, und nun saß er also in Marians Schlafzimmer auf dem breiten, mit Damast bezogenen Bett, das ihm immer fremd geblieben war, spürte die grelle Spätherbstsonne auf seinem Gesicht und weinte stumme, trostlose Tränen.

Er hörte die Schritte des Chauffeurs schon im Flur, und da nahm er seinen goldenen Füllfederhalter und schrieb auf die erste Seite des Telefonblöckchens nur ein einziges Wort: Entschuldigung.

Mehr gab es nicht zu sagen.

—

»Zum KaDeWe«, kommandierte Carl dem Taxichauffeur und sank seufzend auf die Rückbank des Automobils. Nach dem Schrecken im Hause Kranz – wie er die gerade überstandenen Ereignisse bei sich nannte – fand Carl, dass er sich eine Stärkung verdient hatte. Eine Stärkung mit Cremefüllung, Schokoglasur und am besten ordentlich Schlagsahne. Die Confiserie des KaDeWe schien Carl der einzig angemessene Ort, auch weil dort gut geheizt wurde.

Nur in Pullunder und Sakko fror er doch ziemlich. Vielleicht sollte er auch gleich eine neue Jacke kaufen?

Zumindest übergangsweise, bis er seine eigene wiederhatte.

Allerdings musste man, um zur Herrenkonfektion zu gelangen, an den Haushaltswaren vorbei. Carl war nicht sicher, ob er sich nach der aktuellen Schlappe dem Anblick von Spülsoda und Scheuerschwämmchen gewachsen fühlte.

Die Vorstellung, bei Kranz anzurufen und um Herausgabe der Jacke zu bitten, war allerdings auch kaum besser. Ihm graute davor, sein Verschwinden erklären zu müssen. Diener Heinrich hätte man es ja machen lassen können, aber der stellte dämliche Fragen, und außerdem petzte der bei Paul. Was für sich genommen schon eine Frechheit war, insbesondere weil Carl sein Gehalt zahlte.

»Ick kenn Se doch«, riss der Chauffeur Carl aus seinen Gedanken. »Se sind der aus'm Kintopp. Der im Morjenrock. Sind Se uf Besuch in Berlin? Ick meen, Se sind doch 'n Froschfresser?«

»Oui, und ich deshalb spreche kein Deutsch«, erklärte Carl gereizt, wobei er die Kiste mit den Hemden sorgsam neben sich stellte und sein Jackett nach der Tabatiere abklopfte. Er brauchte jetzt eine Zigarette, und wenn er es genau durchdachte, eine kleine Dosis Morphium. Seine Nerven waren vollkommen überspannt. Er bekam schon Wahnvorstellungen! Ihm war, als hätte die Hemdenkiste sich mehr als einmal bewegt.

»Ach so!«, brüllte der Fahrer. Er lebte wohl in der Annahme, er müsse nur etwas lauter und langsamer sprechen, dann würde ihn sein französischer Fahrgast schon verstehen. »Und woher kennen Se dann den Nicki Wassermann? So heeßt der Schreiberling doch, der Ihre Fälle veröffentlicht, oder? War der in Kriegsjefangenschaft bei den Franzacken?«

Carl nickte vage und klopfte, nun schon leicht panisch, seine Hose ab. Die Tabatiere samt Spritzbesteck und seiner Notration Morphium war auch dort nicht. Sie musste in der dämlichen Lammfelljacke sein.

»Vergessen Sie das mit dem KaDeWe!«, befahl er deshalb. »Fahren Sie mich in die Bettinastraße. Ich sag Ihnen dann schon, vor welchem Haus Sie halten sollen.«

In der Bettinastraße residierte der Vertragsarzt der UFA. Ein sehr hilfsbereiter Mann mit viel Verständnis für die empfindlichen Nerven eines Filmstars. Er würde Carl sicher mit etwas Morphium aushelfen.

»Aber dat is doch keene halbe Minute von da, wo Se

vor zehn Minuten in meene Taxe jestiegen sin«, begann dieser Chauffeur zu argumentieren, und Carl sah sich gezwungen, sehr scharf *Bettinastraße!* zu wiederholen.

Diese grauenhafte Hemdenkiste rutschte inzwischen schon wild auf dem Leder herum, und wenn das Automobil einen Moment nicht lärmend knatterte, hörte er jämmerliche Klagelaute aus ihr herausdringen. Also natürlich nicht wirklich, aber das war es, was der Stress ihn glauben machen wollte.

»Wie Se wollen.« Der Chauffeur warf Carl im Rückspiegel einen etwas sonderbaren Blick zu, wendete dann aber klaglos. »Ick persönlich, ick mag dem Nicki Wassermann seine Bücher ja nich. Ick find, dat is keen Künstler. Und keen juter Mensch. Wat über den so in die Blätter jeschrieben wird, dauernd mit 'nem anderen Fräulein verlobt.«

»Ja, ja! Können Sie nicht etwas schneller fahren?«, bat Carl inbrünstig. Der Deckel der grauenhaften Kiste wölbte sich nun schon nach oben. Ihr Inhalt schien jeden Moment herauskommen zu wollen. »Es handelt sich um einen Notfall.«

»Also der Wallace, dat is een juter Autor«, plapperte der Fahrer ungerührt und ohne den Wagen zu beschleunigen. »Oder der Poe.«

Ein grässlicher, ein unmenschlicher Klagelaut erklang.

Der Kistendeckel wurde emporgestoßen.

Carl schlug panisch die Hände vors Gesicht.

Es war wie Anfang des Jahres, als er noch Wochen nach der Silvesterparty manchmal glaubte, gelbe Käfer würden seine Nase raufkrabbeln. Er brauchte all seinen Mut, um wie ein Kind an den Fingern vorbeizulinsen.

Da saß ein Kätzchen.

Das kleine rote Katerchen, das er bei Kranz gestreichelt hatte.

Es musste dort in die Kiste geklettert und dann eingeschlafen sein.

Carl hob es aus der Kiste und nahm es auf den Arm.

»Na, du hast mich aber erschreckt!«, mahnte er streng, doch unsagbar erleichtert. Es war wirklich ein besonders niedliches Katerchen. Wenn er so nachdachte, hatte er schon immer eins haben wollen – nur Paul machte sich nicht viel draus, aber jetzt war es ja einfach da. Jetzt konnte Paul ja nicht mehr viel dagegen sagen.

»Zum Beispiel diese eene Jeschichte vom Poe, ›Der Mord in der Rü Morgü‹«, plauderte der Fahrer indessen weiter. »Also dat is eene richtiche Topjeschichte. Mörder in se lockt rum und allet. Da jibt es eenen Affen, und der bringt ständig Leute um und stopft se den Kamin nuff.«

Der Kamin!

Aber natürlich. Das Zimmer, in dem Max von Volkmann gestorben war, hatte einen riesigen Kamin! Die eine Wand, nur Kamin! So musste der Mörder ins Zimmer und wieder hinaus gekommen sein!

»Du bringst mir Glück!«, flüsterte Carl in das rote Fell des Katers, und weil er jetzt kein Morphium, aber dafür ein Fütterschälchen und etwas Fleischpastete brauchte, erklärte er dem Chauffeur: »Ich hab's mir anders überlegt. Fahren Sie uns zum KaDeWe.«

—

Hans.

Es war Hans gewesen. Als Georgie nicht gekommen war, da hatte Marian es geahnt, doch gewusst hatte er es erst in dem Moment, in dem die beiden Polizisten ihm die Nachricht von Georgies Tod überbrachten.

Er hatte in seinem Büro gesessen, hinter dem schweren Kirschholzschreibtisch, den er von seinem Vater zusammen mit allem anderen geerbt hatte, und seine Fingerknöchel waren weiß geworden, so fest umklammerte er die Stuhllehne.

Hätte er länger gelebt, er hätte sich für immer an diese gelblich weißen Fingerknöchel erinnert. Das rote, glänzend polierte Holz, die matten Messingbeschläge, das rostbraune Leder des Bezugs, seine blasse Haut und leuchtend die Fingerknöchel.

»Viktor, ich bin es. Es dauert nicht lange.«

Er hörte Viktor von Rosskopf am anderen Ende der Leitung scharf die Luft einsaugen und dann die vertraute Stimme: »Oh, Marian! Ich habe es schon gehört. Soll ich vorbeikommen? Bist du im Laden? Dieser dumme Junge! So ein verdammter Idiot! Ich habe es dir immer gesagt, dieser Hans, er ist nicht mehr normal. Aber mach dir keine Sorgen, meine Anwälte hauen den Jungen schon raus.«

»Das ist sehr lieb von dir, Viktor, doch es wird nicht nötig sein. Ich rufe wegen etwas anderem an.«

Er legte die Sprechmuschel neben sich, leckte die Briefmarke an und klebte sie auf den Umschlag, während er Viktors Stimme hörte: »Was immer du willst. Was soll ich tun?«

»Die Polizei wird dich befragen, und ich möchte dich

bitten, dass du ihnen Folgendes sagst: Du hast mich gestern gegen neunzehn Uhr in meinem Büro besuchen wollen, aber du hast mich nicht vorgefunden. Das Licht brannte, aber du hast mich nicht vorgefunden! Ist das klar?«

»Ich habe dich nicht vorgefunden, in Ordnung. Habe ich einen von deinen Angestellten gesehen?«

»Unmöglich, der Laden schließt um achtzehn Uhr.« Er drückte den Rufknopf und reichte seinem prompt erscheinenden Tippfräulein den Brief. Erst als sie wieder gegangen war, fuhr er fort: »Du hast geklingelt und an die Scheibe geklopft, aber keine Reaktion. Du hast mich nicht vorgefunden.«

»Marian, was soll das? Ich denke nicht daran, diesem miesen kleinen Neurotiker auf deine Kosten ein Alibi zu verschaffen. Dieser Hans ist es nicht wert! Der Junge taugt zu gar nichts.«

»Du weißt doch gar nicht, was Hans wert ist oder taugt! Der Mord ist meine Schuld. Ich hätte es niemals so weit kommen lassen dürfen. Ich bin schuldig, als hätte ich selbst den Finger am Abzug gehabt. Ich habe Georgie umgebracht.«

Er hatte gewusst, dass das mit Hans ein Fehler war. Von Anfang an hatte er es gewusst – von dem Moment an, in dem der Junge die Freitreppe heraufgekommen war. Warum hatte er dem Lauf der Dinge keinen Einhalt geboten?

Aus Einsamkeit?

Weil es ihm geschmeichelt hatte, dass dieser junge, schöne, grenzenlos dekadente Hans von Brunnen gerade ihn wollte?

»Einen Scheißdreck ist das deine Schuld! Hans hat ganz genau gewusst, was er tut, und er hat diesen armen kleinen Wurm gezielt erschossen. Hinterrücks und kalt lächelnd.«

»Aber wem nützt es, wenn Hans dafür an den Galgen wandert? Davon wird Georgie auch nicht wieder lebendig. Warum sollen gleich zwei junge Leben enden, nur wegen mir? Hans hat eine Zukunft, aus ihm kann noch was werden. Mein Leben ist so oder so vorbei.«

»Marian, du hast diesen Jungen einen einzigen Abend lang gekannt. Du weißt rein gar nichts über ihn.«

»Tu einfach, worum ich dich bitte, ja?

Und denk daran, ich habe noch immer etwas bei dir gut, weil ich damals niemandem erzählt habe, dass Esther schwanger war! Deine heilige Esther.« Er öffnete die oberste Schublade seines Schreibtisches. »Du warst mir immer ein guter Freund. Ich verlasse mich darauf, dass du es auch diesmal bist. Auf Wiedersehen, Viktor. Auf Wiedersehen.«

Und während der Baron noch irgendetwas sagte, hatte Marian schon die Mauser aus der Schublade geholt, und als er sich den Lauf an die Schläfe hielt, dachte er, dass ihn sein Gefühl nicht getäuscht hatte.

Er würde Georgie bald wiedersehen.

—

»Baron von Rosskopf ist für Sie am Apparat«, verkündete Greta in angenehm professionellem Tonfall.

Seit ungefähr zwei Wochen schon hatte Paul den Eindruck, dass sein Tippfräulein ihn endlich von ihrer mentalen Liste möglicher Heiratskandidaten gestrichen hatte – zumindest versuchte sie neuerdings nicht ständig, ihn zu einem Rendezvous oder sonst was zu bewegen. Zwar brachte sie nun gerne seine Papiere durcheinander und quälte ihn mit ihrem schlechten Kaffee, aber es war trotzdem eine eindeutige Steigerung ihrer Arbeitsmoral zu bemerken, und so bat Paul betont freundlich:

»Seien Sie doch so lieb, und stellen Sie durch.«

Er hatte den Hörer noch kaum am Ohr, da stöhnte der Baron schon reichlich entnervt: »Endlich! Ich habe schon gedacht, Sie hätten mich vergessen.«

»Wie könnte ich?« Paul verdrehte die Augen.

Bestimmt wollte der hören, wie die Ermittlungen im Fall Lotti Berschneider vorangingen. Carl hatte zwar vorhin kurz angerufen und sehr selbstgefällig erklärt, Paul solle sich schon einmal Spülhandschuhe kaufen. Aber warum er so sicher war, dass Max von Volkmann ermordet worden war, hatte er nicht erzählen wollen. Genauso wenig, wie er auf die Frage, wie das Gespräch mit Fabian Kranz gelaufen sei, hatte antworten wollen. Er druckste nur herum, er hätte nicht viel erfahren und dann auch recht spontan aufbrechen müssen.

Da von dieser Seite also nicht viel zu erwarten war, sagte der Kommissar diplomatisch: »Wir sind mitten in den Ermittlungen im Fall Berschneider. Es hat sich vielleicht eine Verbindung zu der gestrigen Ermordung eines jungen Mannes ergeben. Die beiden kannten sich anscheinend und haben, laut der Aussage einer von Lottis Freundinnen, am Samstag vor dem Samstag, an dem Lotti verschwand, miteinander gesprochen – allerdings nur Belanglosigkeiten. Mein Kollege, Kriminaloberwachtmeister Kapp, verhört aktuell die Zimmerwirtin des Jungen. Der junge Mann scheint eine recht starke Wirkung auf Frauen gehabt zu haben, eventuell stehen wir kurz vor einem Durchbruch und …«

»Das mit der starken Wirkung glaube ich Ihnen sofort! Der Graf Sawicki erschießt sich wegen des Jungen!«

»Wie bitte? Was sagen Sie?« Paul musste sich verhört haben, vermutlich weil Kapp gerade die Tür aufriss und brüllte: »Der Polsche ist tot. Kam eben die Meldung. Ein Schupo hat ihn gefunden. Der nervige Rosskopp hat die Wache informiert, war aber zu spät.«

»Für Sie immer noch Herr Baron von Rosskopf«, korrigierte die Stimme am anderen Ende der Leitung trocken und fuhr dann fort: »Der Graf hat mich angerufen, und ich dachte mir, dass er etwas Derartiges vorhatte. Der Tod des Jungen hat ihn zutiefst erschüttert. Besonders, da er den Mörder zu kennen glaubte.«

»Er kannte den Mörder?«

»Ja, natürlich. Es war doch der junge Hans von Brunnen. Wer denn sonst? Herr von Brunnen war vollkommen verrückt nach dem Grafen und litt wohl sehr unter den regelmäßigen Zurückweisungen des von ihm Verehrten. Er hat den Grafen mehrfach bedroht und tätlich attackiert, auch in meinem Beisein. Sie können fragen, wen Sie wollen. Seine regelmäßigen Ausbrüche sind stadtbekannt. Auf einer Vernissage Herrn von Kellers bedrohte er den Grafen vor allen Leuten.

Ich habe meinem Freund wiederholt geraten, er solle die ganze Verbindung schnellstmöglich beenden, da der Junge eine tickende Zeitbombe sei, doch der Graf glaubte, ihn unter Kontrolle zu haben.

Vermutlich hat er auch an Herrn von Brunnen gehangen, auf seine Art eben. Aber als er Herrn Georgie Tuchsäss begegnete, war all das vergessen, und er beendete die Beziehung ein für alle Mal. Herr von Brunnen hat wohl daraufhin die letzten Reste seines Verstandes verloren.«

Obwohl der Baron ihn nicht sehen konnte, nickte Paul in einem fort, legte dann die Hand über die Sprechmuschel und kommandierte: »Kapp, greif dir den jungen von Brunnen. Wir verhören ihn auf dem Revier.«

—

Friedrich von Bäumer, Fritz genannt, stand gähnend am Schlafzimmerfenster und starrte verdrossen auf die herbstliche Park Avenue.

Die blattlosen Bäume ragten trostlos in den Bleihimmel. Eine feenhaft schmale Frau schwebte in einem schneeweißen Pelz aus einem kirschroten Automobil, ein Windhauch streifte durch ihren peroxidblonden Bob und hob den Saum ihres Kleides.

»Hi, wie nett, dass du anrufst! So schön, die Stimme meines kleinen Bruders zu hören, und das am frühen Morgen«, log Fritz und stellte das Telefon dann einen Moment auf den Teppichboden, um die Champagnerflasche zu öffnen. Er leckte Schaum von seinen nackten Armen und nuschelte schließlich: »Mir geht es blendend. Ganz großartig, besser wäre kaum auszuhalten. Dir bestimmt auch? Ist sonst noch etwas? Ich bin gerade beim Frühstück.«

»Äh … ja, weißt du, ich habe eine Wette …«

Fritz seufzte.

Er wusste schon, warum er nach New York gezogen war.

Er hasste seine ganze Familie.

Vielleicht mit Ausnahme seines kleinen Bruders Carl. Den hasste er zwar auch, aber nicht ganz so sehr. Carl war amüsant, und Carl langweilte einen nie mit Vorwürfen.

Außerdem hatte Carl diesen Sommer die Chuzpe besessen, ihrer Maman seinen Liebhaber vorzustellen. Einen rothaarigen Proletarier, einen Kommissar – also, das fand Fritz wirklich originell. Ihre Frau Maman hatte es gelassen genommen, vermutlich weil sie erkannte, wie wunderbar sie damit ihren Gatten ärgern konnte.

Aber ein rothaariger Kommissar, also wirklich! Als ob es keine Offiziere mehr gäbe.

»Carl, bitte komm zum Punkt. Hier ist es gerade einmal neun Uhr, und ich habe nicht ewig Zeit, mir deine Geschichten anzuhören.«

»Na ja, ich hätte gern, dass du bei Frau von Volkmann ein gutes Wort für mich einlegst. Du warst mit ihrem verstorbenen Gatten auf dem Internat, du kennst sie doch bestimmt? Außerdem verkehrt ihr vermutlich in denselben Kreisen, sie ist auch aus New York.

Ich will sie treffen, es geht um eine Wette und … na ja … sie mag mich nicht besonders.«

»Das kann ich verstehen«, seufzte Fritz und sank auf sein Bett. Am liebsten hätte er einfach die Verbindung unterbrochen, so etwas passierte bei diesen transatlantischen Gesprächen schließlich ständig, aber andererseits war die Gelegenheit günstig. Vielleicht kannte Carl die schöne Geschichte ja noch gar nicht?

»Weißt du eigentlich, dass deine Mrs. Volkmann gar keine Witwe war, bevor sie den von Volkmann geheiratet hat? Sie ist geschieden.«

»Ach, wirklich?« Carl klang nicht besonders interessiert, doch Fritz hatte keine Lust, sich darum zu kümmern. Erst weckte er ihn in aller Herrgottsfrühe, dann schwallte er ihn voll – da konnte Carl sich jetzt auch wenigstens seine Klatschgeschichte anhören.

»Ja, in erster Ehe war sie mit einem kolossal grauenhaften Mann verheiratet. Patrick O'Kelly, einem Iren! Ich finde, Engländer sind ja schon grässlich, aber Iren sind noch tausendmal schlimmer! Dieser Akzent! Und wenn sie es zu etwas gebracht haben, dann sind sie so neureich! Und Jordans Mann, also dieser O'Kelly, der war der reinste Bilderbuch-Ire. Keinerlei Familie! Natürlich hat er getrunken und gespielt und andere Frauen gehabt, aber sie hat es tatsächlich volle drei Jahre mit diesem Scheusal ausgehalten! Drei Jahre mit einem solchen Menschen, kein Wunder, dass sie so alt aussieht! Und sie hat sich auch erst dann von ihm scheiden lassen, als man ihn wegen seiner Trunksucht wegsperren musste.«

Fritz schauderte vor Vergnügen und nahm einen langen Schluck aus der Champagnerflasche.

»Oje«, drang es schlapp durch die Leitung und erinnerte Fritz endgültig daran, dass jede in seine Familie investierte Sekunde verschwendete Lebenszeit bedeutete. »Die Arme. Was ist, bittest du sie jetzt, sich mit mir zu treffen?«

»Wenn ich es nicht vergesse«, stöhnte Fritz. »Sonst noch etwas?«

»Ich soll von Urte fragen, wie es mit deiner Verlobung läuft«, sagte Carl. »Mit dieser Kaufhauserbin.«

»Perdu«, erklärte Fritz vergnügt und machte seinem Dienstmädchen ein Zeichen, sie solle ihm den Kimono bringen, aber natürlich gehorchte Claire wieder nicht, sondern drehte sich einfach auf die andere Seite des Bettes und zog sich ein Kissen über das Gesicht. »Sag ihnen, ich geh jetzt mit einer Französin. Sie verkehrt nur in den besten Häusern.«

Diese durchaus gelungene Beschreibung kommentierte Claire mit zustimmendem Kichern.

»Gibt es keinen neuen Klatsch aus Berlin?«

»Nein. Ach so, doch. Graf Sawicki hat sich umgebracht. Sein Liebhaber hat aus Eifersucht einen Stricher erschossen, der etwas mit dem Grafen hatte, und daraufhin hat der Graf sich selbst erschossen. Herr Genzer ermittelt in dieser Angelegenheit. Herr Genzer meint …«

»Köstlich! Also dein Herr Genzer ist wirklich Gold wert«, rief Fritz aus. »Schlicht köstlich! Claire, wir müssen sofort nach Berlin. Chérie, stell dir vor, in nicht ganz einer Woche haben sich aus meinem alten Internat zwei ehemalige Schüler umgebracht. Ich glaube, es waren sogar noch Klassenkameraden. Köstlich, schlicht köstlich! Obwohl, ein bisschen traurig ist es auch. Also gewiss nicht um Max von Volkmann! Seit der gelösten Verlobung mit Fräulein Sad war der doch einfach nur noch fad. Ermüdend geradezu! Sein Selbstmord ist das einzig halbwegs Interessante, das er in den letzten Jahren fertiggebracht hat. Ich kann Fräulein Sad verstehen – da wäre mir so ein Ganovenkönig auch tausendmal lieber. Aber um den Grafen Sawicki, um den tut es mir leid, der war originell. Ach, Carl, das sind ja wirklich die köstlichsten Neuigkeiten. Ich glaube fast, Claire und ich kommen euch bald mal in Berlin besuchen. Da muss etwas in der Luft liegen, vielleicht erschieße ich mich dann auch? Wenn Graf Sawicki sich umbringt, dann ist Selbstmord definitiv der letzte Chic!«

—

Marian hatte ihn seinen *Landjungen* genannt, und Hans war tatsächlich ein Kind vom Land.

Die ersten zwanzig Jahre seines Lebens hatte er auf dem Gut seines Onkels zugebracht, und sein Verhalten der Polizei gegenüber war dementsprechend. Die Aufmüpfigkeit Berliner Jugendlicher war ihm fremd, gottergeben war er Kriminaloberwachtmeister Kapp gefolgt, schamrot angesichts des Gezeters seiner Frau Mutter.

Er wusste nicht recht, was man ihm vorwarf, aber dass es kein normales, freundliches Gespräch war, das da auf ihn zukommen würde, war ihm klar gewesen. Dafür hätten sie ihn nicht aufs Revier holen müssen.

Wie ernst es um ihn stand, begriff er jedoch erst, als sie ihn bis zum Eintreffen seiner Anwälte in eine Zelle sperrten.

Da saß er nun also in einem winzigen, nach Urin und Erbrochenem stinkenden Kabuff, hockte auf einem Pritschenbett ohne Decke, Kissen oder Ähnlichem und starrte die frisch gekalkte Wand an. Keine Inschrift, kein obszönes Geschmiere war zu sehen, nur die kahle, im elektrischen Deckenlicht grellweiße Wand. Fenster gab es keines, nur wenn draußen einer der Wärter mit schweren eisenbeschlagenen Stiefeln vorbeiging, bewegte sich die drückende Luft etwas.

Zum zweiten Mal an diesem Tag wartete Hans.

Er wartete und hatte die sinnlose Hoffnung, Marian möge kommen. Dabei hätten sie ihn sicher nicht zu ihm gelassen. Marian hatte ihm geschrieben, vollkommen wirr, und Hans wurde nicht schlau daraus. Und da er sonst nichts zu tun hatte und die Polizisten ihm den Brief gelassen hatten, holte er das Papier aus seiner Jacketttasche:

Lieber Hans, mein kleiner Junge vom Land,
was ich Dir zu verzeihen habe, verzeihe ich Dir und hoffe, dass auch Du mir eines Tages verzeihen kannst. Diese Geschichte zwischen uns, sie war von Anfang an ein Fehler. Ich wusste es in dem Moment, in dem ich Dich letztes Silvester die Treppe bei Herrn von Keller hochkommen sah. Aber Du warst so wunderschön. Und so verliebt, und ich, ich habe gedacht, vielleicht reicht das. Und manchmal hat es ja auch fast gereicht. Weißt Du noch, unsere erste Reise nach Paris? Als Du mich geweckt hast, damit ich den Eiffelturm im ersten Licht des Tages sehe? Wie wir dann auf dem Balkon standen, unter uns das erwachende Paris, über uns der Postkartenhimmel? Die frische Morgenluft und der Geruch nach Brot und nach Deiner Haarpomade? Du hast es mir so leichtgemacht, Dich zu lieben, und ich habe es trotzdem nicht gekonnt.

Es ist allein mein Fehler, dass die Dinge gekommen sind, wie sie gekommen sind, und deshalb werfe ich Dir

Deine Taten auch nicht vor. Ich übernehme die volle Verantwortung dafür.

Was Georgie angeht, habe ich mich um alles gekümmert, Baron von Rosskopf wird die Sache für Dich regeln. Es war allein meine Schuld. Ich hätte es niemals so weit kommen lassen dürfen. Ich wünsche Dir ein gutes Leben und dass Du jemanden findest, der Dich zu schätzen weiß. Du verdienst es, geliebt zu werden.

Hab keine Angst, es wird alles gut.

Zegnaj, dein M.

Wovon nur sprach Marian?

Was sollte Baron von Rosskopf regeln?

Marian hielt ihn für einen sagenhaften Topfreund, doch Hans hätte geschworen, dass der Baron seinen Marian nicht mochte.

Hans jedenfalls konnte den Baron nicht leiden. Eigentlich galt das für sämtliche Freunde Marians. Von Volkmann hatte er zwar nur einmal gesehen, aber er war ihm grenzenlos öde vorgekommen.

Graf von Keller war vielleicht ganz nett gewesen, auf eine etwas verwirrte, weltfremde Art. Da war Hans dann der Buntstift-Kranz fast noch lieber gewesen. Der hatte dafür mit seinen Katzen einen echten Tick gehabt, das war schon kolossal gestört gewesen. Wenn Marian und er dieses Fossil von einem Großfürsten in Paris besucht hatten, hatte Marian immer vom Hotelpersonal Straßenkatzen einfangen lassen. Zwei, drei Stück, und die hatten sie dann für den Kranz als Mitbringsel heimgeschleppt.

Hässliche, halbverhungerte Biester waren das gewesen, und innerhalb kürzester Zeit hatte ihre komplette Suite nach Katzenpisse gestunken.

Der Witz war, dass bei Kranz trotzdem nie Katzen herumsprangen, nicht mal eine Siam oder was man da sonst so Prestigeträchtiges halten konnte.

Auf dem Gang näherten sich Schritte, und eine Stimme mit sächsischem Einschlag sagte: »Das war schlimmer als beim Kommiss!«

Jemand lachte herzhaft über diese Bemerkung und begann daraufhin, die Melodie von »It's a long way to Tipperary« zu pfeifen. Die beiden Polizisten gingen an Hans' Zelle vorbei, beachteten ihn gar nicht weiter, und plötzlich musste Hans wieder an diesen kleinen Georgie denken. Der hatte erzählt, dass sie einen auf der Wache gerne schmoren ließen, damit man hinterher alles gestand, einfach schon aus Dankbarkeit, nicht noch länger in diesem stinkigen Loch hocken zu müssen.

Hans war dem Jungen gefolgt, als er am Morgen Marians Haus verlassen hatte. Aber warum?

Was hatte er sich davon versprochen?

Vielleicht, dass er Marian verstand?

Schließlich hatte er den Jungen am Nachmittag getroffen, war mit ihm um den Block gegangen, wieder und wieder, ewig die gleichen trostlosen Straßen, die gleichen Fenster mit den gleichen Katzen oder Kakteen dahinter und darüber, allgegenwärtig der Geruch des feuchten, langsam verfaulenden Laubs.

Er hatte den Jungen geohrfeigt, rechts, links, aber der Junge hatte nur stumm das Blut von seiner Oberlippe geleckt, hatte ihn aus diesen übergroßen Augen angesehen, nicht einmal vorwurfsvoll, nur überrascht.

Die Schläge machten ihm offenbar nichts aus, fast schien er sie für normal zu halten, doch als Hans ihn anbrüllte, er solle ihm hier und jetzt sagen, was er mit Marian gemacht habe, da antwortete der Junge ernsthaft: »Das geht Sie nichts an.«

Und irgendetwas in dieser simplen Antwort rührte Hans, und es beschämte ihn so sehr, dass er den Jungen einfach stehen ließ und davonlief. Erst ganz am Ende der Straße hatte er sich noch einmal umgedreht, aber da war Georgie schon verschwunden.

—

»Nehmen Sie sich in Acht, junges Fräulein. Er schlitzt Kehlen auf zum bloßen Vergnügen! Das ist ein besonders wilder Klabautermann!«, rief der Leierkastenmann scheinbar furchtsam, und das Kapuzineräffchen schwenkte bedrohlich blitzend seinen Säbel von der Größe eines Brotmessers. Das blondbezopfte Mädchen, dem die spielerische Warnung galt, machte einen Schritt zurück, klammerte sich sicherheitshalber an die Hand seiner Gouvernante und prustete dann laut heraus.

Das Äffchen war eine Sensation. Gekleidet wie ein winziger Piratenkapitän, jonglierte es zur Habanera bunte Bällchen oder wiegte sich zu einem wilden Tango drollig im Takt. Es war nicht angeleint und ging zwischen den einzelnen Liedern mit einer Büchse herum, wobei es je nach Großzügigkeit des Spenders elegante Kratzfüße ausführte, Damen die Hand küsste oder aber angewidert mit dem Säbel drohte.

Manchmal jedoch verschwand es ganz, saß plötzlich

auf einem der breiten Fenstersimse des Hotels Rupinski, lachte von dort keckernd über seinen holzbeinigen Besitzer, der dann selbst mit der Sammeldose herumhumpeln musste.

Auch Jordan von Volkmann wollte gerade ihre Geldbörse zücken, um dem Äffchen eine kleine Münze zu geben, als sie plötzlich neben sich jemanden ausrufen hörte: »Oh, Frau von Volkmann! Was für ein Zufall, dass ich Sie treffe. Ich wollte mich telefonisch bei Ihnen melden, aber dann habe ich gedacht, das würde sich nicht gehören. Nicht nach allem, was zwischen Max und mir gewesen ist.«

Tränen traten in die fliederfarbenen Augen der Frau, und mit zitternden Fingern wurden sie fortgetupft. Es war Fräulein Sad.

Jordan musterte Max' ehemalige Verlobte. Sie kannte sie nur von Bildern im Gesellschaftsteil der Zeitung und war von ihrer realen Erscheinung eher enttäuscht.

Zwar war sie mit ihrem schwarzen Chinchillapelz und dem grauen Glockenhut, unter dem ihr Haar goldblond hervorquoll, modisch durchaus auf der Höhe, doch wirkte sie abgezehrt, geradezu erschöpft, und ihre Lippen unter dem künstlichen Rot waren blass und zerbissen.

Auch fand Jordan es reichlich unpassend, einfach so auf offener Straße zwischen dem Schaufenster des Juweliers Sawicki und dem Hotel Rupinski in Tränen auszubrechen.

Fräulein Sad stellte ihre eleganten Papiertüten neben sich und machte tatsächlich Anstalten, Jordan zu umarmen.

»Wenn ich irgendetwas für Sie tun kann, Sie brauchen es nur zu sagen. Es ist so furchtbar!«

»Ja, es war ein schwerer Schlag«, entgegnete Jordan trocken und löste sich aus der Umklammerung dieses grässlichen Weibsbildes.

Max hatte ihr so manches über diese Person erzählt. Zum Beispiel hatte sie Max einmal mit einem Pumps aus Schlangenleder geschlagen, die weißzackige Narbe davon hatte Jordan selbst gesehen. Und ein andermal, da hatte sie Max am Flughafen abgeholt, im großen Nerz, aber nichts drunter getragen außer Strumpfgürtel und Strümpfe. Und ihre Briefe, die unterschrieb sie immer mit einem Blutstropfen.

Die war doch vollkommen wahnsinnig!

Max war nicht der Hellste, deshalb hatte er tatsächlich vier Jahre gebraucht, um das zu merken. Sogar ein Kind hatte sie ihm wohl anhängen wollen! Wirklich ein grauenhaftes Weib!

»Er war ein ... ein wunderbarer Mensch, und ich war so schrecklich froh, dass er Sie gefunden hat. Er hatte es verdient, glücklich zu werden. Und nun dieser Schlag. Ich kann es noch immer nicht fassen. Es ist so furchtbar!«

Jordan nickte und blickte auf die Uhr. Sie hatte einen Termin bei ihrer Modistin.

Das war das Grässliche an so spontanen Todesfällen. Man hatte rein gar nichts anzuziehen.

Dank ihrer hilfsbereiten Schneiderin hatte Jordan zwar die letzten zwei Tage mit einem schwarzen Crêperock und einer Reihe schwarzer Blusen halbwegs gut angezogen überlebt, aber langsam konnte sie diesen langweiligen Rock nicht mehr sehen!

Und dabei stand Schwarz ihr so besonders gut! Sie plante, sehr ausgiebig zu trauern.

»Aber Sie haben ihn nicht gefunden, oder? Ach, das ist alles so grauenhaft. Als ich damals noch mit Max zusammen war, oh, wir haben uns oft so gestritten, da hatte ich immer Angst, eines Tages würde ich ihn finden: tot, eine Kugel im Kopf und die Mauser noch in der Hand.«

»Nein, ich habe ihn nicht gefunden. Ich war in Hamburg«, erklärte Jordan und fuhr fort: »Ich muss leider weiter. Ich habe noch einen wichtigen Termin.«

Ihr war nicht daran gelegen, genauer zu schildern, was sie in Hamburg getrieben hatte und vor allem, mit wem.

Sie war Max' Patenonkel auch sehr dankbar, dass er die Polizeihunde zurückgepfiffen hatte. Jordan hatte ihn angerufen, sofort nachdem Max' Diener sie vom Tod ihres Gatten in Kenntnis gesetzt hatte.

Das war wirklich ein kluger alter Mann, er hatte sofort eingesehen, dass es für das Andenken eines solchen Kriegshelden wie Max nur von Nachteil sein konnte, wenn der Selbstmord bekannt würde.

»So grundlos! So grundlos!«, hatte er immer wiederholt, und Jordan hatte ihm eifrig beigepflichtet, obwohl sie sich gar nicht so sicher war, ob Max nicht vielleicht doch einen guten Grund gehabt hatte.

Was, wenn Max ihr auf die Schliche gekommen war? Wäre das nicht Grund genug gewesen?

—

»Da liegt eine Katze! Auf meinem Kopfkissen!«

Frisch geduscht und nackt bis auf die Socken stand Paul vor dem Bett, starrte fassungslos auf das rotgestreifte Tier, das nun aus blauen Augen frech zurückblickte.

»Ja, aber das ist nicht irgendeine Katze.« Carl schlang ihm von hinten die Arme um den Hals und presste den Kopf gegen Pauls Schulter. »Das ist Horatio. Er ist ein vorgezogenes Geschenk. Von mir für dich zum Jahrestag. Ein sehr edles Tier! Du würdest nicht glauben, welche Mühen ich auf mich nehmen musste, um ihn zu bekommen. Sag, freust du dich?«

Paul schluckte trocken.

Es war nicht so, dass er keine Katzen mochte. Er fuhr ihnen ganz gerne übers Fell, wenn er ihnen zufällig irgendwo begegnete, und er freute sich, wenn sie dann zu schnurren begannen.

Wie bloß kam Carl auf die Idee, er könne selbst eine wollen?

Wenn, dann hätte er gern einen Hund gehabt, einen Boxer oder einen Bullterrier, aber doch keine Katze!

»Du freust dich nicht?«

Carl klang verletzt. Es war ein bisschen wie letzten Sommer am Jahrestag ihres Kennenlernens, als Carl dieses Öl angeschleppt hatte. Angeblich massierte der halbe Stab der UFA seine jeweiligen Partner und Partnerinnen, aber Paul stellten sich die Nackenhaare schon auf, wenn er nur daran dachte. Fettflecken auf ihrem schönen Bettzeug!

»Doch, ich freu mich riesig.« Paul rang sich ein Lächeln ab, gab Carl einen Kuss auf die Wange. »Das ist wirklich mal eine originelle Idee, und wenn er erst ausgewachsen ist, fängt er bestimmt Mäuse und so.«

»Ich wusste, dass du ihn mögen würdest!«, jubelte Carl und hob das Katerchen an seine Brust. »Schau nur, er hat deine Haare und meine Augen! Ich finde, er ist bildschön!«

Paul lächelte mit einiger Mühe.

Er hatte noch immer kein Geschenk. Wenn sie wenigstens im Sommer zusammengekommen wären, dann hätte man Blumen besorgen können, aber nein! Im Herbst Blumen kaufen, das sah Paul beim besten Willen nicht ein – mit ein bisschen Grün wollten die für eine einzige verdammte Sonnenblume mancherorts zwanzig Pfennig! Das waren fast vier Zigaretten! Chrysanthemen hätte man kaufen können, die waren günstiger, aber er kannte seinen Carl, wenn er da mit einer einzelnen Chrysantheme ankam, gab's doch nur wieder eine zitternde Unterlippe. »Wie war eigentlich dein Tag?«, riss Carl ihn aus seinen Gedanken, und Paul seufzte. »Wir haben den Mörder dieses Strichers gefasst. Hans von Brunnen, Sohn des Schokoladenfabrikanten von Brunnen. Das gibt einen Skandal! Bei der Pressekonferenz, die hätten mich beinahe lebendig zerfleischt. Einen derartigen Leckerbissen gab's schon lange nicht mehr. Der alte von Brunnen ist so konservativ, dass er in seinen Fabrikhallen noch immer ein Bild des Kaisers hängen hat, und jetzt erschießt sein Alleinerbe aus Eifersucht einen Stricher.

Natürlich leugnet der Arme alles, aber die Indizienlage ist eindeutig. Ein Jammer, der Junge ist gerade mal großjährig. Das einzig Seltsame ist dieses Telegramm.

Georgie hat eine Nachricht bekommen mit der Bitte, um neunzehn Uhr am späteren Tatort zu warten, angeblich von Graf Sawicki.

Beim Telegrafenamt, wo der Absender es aufgab, erinnert man sich jedoch nicht an den Grafen, der ja doch eher eine auffallende Erscheinung war. Aber an Hans erinnert man sich eben auch nicht.

Dafür hat die Vermieterin des Ermordeten Hans auf einem Bild wiedererkannt, das man ihr gezeigt hatte, und er leugnet nicht, Georgie abgeholt zu haben. Nur den Mord, den leugnet er ganz entschieden.«

»Würde ich an seiner Stelle auch tun. Alles andere ist ein Expressticket zum Galgen.« Carl gab erst Paul, dann Horatio einen Kuss auf die Stirn und wechselte unvermittelt das Thema. »Dein Bruder hat angerufen, er kann heute Abend nicht mit dir zum Boxen. Ich weiß aber nicht, warum.«

Paul zögerte. Allein hatte er eigentlich keine Lust, andererseits wurmte es ihn, dass Willi so viel erfolgreicher boxte. Der Bruder gewann ständig Pokale, mit denen er dann furchtbar angab, während Paul höchstens mal ein blaues Auge heimbrachte. Aber die zwei Stunden Trainingsvorsprung würden daran kaum etwas ändern, und so seufzte Paul: »Dann bleib ich auch daheim.«

Er konnte sich schon denken, wieso Willi keine Zeit hatte. Er hätte sich sehr gewundert, wenn der Bruder Christine am Abend nach Georgies Ermordung allein gelassen hätte, um ein bisschen auf Sandsäcke einzudreschen.

Einen Moment überlegte Paul, ob er Carl erzählen

sollte, dass Willis alte Liebe Christine die Vermieterin von Georgie gewesen war.

Die Schwangerschaft stand ihr, sie war immer noch sehr hübsch, immer noch mit diesen trägen, seltsam sinnlichen Bewegungen und einem Mund, der es Paul damals wie heute schwermachte, sich auf das Gesagte zu konzentrieren.

Viel gesagt hatte sie auch gar nicht. Im Grunde nur Willis Angaben über den Jungen bestätigt, und als Paul gefragt hatte, ob der Bruder sie jetzt öfter besuche, entgegnete sie nur: *Sie haben großes Glück mit Ihrem Herrn Bruder, aber ich glaube, das wissen Sie.*

Ja, das wusste Paul. Meistens wusste er es, und er liebte den Bruder.

Er wollte, dass Willi glücklich war.

Als er Willi seinerzeit Carl vorgestellt hatte, hatte Willi geschluckt und auf Pauls leicht furchtsames *Was sagst du?* erwidert: *Mir scheint der ziemlich verwöhnt und kindisch. Außerdem ist er zu mager, da holst du dir ja blaue Flecken, aber wenn du meinst, dass er dich glücklich macht?*

Dabei war es geblieben, und wenn Willi auch ständig etwas an Carls Benehmen auszusetzen fand, dann nur, weil dies sein Vorrecht als großer Bruder war. Paul wusste, das Gemotze war ein Zeichen seiner Akzeptanz.

»Hübsch? Oder das graue?« Carl hielt ihm plötzlich ein dunkelblaues Sakko entgegen. »Ich könnte auch das aus Cord anziehen und meine neue Weste drunter. Was findest du besser?«

»Warum putzt du dich denn so raus? Ich dachte, du gehst nur mit Herrn Wassermann ins ›Haus Vaterland‹?«

Paul mochte Herrn Wassermann – *Nicki*, wie Carl ihn nannte! – nicht sehr. Er war der Verfasser der Romanvorlagen für die Comte-LeJuste-Filme, und Pauls Meinung nach sah er Carl zu lange an. »Zum Steakessen reichen Jumper und Sakko!«

»Ich will aber nicht schlampig daherkommen. Nicki sieht immer so kolossal großartig aus. Hab ich dir erzählt, ›Comte LeJuste – geborgen im Mantel der Nacht‹ wird jetzt ins Japanische übersetzt!«

Paul schüttelte den Kopf und bemühte sich, seine Mundwinkel an einem ärgerlichen Zucken zu hindern.

Er fragte sich, wie riskant es wohl sei, einfach mitzukommen. Wenn Willi den Boxclub schwänzte, saß er sonst nur allein zu Hause rum.

Andererseits hatte Paul immer ein blödes Gefühl mit Carl in der Öffentlichkeit. Stichwort: Unzuchtparagraph. Stichwort: dieses Jahr bisher fast tausend danach abgeurteilte Männer. Es war nicht gut, wenn man sie allzu oft zusammen sah.

»Wo Willi doch keine Zeit hat, warum kommst du nicht mit?« Carl machte Schlafzimmeraugen und legte noch ein bettelndes Lächeln obendrauf. »Dann brauchst du nicht so eifersüchtig auf deinen Backen rumzukauen und kannst dich mit Nicki über seinen Maybach unterhalten. Oder über Max Schmeling oder über Hochseefischerei. Ich weiß bei dem nie, worüber wir reden sollen, der hat nur so Männerthemen.«

»Und dann schimpfen, weil dich Willi in die Küche zu den Frauen setzt!«

»Na ja, es müssen ja nicht gleich Strickmuster sein.

Aber zwischen Kochrezepten und Stierkampf sollte doch noch was liegen.«

»Stierkampf?«

Im Revier hatten sie neulich einen Bericht in der »Berliner Illustrirten Zeitung« darüber gelesen. Seitdem träumten Kapp und er davon, nach Sevilla zu reisen und sich das Ganze einmal anzusehen.

»Kennt sich Herr Wassermann damit aus?«

»Ja, Nicki war gerade irgendwo, wo die das machen. Spanien oder so. Sagenhaft öder Sport.« Carl zuckte desinteressiert die Schultern. »Kommst du jetzt mit? Ich zahle auch. Das graue Sakko?«

Paul nickte und sagte dann: »Wenn du meine Meinung hören willst, zieh deinen gestreiften Pullunder an und die Lammfelljacke drüber. Damit siehst du top aus, und warm hast du es obendrein. Soll ich die Jacke holen?«

—

Das Badezimmer des Hauses Kranz verband modernsten Komfort mit klassischer Eleganz. Die zur Hälfte marmornen Wände waren mit in Gold gehaltenen Malereien abgesetzt, die hohe Decke stuckverziert, doch der Boden im schlichten Schachbrettmuster gehalten.

Aus einer hinter der muschelförmigen Seifenschale in die Wand eingelassenen Düse konnte man Zitronenduft oder andere Wohlgerüche im Raum zerstäuben, und die Badewanne füllte sich in Rekordzeit von fünfzehn Minuten randvoll mit fast kochend heißem Wasser.

Als es damals vor zwei Jahren aussah, als könnte Fabian die Fabrik, die Geschäfte, das Haus nicht halten, da hatte ihn der Gedanke an den Verlust des geliebten Badezimmers fast am meisten geängstigt.

Und so ließ er nun zufrieden seinen blauseidenen Kimono auf die zur Wanne führenden Treppenstufen fallen und sank mit einem behaglichen Seufzer in einen nach Rosen duftenden Schaumberg.

Das hatte er sich heute wirklich verdient!

Was für ein grässlicher Tag! Was für eine grässliche Woche! Erst die strapaziöse Reise, dann das Verschwinden von Esthers Kreuz, dann die Nachricht vom Unfalltod von Volkmanns, dann dieser vollkommen verrückte Schauspieler und kurz darauf der Selbstmord Sawickis. Der arme Marian!

Natürlich hatten sie sich in der letzten Zeit oft über Geschäftliches gestritten, aber ohne den Grafen und sein Angebot wäre das Wiedererstarken der Fabriken damals nicht möglich gewesen. Und obwohl diese Geschäfte keineswegs legal waren, hatte er Marian für den einzig wirklich anständigen Menschen gehalten, den er kannte.

Er würde einen gigantischen Trauerkranz schicken. Einen Kranz, dessen Ausmaß umso riesenhafter ausfallen würde, da Fabian noch immer ein verteufelt schlechtes Gewissen hatte, den Freund in der Muskel-Adolf-Geschichte hintergangen zu haben. Das war nicht richtig gewesen, nach all den Jahren guter Zusammenarbeit hatte er das Geschäft einfach ohne das Wissen des Freundes eingefädelt. Aber hundert Prozent Gewinn waren eben mehr als fünfzig, und das Risiko war dasselbe – nämlich gar keins.

Fabian war sich fast sicher, er hätte Marian eines Tages davon erzählt und Marian hätte ihn verstanden.

Der Pole war wirklich ein feiner Kerl gewesen.

Schade, dass er sich nie für Rosi hatte erwärmen können. Rosi hätte auch bestimmt nie seinen Liebhaber erschossen. Die wäre doch viel zu dumm gewesen, den Revolver zu bedienen.

Wirklich ein Jammer, was mit Marian passiert war.

Fabian ließ sich den Wannenrand hinabgleiten und tauchte für einige Sekunden unter und genoss es, so vollkommen vom warmen Wasser umschlossen zu sein.

Wie herrlich es war, so heiß zu baden.

Und wie furchtbar musste es sein zu ertrinken!

Im eiskalten Pregel zu versinken und zu spüren, wie die graugrünen Fluten über dem Kopf zusammenschlugen, im Wissen, nie mehr aus diesem Wasser herauszukommen.

Prustend tauchte Fabian auf und griff nach dem vorgewärmten Handtuch.

Der Badespaß war ihm gehörig vergangen!

Wo mochte nur Esthers Kreuzkette hingekommen sein? Am Ende musste er doch Rosi fragen.

Obwohl Fabian den Kopf wegdrehte, schloss er zum Herausziehen des Stöpsels auch noch die Augen. Es half nichts. Die Erinnerung holte ihn ein.

Er sah es wieder vor sich, das sich langsam beruhigende Wasser des Pregel, und genau wie damals hörte er den Schrei nachhallen. Jenen letzten, furchtbaren Schrei. Ein Laut, mehr wie der Schrei eines sterbenden Pferdes als die Stimme eines Menschen.

Und dann die plötzliche Stille.

Eine vollkommene Stille.

Eine Stille von so makelloser Schönheit und Perfektion, Fabian hatte nicht glauben können, was geschehen war.

Er hatte seine Hände angestarrt, Hände in gestrickten grauen Handschuhen, und in der rechten hatte plötzlich das Kreuz gelegen.

Das Kreuz an der gerissenen Kette, und er hatte den einen Handschuh ausgezogen, hatte mit bloßen, allmählich von der Kälte taub werdenden Fingern den Riss im dünnen Faden der Kette befühlt, und dann hatte er die Kette in die Tasche seines Mantels gesteckt und war gegangen.

Was hätte er auch anderes tun sollen?

Es war doch nicht seine Schuld gewesen!

Hätte er Schuld gehabt, dann könnte er doch heute nicht mehr so entspannt baden, oder?

Er war ganz vorsichtig gelaufen, hatte jeden Schritt sehr achtsam auf das eisige Pflaster gesetzt, und als er wieder im Internat war, da hatte er Marian gesucht.

Natürlich konnte er ihm nicht sagen, was geschehen war, aber Marians Nähe und seine Stimme würden reichen, würden ihn zurückholen in eine Welt voll Anmut, eine Welt, in der niemals etwas Schlimmes passieren konnte.

In der Bibliothek saß der Freund, daran erinnerte sich Fabian genau, und er wusste auch noch, wie das Gaslicht Marians nachtschwarzes Haar hatte blau schimmern lassen, wie das Gefieder eines Raben. Marian hatte ein französisches Buch gelesen, und seine langen, schmalen Finger hatten sich hell vor dem Blutrot des

Leineneinbandes abgehoben. Fabian hatte diese eleganten Finger betrachtet und gedacht, dass man mit so schönen Fingern niemals so etwas Grauenhaftes tun konnte, wie Fabian mit seinen grobknochigen, rauen Händen es eben getan hatte.

Und jetzt hatten diese feingelenkigen Hände also doch getötet. Selbstmord. In was für einer grauenhaften Zeit sie zu leben verurteilt waren.

Fabian rubbelte sich grob trocken und schlüpfte in seinen Kimono. Trotz der dampfigen Hitze fror er. Vielleicht wurde er krank?

Das hätte ihm gerade noch gefehlt!

Gerade jetzt, wo er den Verkauf des Steins mit Muskel-Adolf über die Bühne bringen musste. Wirklich ein bemerkenswert schöner Rubin, und Fabian wusste, wovon er sprach. Er hatte in den letzten Jahren ein paar atemberaubende Schmuckstücke gesehen.

Am besten zögerte er die Angelegenheit nicht weiter hinaus.

Was getan werden musste, musste getan werden, und entschlossen ging Fabian dieses hässliche rote Katerchen suchen.

—

Der von Bäumer im Morgenrock, und Pola Negri staunte ihn von einem Diwan aus an, als habe er sich eben in ihrem Boudoir materialisiert. Wobei man ganz klar sagen musste, eine so haarlose Männerbrust wie bei von Bäumer war Christine bisher auch noch nie untergekommen.

Von dieser Kuriosität einmal abgesehen, fand Christine »Comte LeJuste – geborgen im Mantel der Nacht« ziemlich langweilig. Sie machte sich nicht viel aus Kino und wäre grundsätzlich lieber zu Hause geblieben, aber Willi hatte darauf bestanden. Er fand, sie brauche Ablenkung. Von ihren Tränen wurde Georgie schließlich auch nicht mehr lebendig. Da hatte er natürlich recht, nur bedeutete Ablenkung für Willi von jeher, dass man etwas unternahm. Sich mit einem Buch auf dem Sofa abzulenken, war für ihn schlicht ein Ding der Unmöglichkeit. Ablenkung bedeutete fremde Leute, Lärm, Gedränge, Kunstlicht, Bier und Zigarettendunst.

Da musste man schon froh sein, wenn er sich nicht auf den Admiralspalast oder Clärchens Ballhaus versteifte.

»Möchtest du noch?«

Er hielt ihr eine vom Fett durchweichte Tüte entgegen, und weil es so lieb von ihm war, sich heute für sie Zeit zu nehmen, griff sie beherzt in die klebrige Butterzucker-Masse.

Dienstagabends boxte Willi sonst immer mit seinem Bruder, daran lag ihm viel. Willi war ein furchtbarer Familienmensch. Er liebte seinen kleinen Bruder und seine Kinder mit dieser Gusta. Besonders auf den Großen, auf Konrad, war er schrecklich stolz. Wenn er von ihm erzählen durfte, bekam er glänzende Augen und verhaspelte sich manchmal vor Eifer. Es war zu rührend.

Christine fühlte sich oft schlecht wegen Willis Kinder. Die Frau, die Christine gerne gewesen wäre, fing keine Affären mit Familienvätern an. Eine anständige Frau tat so etwas einfach nicht. Und diese anständige

Frau wäre auch nicht von ihrer Affäre schwanger geworden.

Vielleicht hätte Christine ihm einfach gar nichts von dem gemeinsamen Baby erzählen sollen?

Vielleicht hätte sie es einfach so, ohne jedes Wort, wegmachen lassen sollen?

Sie wusste, der Arzt, der ihren Mann bis zum Schluss begleitet hatte, machte so etwas – wenn man nicht allzu direkt fragte. Sie hatte das mal mitbekommen.

»Gefällt dir der Film? Hab ich gut ausgesucht?«

»Ganz wunderbar.« Sie putzte sich ihre fettigen Finger rasch an der plüschüberzogenen Stuhllehne ab, fuhr Willi dann über die schon wieder bartstoppelige Wange. »Ganz wunderbar, hätte ich selbst nicht besser wählen können.«

Sie liebte ihn so sehr, sie wollte sein Kind einfach haben. Genau wie sie ihn einfach haben wollte.

Sie verstand noch immer nicht, warum er damals nicht einfach hatte fertigstudieren und sie dann hatte heiraten können. Sie hätte doch auf ihn gewartet. Das war wieder so typisch Willi! Was er wollte, musste er sofort kriegen. Jetzt, sofort und auf der Stelle.

Sie wusste von seinen unzähligen Affären. Sie wusste, sie war nur die aktuellste in einer langen, langen Reihe, bald schon würde die Nächste kommen. Es war unvernünftig, aber wo hatte ihre ewige Besonnenheit sie bisher hingebracht? Wäre sie damals vor dem Krieg ein wenig mutiger gewesen, dann wäre sie jetzt Christine Genzer.

Auf der Leinwand schrie die Negri lautlos, und das Orchester blies wilde Dissonanzen in den Raum. Christine griff nach Willis Hand, groß, warm und tröstlich.

Sie hätte viel drum gegeben, diese Hand nie mehr loslassen zu müssen.

»Ist es dir zu spannend? Sollen wir gehen?«

Das Paar vor ihnen drehte sich um, und der Mann hielt sich mahnend einen Zeigefinger vor Schnurrbart und Lippen, so dass Christine statt einer Antwort nur stumm den Kopf schüttelte.

Sie hätte vielleicht wirklich einfach nichts sagen sollen?

Hätte es heimlich, still und leise wegmachen lassen sollen? Wovon sollten sie und das Kind denn leben? Was hatte sie sich nur dabei gedacht?

Genau die Frage, die sie damals bewogen hatte, *Nein, jetzt noch nicht* zu sagen.

Nur damals hätte wenigstens ihr Vater noch gelebt, der hätte ihnen notfalls geholfen, er hatte Willi gemocht. Aber jetzt?

Der Major a.D. vertrat sehr strikte Ansichten zu unverheirateten Schwangeren, solche schamlosen Personen ließ der nicht ins Haus.

Ach, es würde sich schon wieder was ergeben – notfalls würde sie zusätzlich ihr Schlafzimmer vermieten, dann müsste sie eben in der Küche schlafen. Da ging's vielen schlechter! Jetzt dachte sie doch wieder an Georgie. Es war noch nicht mal klar, ob sie sich um die Beerdigung würde kümmern dürfen. Das mussten die zuständigen Fürsorgeämter erst einmal prüfen. Vor Wut über so viel gefühlskalte Bürokratie bekam sie schon wieder Tränen in die Augen. Und es war auch so grauenhaft, dass Georgie ihr Baby jetzt nicht mehr erleben würde. Er hätte so einen lieben großen Bruder abgegeben, er war ja selbst noch ein halbes Kind gewesen. Aber darüber würde sie jetzt nicht nachdenken!

Entschlossen starrte sie auf die Leinwand. Da tanzte von Bäumer aktuell mit einem platinblonden Geschöpf Tango. Und plötzlich kam Christine diese andere platinblonde Frau wieder in den Sinn, die sie damals beim Arzt getroffen hatte. Eine Frau, schön wie ein Filmstar, aber vollkommen in Tränen aufgelöst. Die hatte ihr Kind wegmachen lassen müssen, weil der Vater es nicht gewollt hatte. Der Vater hasse Kinder, die seien nur im Weg, und er hatte wohl gedroht, sie andernfalls zu verlassen.

Damals hatte Christine gedacht, sie könnte das nicht – ihr Baby für einen Mann töten, aber nun war sie sich nicht mehr so sicher.

Hätte sie es getan, wenn sie die Gewissheit gehabt hätte, Willi dadurch halten zu können? Für immer?

»Entschuldigen Sie bitte.«

Ein stark nach billigem Rasierwasser duftender Mann drängte sich auf den Platz neben ihr und verbrannte ihr mit seiner Zigarette beinah den Arm. Ihr wurde schlecht, sie war gerade eine grauenhafte Zimperliese.

»Sollen wir uns umsetzen?«, flüsterte Willi, aber sie schüttelte den Kopf und sagte: »Lass uns heimgehen.«

»Sicher? Aber die Negri stürzt jetzt gleich aus einem brennenden Flugzeug, und der Comte …«

»Willi, ich möchte nach Hause.«

Draußen hatte es aufgehört zu regnen. Unnatürlich reklamefarben wirkte das im Laternenlicht leuchtende nasse Pflaster. Die Luft war schon fast winterlich. Klar, kalt und frisch.

»Schade, dass der Film dir nicht gefallen hat. Vielleicht hätten wir ins ›Moka Efti‹ gehen sollen? Da gab's heute Jack Jackson und Kapelle.«

Sie lächelte vage, wickelte sich fröstelnd enger in ihren Wollmantel und kuschelte sich in Willis um sie gelegten Arm.

Die Straße lag verlassen, von irgendwoher, aus irgendeinem Café drangen die Fetzen eines Liedes ... *keine andere wird sein, was du* ... Irgendwo lachte ein Mann, irgendwo schrie ein Kind, und die Reifen eines Automobils quietschten.

Allein wäre es ihr unheimlich geworden, aber Willi war so ein Bär von einem Kerl, man fühlte sich wunderbar sicher an seiner Seite.

Wenn Willi verlangt hätte, dass sie das Baby wegmache, hätte sie es getan? Hätte sie es getan, wenn sie die Gewissheit gehabt hätte, dass er sie dann niemals verlassen würde?

Doch was hieß Gewissheit?

Vor ein paar Tagen hatte sie das Gesicht dieser Frau aus der Arztpraxis in der Zeitung gesehen. Die heiratete jetzt auch einen anderen, irgend so einen Ringvereinsboss. Die hatte den Vater also trotzdem nicht halten können.

Und sie, sie würde wenigstens ihr Baby haben, ein kleines, strampelndes, lachendes Baby, und so blieb sie stehen, schob sich Willis warme Hand unter den Mantel, unter den Jumper, unter das Leibchen und flüsterte: »Spürst du's? Es tritt.«

—

Ein Geist!

Es musste ein Geist gewesen sein!

Und es war ja eigentlich auch klar. Selbstmord war eine Sünde, und bestimmt blieben für solche Sünder die Pforten des Himmelreichs zu. Die Pforte des Himmelreichs stellte Effi sich ziemlich genau so vor wie die Tür zur Speisekammer, nur größer, aber genauso verschlossen und vermutlich auch ebenso scharf bewacht. Seit neun Monaten, seit man Effi aus ihrem heimischen Dorf zu den von Volkmanns in ihre erste Stellung geschickt hatte, seitdem träumte sie von den süßen Kostbarkeiten der Speisekammer. Sie wusste genau, wie sich so ein Geist fühlen musste. Was auf Erden die Köchin mit dem hölzernen Rührlöffel war, war im Jenseits eben Petrus. Allerdings war sich Effi im Unklaren, was Petrus den Sündern über die Kehrseite zog. Ein riesenhafter Löffel kam ihr irgendwie nicht richtig vor.

Oh, der arme gnädige Herr!

Effi zog sich zitternd und schluchzend das Kissen über den Kopf.

Sie durfte wenigstens die Schüssel ausschlecken, und wenn am Vorabend der Schupo die Köchin besucht hatte, dann bekam sie manchmal sogar noch der Köchin Anteil am Nachtisch.

Petrus war bestimmt nicht so lieb!

Wie der schon grimmig von der Kirchendecke auf einen runterblickte, ein bisschen wie der Metzgermeister Greif, der immer zweimal das Geld nachzählte und angeblich versuchte, Schwein ins Rinderhack zu mischen.

Effi mochte Jesus lieber, der hatte so was Nettes. Vielleicht konnte sie bei dem ein gutes Wort für den gnädigen Herrn einlegen?

Aber vermutlich war Jesus sehr beschäftigt, er sah jedenfalls ziemlich abgezehrt aus, wie er da so hinter der Kanzel hing, und außerdem war Jesus wohl so etwas wie ein Handelsreisender.

Die Köchin hatte Effi ausdrücklich vor Handelsreisenden gewarnt.

Ob sie nun Strümpfe an der Tür verkauften oder eben Wunderheilungen anboten, Handlungsreisender blieb Handlungsreisender, und alle Handlungsreisenden waren Schlawiner, die nur das eine von einem Mädchen wollten.

Was das genau war, wusste Effi nicht, doch die Köchin sagte, das sei auch das Beste für junge Mädchen.

Was sollte Effi denn bloß tun?

Man konnte den gnädigen Herrn doch nicht einfach so im Haus herumspuken lassen.

Solange er im Schlafzimmer der neuen Frau von Volkmann blieb, war es Effi ja eigentlich egal, aber womöglich begann er, im Badezimmer zu erscheinen?

Effi wusch sich im Winter sowieso nur ungern, doch beim Gedanken, ein Mann, ganz egal wie tot auch immer, könne sie dabei beobachten, wie sie sich im Hemd fröstelnd die Füße reinigte, also da wurde ihr wirklich gruselig zumute.

»Köchin«, flüsterte Effi nun leise, und da sich unter dem Deckenberg neben ihr nichts bewegte, piekte sie mit einem spitzen Finger dahin, wo sie einen Arm vermutete. »Köchin, wach doch uff! Ick glob, ick hab ’nen Jeist jesehen!«

»Red keinen Zimt.« Die Köchin gähnte geräuschvoll und warf sich mit solcher Wucht auf die andere Seite ihres Bettes, dass die Sprungfedern aufwimmerten. »Du hast jeträumt!«

»Ne, hab ick nich. Ick war janz wach, ick bin inne Küche jegangen, weil ick noch Hunger jehabt hab, und wie ick zurück am Zimmer von die neue Frau von Volkmann vorbeikomm, da hör ick den Jnädigen sprechen.«

»Zum einen hast du dann keenen Jeist jesehen, sondern bestenfalls jehört, und zum andren hab ick dich schon hundertmal jesagt, du sollst nich nachts inne Küche jehen. Zum Frühstück hättest och noch Hunger jehabt.«

»Ick werd's bestimmt nich mehr tun«, log Effi eifrig. »Aber hör doch, Köchin, da war der jnädige Herr im Zimmer von seine Jattin!«

»Effi, da war vielleicht ein Herr im Zimmer von der Jnädigen, aber sicher nich der Herr von Volkmann. Der Herr von Volkmann ist tot, und nur unser lieber Herr Jesu is jemals wiederufferstanden.«

»Nee!«, beharrte Effi. »Es war der jnädige Herr, ick kenn doch seene Stimme! Janz sicher!«

»Und was hat er jesagt?« Die Köchin klang gleichermaßen schläfrig wie ungläubig, so dass Effi sich mit der Antwort beeilte: »Das hab ick nich janz verstanden, die Tür is ja zu jewesen. Aber er hat sehr laut jesprochen, und er hat jesagt, dass er keene Ruhe findet.«

Letzteres war mehr eine Vermutung als eine Tatsache, aber sie hatte irgendetwas gehört, das »Ruhe« hätte sein können, und dank der Lektüre von »Die Geisterstunde – gruselige Geschichten aus dem schottischen Hochmoor« wusste Effi, dass Gespenster meistens selbige vermissten, deshalb spukten sie ja auch.

»Effi, Kindchen«, sagte die Köchin und fuhr ihr mit ihrer bettwarmen, leicht nach Wurst riechenden Hand über die Wange. »Schlaf jetzt. Ick gloob dir ja, dass du da eene Männerstimme jehört hast, aber das war nich der Jnädige und och keen Jespenst. Wenn du een bisschen älter bist, wirste verstehen, was das war.«

Und mit diesen Worten schlief die Köchin leise schnarchend ein, Effi aber lag noch lange wach.

Sie wusste genau, was sie gehört hatte, und das war der gnädige Herr gewesen.

Mittwoch, 21. Oktober 1925

Viktor von Rosskopf lag auf dem rotplüschigen Diwan in seinem Arbeitszimmer und betrachtete die verschlungenen Linien des chinesischen Drachenleibs auf dem Wandteppich zu seiner Seite. Verschlungen und verschnörkelt wie das Leben selbst. Bis auf eine kleine Kerze hatte der Baron sämtliche Lampen gelöscht, so dass er im Schummerlicht immer wieder die Bahnen verlor, die er sich mit den Augen zu verfolgen zum Ziel gesetzt hatte.

Nun war also auch Marian tot, und Viktor plagte die Frage, ob es richtig gewesen war, sich über den letzten Wunsch des Freundes hinwegzusetzen. Hätte er diesen Hans von Brunnen decken sollen? Hätte er für diesen Kerl ein Alibi auf Marians Kosten zimmern sollen? Hätte er Marian zum Mörder Georgies machen sollen, nur weil Marian es so wollte? Nein! Das wäre ungerecht gewesen. Jedem nur die Schuld, die ihm zusteht.

Außerdem verabscheute er diesen Jungen für seine frechen, anmaßenden Blicke und auch ein wenig aus Eifersucht. Von all seinen Schulfreunden war ihm der Pole lange der liebste gewesen. Er war der Schönste aus ihrer Viererbande. Diese dunklen Haare und diese schwarzen, in Seele schwimmenden Augen. Max war der Mutigste, Kranz der Reichste und er, er war der Intelligenteste, der, von dem alle abschrieben, dem es zufiel, eine Ausrede zu erfinden, wenn es die strenge Schulzucht denn verlangte.

Wie jung sie gewesen waren, wie jung und wie glücklich. Sie hielten sich für unverwundbar, und wer weiß, vielleicht waren sie es gewesen?

Waren es gewesen, solange sie zusammengehalten hatten?

Doch dann war Esther gekommen.

Fabian hatte sie durch Zufall getroffen, und ihm hatte Fabian sie zuerst gezeigt.

An einem Augusttag war es gewesen, so kühl, man hatte sich im Herbst geglaubt, aber aus den Kästen vor dem Laden des Herrn Rosenzweig hatten noch rote Geranien gewuchert und in den Blecheimern voll Wasser Lavendel- und Margeritensträuße gestanden.

Schau, hatte Fabian gesagt und dabei durch die Scheibe des Geschäfts auf ein dunkelhaariges Mädchen gezeigt. *Schau, das ist sie. Das ist das Mädchen, das ich heiraten werde.*

Und er hatte da gestanden, dieses dunkelhaarige Mädchen gesehen und nur an die Worte Walthers von der Vogelweide gedacht: »Da ich sie sah, war ich selig verloren. Nichts kann mich lösen aus ihrem Bann.«

Fabian hatte sie einander vorgestellt, und trotz all seiner Schuljungenunerfahrenheit hatte er gewusst, wie ihr Haar duften würde, er hatte den Geschmack ihrer Haut gekannt und die Weichheit ihrer Lippen geahnt.

Hatte er sie geliebt?

Nein.

Man kann eine Heilige nicht lieben, man kann sie verehren, man kann sie anbeten, aber lieben? Niemals.

Er hatte sie nicht küssen wollen, wie er es bei den Dienstmädchen zu Hause und bei den kessen Ladenfräulein gewollt hatte.

Er hatte nicht einmal mit ihr sprechen wollen. Was immer sie gesagt hätte, es hätte nie an den Zauber ihrer Erscheinung herangereicht.

Fabian hatte Marian seine Braut damals nicht zeigen müssen, Marian hatte sie schon gekannt. Er hatte bei ihrem Vater seit Jahren seine Schreibtischrose und auch die Nelke gekauft, die manchmal sein Knopfloch geschmückt hatte.

Wann Fabian sie Max vorgestellt hatte, wusste Viktor nicht.

Er wusste nur, dass damit das Unheil begonnen hatte.

Ganz langsam, zunächst kaum spürbar, hatte das böse Gift gewirkt, und dann war plötzlich Dezember gewesen.

Dann hatte er plötzlich vor jener weihnachtlich erleuchteten Konditorei gewartet, mit von der trockenen Kälte stechender Haut und im Eiswind tränenden Augen. Damen mit Husarenmützen aus Pelz und Herren mit im Laternenlicht glänzenden Lackschuhen waren an ihm vorbeigeeilt, breithufige Pferde waren mit klingenden Glöckchen durch den Schnee getrabt, und wann immer sich die Tür in seinem Rücken geöffnet hatte, hatte er einen Schwall warmer, nach Kaffee und karamellisiertem Zucker duftender Luft eingeatmet. Die Kirchturmuhr hatte viertelstündlich geschlagen, hatte ihm angezeigt, wie lange er schon wartete, und als er schließlich aufgab, hatten sie sechs Mal geläutet.

Wie lange mochte Esther da schon tot gewesen sein?

Eine Stunde, zwei? Er wusste es nicht, und er würde es wohl niemals wissen, aber er wusste doch genug.

In die Gegenwart zurückkehrend, öffnete er die Hand. Ganz warm war das Kreuz schon geworden. An der Stelle, an der die Schnur des Anhängers vor all den Jahren gerissen war, lösten sich haarfeine Fäden, und das Silber hatte sich an manchen Stellen verdunkelt.

Man sah dem Schmuck die Jahre an. Dreizehn Jahre war es nun her, seit der Baron mit Marian in das Geschäft von dessen Vater gegangen war und dort zwischen all den auf rotem oder grünem Samt blitzenden Kostbarkeiten jenes unscheinbare Kreuzlein ausgewählt hatte. Ein Ladenfräulein hatte es für ihn in knisterndes Seidenpapier geschlagen, und beim Auspacken hatte Esther das hauchzarte Gewebe an ihr Gesicht gehalten, voll Glück ausgerufen: *Es riecht nach Berlin!* Wie lange das nun schon her war.

Wie leicht das Kreuz wog und wie schwer die Schuld. Nie mehr abzutragen, seine Schuld und die Schuld seiner Freunde, ihrer aller Schuld.

Der Baron blies die Kerze aus.

—

Charlie blickte sich suchend um.

Im Café Dallas, dem inoffiziellen Vereinslokal des Geselligkeitsvereins Immertreu e. V., herrschte Frühstücksbetrieb. Erschöpfte, von der Arbeit heimgekehrte Huren saßen bei Malzkaffee und Schrippen. Über den funkelnden Kostümen der Nacht trugen sie Strickjacken und wollene Jumper, mal lachend, mal fluchend, mal gelangweilt erzählten sie sich von der Kundschaft, schrien hin und wieder nach ihren zwischen den Tischen tobenden Kindern, drohten mit Prügeln und dem schwarzen Mann, waren dann doch zu müde, den Worten Taten folgen zu lassen.

Und so jagten die Kinder weiter kreischend die struppigen Hunde der Berufsbettler und verstummten auch dann nur kurz, wenn ein morgenmuffliger Schieber oder der kahle, fettglänzende Küchenbulle sich eins von ihnen fing und ihm eine Ohrfeige verpasste.

Charlie mochte Kinder gern, er hatte selbst drei kleine Jungen, aber er hielt nicht viel davon, sie morgens in irgendwelchen Kneipen herumwuseln zu lassen. Dieser dreckige Tabak- und Fuseldunst konnte nicht gut sein für die kindliche Lunge, und grundsätzlich waren Charlie und seine Frau sich einig, dass Kinder aufs Land gehörten.

Als das zweite Kind kam, waren sie auf einen Bauernhof in der Nähe von Putlitz gezogen, einem Dörfchen fast genau zwischen Berlin und Hamburg.

Charlie reiste nur in die Hauptstadt, wenn es seine Arbeit verlangte, und versuchte, seinen Aufenthalt möglichst kurz zu halten. Und so erkämpfte er sich zielstrebig seinen Weg durch die Tische, nickte nur flüchtig nach da und nach dort und gelangte schließlich am anderen Ende des Schankraums an eine unscheinbare Tür.

Mit dem Siegelring für besonders verdiente Mitglieder des Immertreu e. V. klopfte er dreimal in genau berechnetem Rhythmus und trat dann in das Zimmer.

Es war klein, und hätte Charlie es nicht besser gewusst, er hätte es für das Büro irgendeines unbedeutenden Fabrikherren gehalten. An einem hellen Eichenholzschreibtisch saß eine Blondine mit Bubikopf hinter einer Reiseschreibmaschine und lackierte sich die Nägel in einem flammenden Rotton. Eine Tätigkeit, die sie vollkommen beanspruchte, bei Charlies Eintreten sah sie nicht einmal auf.

»Hi, Irene. Chefe hat telegraphiert, er wolle mich sprechen?«

»Nö, will er nich. Er will nur, dass du dich bereithältst«, erklärte das Tippfräulein, noch immer, ohne ihn eines Blickes zu würdigen. Unter Zuhilfenahme von stechend riechendem Azeton und einem mit Watte umwickelten Zahnstocher begann sie nun, winzige Lackspritzer von ihrer Nagelhaut zu entfernen. »Hast du dein Werkzeug dabei?«

»Im Hotel lagern die großen Geräte, aber meinen Liebling habe ich immer bei mir.«

Er schlug sein Tweedsakko zurück und zeigte das darunter verborgene Brustholster mit der Mauser.

»Worum handelt sich's denn?«

Die schwergetuschten Wimpern waren schon wieder über Irenes Veilchenaugen gesunken, und während sie sich mit ihren makellosen Krallenfingern nun eine Zigarette anzündete, sagte sie desinteressiert: »Wohl um den Stein für den Ehering vom Chef. Was Genaues weiß ich auch nich, nur dass er meint, es könne Ärger geben.«

»Fein, fein.« Charlie lächelte zufrieden. »Hatte schon lang nichts mehr zu tun, aber kannst Chefe ausrichten, mein Zeigefinger ist noch genauso flink wie früher.«

—

»Carl? Carl von Bäumer? Was machst denn du hier?«

Carl lächelte sein Filmstarlächeln und versuchte krampfhaft, sich zu erinnern, wer der überraschte Herr ihm gegenüber nur war.

Er war rundlich, mit wie blankpoliert spiegelndem Kopf und einem guten, aber nicht sehr guten Anzug, vermutlich von der Stange. Ihm war, als habe er diesen Menschen gekannt, als der noch Haare besaß.

Weil er sich so angestrengt erinnern wollte, brach Carl der Schweiß aus. Er war allerdings auch zu warm angezogen, in Ermangelung der Lammfelljacke hatte er den dicken Wollmantel nehmen müssen. Der Filmstarpelz war ihm lächerlich vorgekommen, das war übertrieben für ein simples Gespräch mit von Volkmanns Witwe, und den Trenchcoat zierte ein leider unübersehbarer Fleck am Ärmel.

Wenn er die Lammfelljacke nur wiederhätte!

Er hatte beschlossen, schriftlich um Rückgabe zu bitten, aber er fand, dass dieser Kranz ziemlich beklagenswerte Manieren besaß. Ein wohlerzogener Mensch hätte sie einfach so, unaufgefordert, an ihren Besitzer zurückgeschickt.

»Erinnerst du dich nicht an mich?«, erkundigte sich derweil der Billardkugelkopf. »Enno Walter, wir wurden gemeinsam konfirmiert.«

»Doch, natürlich, Enno! Ich bin nur so überrascht, dich hier zu treffen«, log Carl, vermutlich nicht besonders überzeugend. »Wohnst du im Grunewald?«

»Nein«, entgegnete Enno trocken, und Carl fiel plötzlich ein, dass Ennos Vater durch Kriegsanleihen einen Großteil des Vermögens vernichtet hatte, und was noch übrig geblieben war, hatte 23 die Inflation gefressen. »Ich arbeite jetzt als Immobilienmakler, die von-Volkmann-Villa, Königsallee 47–49, soll auf den Markt kommen. Du hast es vielleicht mitbekommen, aber Herr von Volkmann ist einem Unfall beim Reinigen seiner Pistole zum Opfer gefallen.«

»Ja, aber doch erst am Sonntag.« Carl starrte ungläubig in diesen Pfannkuchen von einem Gesicht. »Und die Villa soll jetzt schon verkauft werden?«

»Die Witwe erträgt es wohl nicht, sich dort aufzuhalten. Sie plant, so bald wie möglich in die Staaten zurückzukehren. Wenn ich es richtig verstanden habe, macht sie alles zu Geld: die Kunstsammlung des alten von Volkmann, die Heinrich-Vogeler-Möbel, alles eben.« Enno zuckte die Schultern. »Du hast nicht zufällig Interesse an einer Villa?«

»Nein, ich bin ganz glücklich mit meinem Penthouse.«

»Schade«, seufzte Enno, und da gerade eine leere Taxe vorbeifuhr, winkte er. »Wirklich schade, ich hätte dir einen guten Preis gemacht. War nett, dich mal wiederzusehen, Carleken!«

»Ich habe mich auch gefreut«, behauptete Carl, und weil er ein schlechtes Gewissen hatte, weil er kein Interesse an einer Villa besaß, blieb er winkend stehen, bis das Automobil verschwunden war.

Erst als es nicht mehr zu sehen war, drehte er sich um und machte sich an dem prunkvollen Tor vorbei auf den Weg durch den herbstlichen Garten der von-Volkmann-Villa.

»Sie sind zu Fuß gekommen!«, rief Frau von Volkmann aus, nachdem Carl ihr gemeldet worden war, und es klang derart überrascht, als sei er auf einem rosa gestreiften Elefanten vorgeritten.

»Ich habe eine Taxe genommen und bin nur ein kurzes Stück gelaufen. Des schönen Wetters wegen«, behauptete er, da er keinerlei Lust hatte, der Witwe zu erklären, dass er den Tatort Georgie noch besucht hatte. Dort aber war nichts Interessantes zu entdecken gewesen, und danach war kein Wagen aufzutreiben. »Wie reizend von Ihnen, dass Sie mich empfangen. Lassen Sie mich Ihnen zunächst mein tiefempfundenes Beileid aussprechen.«

Er fand eigentlich nicht, dass sie aussah, als habe sie sein Mitgefühl nötig. In ihrem schwarzen Mantelkleid aus Pikeestoff, mit einem schwarzen Fuchs um den Hals und mit schwarzen Spitzenhandschuhen kombiniert, hätte sie gut auf die Titelseite von »Die Dame« gepasst. Ihr rotes Haar war frisch und zu einem sehr kurzen Bubikopf geschnitten, ihr Gesicht gut, wenn auch etwas auffällig zurechtgemacht.

»Es ist ja alles so furchtbar«, seufzte Frau von Volkmann und bot Carl mit einer etwas melodramatisch anmutenden Geste einen Stuhl an.

Sie befanden sich in dem Fin-de-Siècle-Salon, dessen zierliche Möbelchen und verschnörkelten Stuckdecken laut Enno von Heinrich Vogeler, dem König des Jugendstils, persönlich entworfen worden waren.

»Ich weiß kaum, wie ich den Schmerz ertragen soll.«

»Sie Ärmste«, nuschelte Carl etwas matt und verkniff sich die Bemerkung, dass er zwei Tage nach Pauls plötzlichem Ableben wohl kaum Kraft fände, ihre Habe zu

Geld zu machen, von einem Friseurbesuch ganz abgesehen. »Ich will Sie auch nicht lange in Anspruch nehmen. Am besten, wir fangen gleich an.«

»Womit denn eigentlich? Ihr Herr Bruder sagte nur, Sie wollten mich sprechen, und er wisse auch nicht, worum es genau gehe, aber er vermute, es sei ein Filmprojekt.«

»Äh, nein!« Carl schüttelte einige Male so entschieden den Kopf, dass seine frisseligen Haare ihm trotz reichlich Pomade ins Gesicht fielen. »Ich unterstütze die Berliner Polizei bei den Ermittlungen um die Ermordung Ihres Gatten.«

»Ermordung?« Zum ersten Mal seit seiner Ankunft wirkte die Witwe ernsthaft bestürzt. »Warum Ermordung? Ich dachte, es sei Selbstmord gewesen? Ich dachte, die Ermittlungen wären abgeschlossen.«

»Nein, es gibt da durchaus einige Unstimmigkeiten, die noch geklärt werden müssen.« Er setzte sich auf einen der zierlichen Stühle, und ihr keine Gelegenheit zu Widerspruch lassend, fuhr er entschieden fort:»Ich sollte nachher auch den Kamin im Sterbezimmer Ihres Gatten untersuchen, aber das hat noch Zeit. Beginnen wir doch einfach mit der Befragung, ja? Wie haben Sie und Herr von Volkmann sich denn kennengelernt?«

»Diesen Juli, auf der ›Deutschland‹, während der Überfahrt von New York nach Hamburg.« Sie klang recht unwillig, schien aber auch keine Möglichkeit zu sehen, ihm nicht zu antworten und dabei höflich zu bleiben. »Wir haben gleich nach unserer Ankunft geheiratet, es war alles furchtbar romantisch.« Sie seufzte tief, und

Carl beschlich das Gefühl, dass ihr irgendetwas ganz und gar nicht recht war. Aber was und warum? »Wir sind dann nur ein, zwei Tage nach Berlin gereist und von dort direkt in die ausgedehnten Flitterwochen nach Venedig. Wir waren keine Woche gemeinsam in Berlin.«

»Wo waren Sie eigentlich am Sonntag?«

»In Hamburg. Ich musste noch ein paar rechtliche Kleinigkeiten regeln. Eigentlich wollte ich erst morgen zurückkommen, doch als ich von den schrecklichen Ereignissen gehört habe, bin ich natürlich umgehend zurückgekommen.« Sie stöhnte auf und fuhr sich mit der flachen Hand über die Stirn. »Herr von Bäumer, es tut mir unendlich leid, aber ich fürchte, dieses Gespräch strengt mich zu sehr an. Die Erinnerung an die glückliche Zeit und das grässliche Ende unserer Liebesgeschichte ist noch zu frisch. Ich ertrage es nicht, mich darüber zu unterhalten.«

»Sie Ärmste.« Carl verzog seinen Mund zu einem Ausdruck des Bedauerns. Er hätte zu gerne gewusst, was sie zu verbergen versuchte.

Was hatte sie wirklich in Hamburg gemacht?

Warum fuhr sie an einem Samstag zur Regelung ihrer rechtlichen Angelegenheiten in die Hansestadt, und warum allein?

»Eine letzte Frage noch: Sie wissen sicher keinen Grund, warum Ihr Herr Gatte sich so spontan hätte erschießen sollen?«

Sie zögerte einen Moment, dann sagte sie: »Es ist sehr schmerzhaft für mich, das einzugestehen, aber ich denke, es war die Nachricht von Fräulein Sads Verlobung. Auch wenn die Erkenntnis weh tut, aber vermutlich hat er sie noch immer geliebt. Möchten Sie sich jetzt das Frühstückszimmer ansehen? Soll ich Sie dabei allein lassen?«

—

Greta saß an ihrem Schreibtisch im Polizeirevier und begann missmutig, die Post zu öffnen.

Was für ein Dreckstag!

Es hatte schon dämlich begonnen, verkatert nämlich.

Lisbeth, Gretas beste Freundin, war gestern von ihrem Barkeeper verlassen worden. Also eigentlich nicht offiziell verlassen, weil offiziell waren die beiden nie zusammen gewesen, aber doch so zusammen, dass Lisbeths Barkeeper ihr und Greta die Cherry-Cobbler zum Freundschaftspreis mixte.

Damit war nun allerdings Schluss, der Barkeeper ging jetzt nämlich mit einem Mannequin, eins von den ganz feinen, so eins vom KaDeWe, und da hieß es: *Tschüss, Lisbeth*.

Lisbeth war absolut untröstlich, weniger wegen des Barkeepers als vielmehr wegen der vergünstigten Cherry-Cobbler, und da Greta eh eine miese Meinung von Männern im Generellen und ihrem süßen Chef im Speziellen hatte, waren sie nach Dienstschluss noch ins ›Moka Efti‹ gegangen.

Da spielte Jack Jackson mit Kapelle, und eingehüllt in wohligen Cocktailnebel, mal umschmeichelt von der melancholischen Stimme, mal aufgepeitscht von den nervösen Saxophonklängen, hatten sie sich zu Shimmy und Charleston auffordern lassen, sich dazwischen gegenseitig ihr Leid geklagt.

Sah Greta denn nicht aus wie Clara Bow, nur mit besseren Beinen?

Und hatte sie sich nicht extra für ihre Topbeine neue Seidenstrümpfe gekauft, und hatte ihr Chef, dieser dämliche Paul Genzer, wenigstens einen Blick riskiert?

Nein, hatte er nicht!

Dabei hatte sie sich solche Hoffnungen gemacht, dass mit dieser Urte von Withmansthal jetzt alles aus war. Vor zwei Wochen nämlich, da hatte er montags auf ihre Frage nach seinem Wochenende entgegnet, es sei *beschissen* gewesen. Und als sie dann nachgefragt hatte, warum, hatte er nur ziemlich kryptisch erklärt, er habe einen verkotzten Aufzug geputzt.

Das mit dem Aufzug verstand Greta noch immer nicht, aber den Grund für das beschissene Wochenende, den hatte sie während der Frühstückspause gelesen. Die »Starrevue« hatte vierseitig über die prächtige Taufe des Nachwuchses der von Withmansthals berichtet, und es war ja wohl klar, dass Paul nicht entspannt daheimsaß, während sein Verhältnis ihr Baby taufen ließ. Greta war sich so sicher gewesen, dass es diesmal endgültig aus war zwischen den beiden. Paul war einfach nicht der Typ für Affären mit verheirateten Frauen, und sie hatte sich auch solche Mühe gegeben, ein vollkommenes Tippfräulein zu sein, und wofür das alles? Für nichts!

Schon am Nachmittag hatte der Bruder der von Withmansthal angerufen, und während des Telefonats hatte Greta aus dem Zimmer gemusst. Sie vermutete, dass der von Bäumer vermittelte, zumindest verspürte ihr Chef im Anschluss daran plötzlich heftige Kopfschmerzen und musste deshalb früher gehen.

Dass der krankmachte, um mit seiner Verheirateten Versöhnung zu feiern, das hatte Greta schon geärgert. So was gehörte sich einfach nicht, so etwas tat man einfach nicht!

Aber sie hatte sich tapfer weiter um seine Gunst bemüht, hatte seine Papiere geordnet und ihm ihren köstlichen Kaffee nach Geheimrezept ihrer Mutter gekocht, und dann, dann kam der heute Morgen rein, nach Rasierwasser und Tabak duftend, die Zigarette lässig im Mundwinkel, und sah Greta aus diesen sinnlichen, männlich schmalen Augen an, und mit seiner Jack Jackson zur Ehre gereichenden Schlafzimmerstimme sagte er: »Verdammt, Sie haben ja noch nicht mal die Post aufgemacht!«

Jetzt klingelte natürlich auch noch das Scheißtelefon!

Bestimmt hatte sich wieder irgendein Idiot umbringen lassen.

Manchmal dachte Greta schon daran, selbst jemanden zu erschießen, nur damit Paul sie einmal so interessiert-mitfühlend ansah.

Pix, den Polizeifotografen, beispielsweise. Mit dem war Greta letzten Sommer ins Bett gegangen. Im Nachhinein tat ihr das ein bisschen leid, vor allem, weil der Idiot es sämtlichen Kollegen erzählt hatte …

»Fräulein Greta, Ihr Telefon läutet! Soll ich vielleicht rangehen, und Sie lesen solange noch mal das Verhörprotokoll von Hans von Brunnen? Und danach fahren Sie zu dem erschlagenen Arbeitslosen, und ich bleibe hier und lackiere mir die Nägel?«

»Hat schon aufgehört«, sagte Greta voll grimmiger Zufriedenheit, und tatsächlich schwieg der Apparat für einen kurzen Moment, bevor er mit neuer Kraft wieder losklingelte. »Ja?«

»Greta, Puppe, bist du's?«, flüsterte eine rauchige Männerstimme. »Hier ist Charlie. Ich bin für ein paar Tage in der Stadt, ich weiß aber nicht, für wie lange. Was hältst du davon, du kommst jetzt gleich ins Hotel Rupinski, und wir nutzen die Zeit, die wir haben?«

»Falsch verbunden«, sagte Greta laut und drehte sich dann zu ihrem Chef. »Herr Genzer, das mit der Post und mit dem Telefon, das tut mir so furchtbar leid, aber mir geht es heute gar nicht gut. Ich glaube, ich muss nach Hause. Bitte entschuldigen Sie mich.«

—

Dass Berlin ja so *jroß* war, war eine selbst schon von Otto Reutter besungene Tatsache, aber man traf eben trotzdem alle fünf Minuten jemanden – bevorzugt jemanden, den man nicht sehen wollte.

Zum Beispiel in der Woche, nachdem Carl sich von Michail getrennt hatte, da war er ihm dreimal zufällig über den Weg gelaufen. Davon einmal auf der Herrentoilette des Stettiner Bahnhofs. Es gab wirklich wenig Unangenehmeres, als so von dem Menschen überrascht zu werden, der einem vor nicht ganz zwei Tagen erklärt hatte, man hätte sein Leben versaut.

Wäre Michail nicht relativ schnell als Botschafter nach Schanghai gegangen, Carl hätte umziehen müssen.

Die Wahrscheinlichkeit, unangenehme Leute zu treffen, stieg im Übrigen, wenn man schlechte Laune hatte, und Carl hatte sehr, sehr schlechte Laune.

Der Kamin in Max von Volkmanns Sterbezimmer war nur eine Konsole gewesen, eine Attrappe! Dahinter war eine massive Wand!

Da kam nicht mal eine Maus durch, von einem Affen oder sonst einem Unhold ganz zu schweigen.

Und weil er schon mal da war, hatte Carl auch noch mal die Fenster untersucht.

Die waren tatsächlich seit Jahren nicht mehr geöffnet worden, und das Glas saß fest im Rahmen.

Möbel, in die man sich als gerissener Mörder hätte einnähen lassen können, gab es keine, und der Boden unter dem Teppich war massiv.

Zu allem Überfluss quietschte die Zimmertür beim Öffnen ziemlich, und Baron von Rosskopf hatte sie ja hinter sich geschlossen, zu einem Zeitpunkt, an dem das Fliegerass eindeutig noch fit genug war, dem Personal Anweisungen zu geben.

Und dann das seltsame Verhalten der Witwe.

Carl hätte große Summen gewettet, dass die in Hamburg keine geschäftlichen Verpflichtungen hatte. Vermutlich ging sie fremd?

Am Ende mit Fabian Kranz, der war nämlich seltsamerweise auch über Hamburg aus der Sowjetunion zurückgekommen. Das wusste Carl von dessen unsäglicher Schwester. Die hatte es ihm am Freitag beim Dinner erzählt und sogar mehrfach darauf hingewiesen, was für ein alberner Umweg das sei.

Angeblich wollte ihr Herr Bruder nicht über Polen reisen, aber vielleicht hatte er ganz andere Gründe?

Was, wenn das einstige Fliegerass an jenem Sonntagmorgen davon erfahren hatte?

Vielleicht durch irgendeinen beiläufigen Satz des Barons von Rosskopf, der eine Lüge seiner Frau bloßlegte?

Vielleicht war das einfach zu viel gewesen? Erst die öffentliche Verlobung seiner alten Liebe, dann die Erkenntnis, dass seine Gattin ihm untreu war, der mögliche Verrat durch einen langjährigen Freund?

Hatte das am Ende gereicht, ihn zur Mauser greifen zu lassen?

Fast musste es so sein, weil es doch schlicht unmöglich war, dass irgendjemand den Raum noch nach dem Baron betreten hatte.

Und doch, irgendetwas war seltsam an diesem Tatort gewesen – nur was?

Vielleicht war aber auch gar nichts seltsam gewesen, vielleicht wollte Carl sich nur nicht dem Offensichtlichen beugen: dass Paul recht behalten hatte.

Es gab wirklich Tage, da lief echt alles schief!

Eigentlich war es also kein Wunder, dass Carl auf der Suche nach cremigem, schokoladigem Trost Willi Genzer traf.

In der Kassenschlange der Spielwarenabteilung des KaDeWe!

Es gab wenige Orte, an denen Willi sich unpassender machte, vielleicht noch ein Trappistenkloster?

Einen Moment war Carl versucht, das klingelnde Stoffbällchen, das er für Horatio ausgesucht hatte, einfach in ein zufällig gerade neben ihm stehendes Puppenhaus zu legen und heimlich den Rückzug anzutreten. Aber es war das letzte grüne Bällchen, und er wollte unbedingt ein grünes, das würde so nett zu Horatios rotem Fell passen. Außerdem hatte Willi ihn eh schon entdeckt.

Er wirkte allerdings nicht eben begeistert, zumindest dauerte es eine Weile, bis er sich zu einem höflichen »Hallo, Carl!« durchringen konnte.

»Hallo, Willi«, sagte Carl, und da er sonst nichts zu sagen wusste, ergänzte er wenig geistreich: »Du kaufst einen Teddy?«

»Ja, ist ein Geschenk«, sagte Willi.

Jetzt wäre es gut gewesen zu wissen, wie Willis Kinder hießen, aber natürlich fiel es ihm nicht ein, weshalb er nur fragte: »Für deine Tochter?«

Willi machte eine eher vage Geste mit dem Kopf. Vermutlich war der Bär also nicht für dieses kleine rotbezopfte Wesen.

Carl verstand wenig von Kindern, doch dieses Geschöpf wäre ihm auch zu alt dafür vorgekommen. Das war mehr ein Teddy für Babys.

Außerdem war Willi, was seine Familie anging, eher sparsam veranlagt. Ein Steiff-Bär war eindeutig jenseits des preislichen Limits.

Vielleicht war er für eine von Willis Freundinnen?

Sie starrten sich eine ganze Weile schweigend an, dann fragte Willi irgendwann: »Wie geht's euch denn sonst so?«, und Carl antwortete: »Gut geht's uns. Bei euch auch alle gesund?«

»Ja, alle gesund«, sagte Willi und rückte in der Schlange einen Platz vor. Noch zwei Kunden bis zur Kasse.

»Wir fahren jetzt Ende der Woche in Urlaub«, sagte Carl, und obwohl Willi das vermutlich längst wusste, machte er ein erstauntes Gesicht und entgegnete: »Das ist schön. Paul arbeitet sehr viel.«

Wieder schwiegen sie, warfen sehnsüchtige Blicke in

Richtung des Kassenfräuleins, aber das ließ sich Zeit. Es schlug jetzt erst einmal einen Blechzug in blaues Seidenpapier.

»Guck mal! Hast du gewusst, dass man hier auch Schallplatten besprechen kann?«

Carl deutete auf ein Werbeplakat.

»Hab keine Ahnung, wozu das gut sein soll.«

»Das ist manchmal ganz lustig«, entgegnete Carl, glücklich, endlich etwas erzählen zu können. »Als ich neulich wegen der Außenaufnahmen der Brüder Karamasow zehn Tage weg war, da hab ich deinem Bruder eine besprochen und unter die normalen Schallplatten gelegt. Ich hatte das Namensetikett von der Carmen-Aufnahme abgepult und draufgeklebt, und statt der Ouvertüre kam dann meine Stimme.«

»Ah«, machte Willi. Ihm schien der Sinn der Sache noch immer nicht klar. »Und du hast dann die Carmen gesungen, oder was?«

»Nein, ich hab einfach was erzählt. So Zeugs halt, dass er mir fehlt und was mir eben gerade eingefallen ist.« Carl beschlich das Gefühl, er hätte besser gar nicht erst davon angefangen. »Ich glaub, es hat ihn gefreut.«

»Ja, Paul mag Opern gern«, stellte Willi reichlich sinnlos fest, und wieder schielten sie beide nach dem Kassenfräulein.

Noch ein Kunde vor Willi.

»Ihr fahrt an die Ostsee. Da ist es schön«, begann Willi nun von neuem. »Baden könnt ihr ja jetzt sicher nicht mehr, oder?«

»Nein.« Carl schüttelte den Kopf. »Wir wollen viel lesen.«

»Ja, Lesen ist schön.«

Abermals schwiegen, sie und Carl überlegte, ob er Willi nach dessen Kamera fragen sollte.

Paul fotografierte gern, und eine eigene konnten sie sich bei ihrer aktuellen Sparpolitik nicht leisten. Andererseits war sich Carl nicht sicher, ob Willi den Fotoapparat überhaupt noch besaß. Derartige Luxusgegenstände pflegten recht spontan in seinem Leben aufzutauchen und wieder zu verschwinden – je nach Kartenglück. Wer wusste schon, ob die Kamera nicht dasselbe Schicksal erlitten hatte wie der amerikanische Sportwagen, den Pauls Bruder im Frühjahr gefahren hatte?

»Ich zahl dann mal«, erklärte Willi jetzt, offensichtlich bemüht, nicht zu erleichtert zu klingen. »War nett, mit dir zu plaudern.«

»Sehr nett«, echote Carl und fragte sich, ob er nicht eigentlich Glück hatte, dass er immer mit Gusta in der Küche saß.

—

Auf dem Winterfeldtplatz war Wochenmarkt.

Vor allem Kohl und Wurzelgemüse wurden nun viel verkauft, aber auch Äpfel, Birnen und trotz des milden Wetters in wärmendes Stroh gebettete Südfrüchte. Wer es sich leisten konnte, reichte zum Dessert aktuell Ananas aus Hawaii oder Bananen aus dem, was vor dem Krieg deutsche Kolonie gewesen war.

Die meisten der Hausfrauen, die sich gegen Mittag hier aufhielten, kauften jedoch bestenfalls Mandarinen oder mal eine Orange.

In dicken, leicht abgeschabten Mänteln, in soliden Schuhen und gerade noch guten Wollstrümpfen, die Sonnabend bei der Nachbarin gelegten Wasserwellen schon etwas zerdrückt, schoben sie sich von Stand zu Stand, füllten ihre umgehängten Weidenkörbe nur nach sehr kritischer Prüfung und versteckten ihre Börsen sofort wieder in den Tiefen ihrer Kittelschürzen.

Der Stand von Söhnemann & Kowaltschik befand sich etwas im Windschatten der St.-Matthias-Kirche, und Bert Kowaltschik, der Schwiegersohn des Herrn Söhnemann, erzählte jedem, dass er sein Kind, sofern es ein Junge würde, deshalb Matthias nennen wolle.

»Dat bringt Jlück!«, erklärte er soeben der Köchin des Justizrats Dr. Boller, während er ihr ein Doppelpfund Karotten abwog.

»Es wird janz sicher een Junge, se trägt nach vorne«, wusste die justizrätliche Köchin, obwohl eigentlich noch gar kein Bauch zu sehen war.

Es war Frau Kowaltschiks erstes Kind, und sie stand gerade seit Beginn der Woche auch wieder morgens hinter den Türmen aus Gemüse. Allerdings noch ein bisschen blass, besonders wenn Ostwind den würzigen Käseduft der Sennerei Ledig herüberwehte.

»Essen Se nur viel Zuckerzeugs, so wird's janz jewiss een Stammhalter. Die Jungen, die megen's süß«, riet Frau Brett und verlangte dann zu wissen, ob der Rosenkohl schon Frost gesehen hatte. Bert Kowaltschik aber verwies auf seinen Schwiegervater.

Er selbst schluckte und vergrub die zitternden Hände in den Taschen seiner Schürze.

Die nächste Kundin war eine schmale Blondine mit

Bubikopf, deren leuchtend rotlackierte Nägel nachdenklich die Schale eines Apfels zerkratzten.

»Willst du Äpfel kaufen, Irene?«, fragte Bert mit im Hals klopfendem Herzen. »Sollen se zum so Essen oder zum Backen sein?«

»Chefe schickt mich. Es gibt Ärger.«

»Es gibt doch immer Ärger.« Bert schluckte abermals trocken. »Bisher ist der Chef auch gut ohne mich ausgekommen.«

»Diesmal ist's was Persönliches. Die Brillanten, die der Chef für seinen Ehering wollte, sind nich geliefert worden. Er hat se von diesem Kranz gekauft, weißt' schon, der Buntstiftmensch, und der sollt sie aus Moskau bringen, nur sind sie jetzt halt nich da.

Kranz sagt, sie seien ihm gestohlen worden, aber das ist dem Chef wurst. Er will seine Klunker und hat ja auch für gezahlt. Charlie ist deshalb schon gerufen worden.« Irene seufzte tief und biss herzhaft in eine Birne. Kauend fuhr sie fort: »Chefe is gut gelaunt, wegen der anstehenden Hochzeit, und meinte, vielleicht solltest du erst mal vorbeischauen? Vielleicht fällt dem Kranz ja dann wieder ein, wo die Brillanten sin?«

Bert nickte einige Male.

Er hatte gewusst, dass der Tag kommen würde, der Verein hieß nicht umsonst Immertreu.

Bert nickte und schluckte und besah sich seine Frau, die blass, aber tapfer lächelnd Frau Bretts Rosenkohl in eine braune Papiertüte füllte. Wie viel besser wäre es für sie gewesen, sich noch etwas zu schonen?

Er besah sich seinen Schwiegervater, der mit von der Gicht entstellten Händen das Wechselgeld zählte, und er spürte in den Tiefen seiner Manteltasche das leichte Beben seiner zahmen Ratte.

Er dachte an die schöne blaugestrichene Wiege, die sie vor ein paar Tagen in einem Schaufenster gesehen hatten, an einen gefütterten Wintermantel und an die Kosten für eine gute Hebamme. Überhaupt waren Ärzte teuer, und es gab Tage, da konnte sein Schwiegervater vor Schmerzen kaum sitzen. Bert glaubte, Morphiumtabletten hätten geholfen, aber wovon zahlen?

»Chefe mag dich, hat dich immer gemocht. Baby Bert, mein Lieblingsschläger, hat er dich genannt, erinnerst' dich noch?«, sprach Irene unterdessen weiter. »Ich bin sicher, er wäre sehr großzügig.«

Bert nickte. Es wäre ja nur für einen Abend. Ihm war in all den Jahren nichts passiert, warum gerade heute?

Plötzlich schlug St. Matthias Mittag.

Laut und gewaltig hallte es über den Platz, und Bert wusste, das war ein Zeichen.

Er würde einen Sohn bekommen, und er würde diesen Sohn Matthias nennen, und anders als sein Vater damals würde er die Kindheit seines Sohnes nicht im Gefängnis verbringen.

Und so sagte er bestimmt: »Nee, Irene. Mach ick nich! Außerdem schuldest' mich zwanzig Pfennig für die kaputten Äpfel, die Birne jeht uffs Haus.«

—

»Geben Sie mir das Reichshofhotel, Kirchenallee, Hamburg«, sagte Jordan von Volkmann, ließ ihren Rücken etwas die seidenbespannte Stuhllehne hinabrutschen und legte ihre Füße auf den mit kunstvollen Intarsien verzierten Schreibtisch. Das Witwenleben gefiel ihr bestens.

Durch die geöffneten Fenster blies vom Garten her kühle Herbstluft herein, blähte die dünnen Leinenvorhänge und rieb raschelnd die Palmenblätter aneinander. Die über den Teppich verstreuten, zerknüllten Papiere taumelten mal nach rechts, mal nach links, ohne sich jedoch vom Fleck zu bewegen.

All das Rechnen, all das Kalkulieren, vollkommen unnötig!

Gestern noch hatte Jordan geglaubt, die Villa und alles darin verkaufen zu müssen, und heute war sie aller Geldsorgen ledig.

Für immer ledig!

Und warum das alles?

Weil sie so ein cleveres kleines Mädchen war, das eins und eins zusammenzählte und bereit war, das Ergebnis dieses Nachdenkens in Bares zu verwandeln.

Verkaufen würde sie die Villa natürlich trotzdem. Ihr war einfach wohler dabei, etwas Land zwischen sich und Max' Mörder zu bringen.

Zufrieden betrachtete sie ihre seidenbestrumpften Beine, wackelte vergnügt mit den rotlackierten Zehennägeln.

Was für ein Schwein sie doch hatte!

Hier stand sie, attraktiv, jung, Erbin des von-Volkmann-Vermögens, die Welt lag zu ihren süßen pedikürten Füßen, auf dass sie darauf tanze.

Nun konnte sie endlich tun und lassen, was sie wollte. Kein Mann würde ihr je wieder reinreden.

Nicht Max und auch nicht der grässliche Patrick.

Was war sie verrückt gewesen nach diesem irischen Lumpen! Sie sah ihn noch jetzt vor sich, mit seinen grünbraunen, manchmal gelbschimmernden Augen, dazu die dunkelroten, schweren Locken eines mittelalterlichen Heiligen und der volle, grausam verwöhnte Mund.

Was waren sie glücklich gewesen!

Die Reise zu den Niagarafällen und dann die paar kurzen Monate bis zum großen Krieg, das war ihre beste Zeit. Sie kamen nirgendwo pünktlich und gingen immer zu früh. Sie taten nichts, aber sie träumten, was sie alles tun könnten. Sie staunten sich gegenseitig an und konnten es einfach nicht fassen. Sie bewunderten sich maßlos und schmeichelten sich dabei selbst. Sie waren jung und verliebt, und irgendwann reichte das eben nicht mehr aus.

Irgendwann zeigte sich, was Patrick wirklich war – ein Säufer und ein religiöser Spinner!

Trotzdem, rothaarige Männer gefielen ihr einfach. Auch dieser Kommissar, obwohl der vom Typ her ganz sicher so ein braves Ding geheiratet hatte. Flachsblond und jedes Jahr mit einem weiteren Söhnchen schwanger von ihm. Schade, dass der nicht fremdging, der ganz bestimmt nicht.

Aber da gab es ja noch genug andere. Berlin, Paris, London waren voll von Männern! Richtigen Männern, keinen solchen Jammerlappen wie Max oder schlimmer noch, solchen Trunkenbolden wie Patrick!

Herrliche, unbeschwerte Zeiten würden auf Jordan zukommen, nun, da sie endlich Geld hatte.

Sie wollte gerade anfangen, vergnügt vor sich hin zu

pfeifen, als sich am anderen Ende der Leitung knackend die Rezeption des Hotels Reichshof meldete.

»Ich möchte Zimmer zweihundertdreißig. Herrn Patrick O'Kelly«, bat Jordan und überlegte, ob sie vielleicht im Anschluss gleich eine Taxe rufen sollte.

Ein wenig Shopping Unter den Linden zur Belohnung?

Endlich einmal Geld ausgeben, ohne auf jeden Pfennig schauen zu müssen? Ohne einen Mann um Erlaubnis bitten zu müssen?

Sie konnte eigentlich auch gleich ein Zugticket an die Riviera buchen.

Für Freitag?

Freitag sollte reichen. Und dann würde sie sich noch etwas kaufen – eine Lebensversicherung gegenüber Max' Mörder.

»Who's speaking?«, drang Patricks Stimme durch die Leitung, und mit einem breiten Lächeln flötete Jordan: »Ich hab, was du wolltest. Komm und hol es dir, aber beeil dich, Darling, weil Freitag sitze ich im Train Bleu.«

—

Alfred überzog seine Mittagspause mitunter sehr großzügig.

Es war aber nicht so, dass er kein schlechtes Gewissen dabei gehabt hätte, nur lag es sich auf diesem Klappbett in Miriams Institut so gut, und er war überzeugt, dass er ausgeruht und frisch der Allgemeinheit viel besser dienen konnte.

Außerdem merkte es heute niemand. Der Rote war mit seinem Bruder zum Mittagessen und hatte schon angekündigt, danach direkt zu dem Tippfräulein mit dem Kopf im Backofen fahren zu wollen. Dafür brauchte er Alfred nicht, da reichte ihm Kriminalassistent Mutzke. Alfred sollte besser auf dem Revier schon mal anfangen, die Ergebnisse des Zeitungsaufrufs Lotti Berschneider zu sichten.

Großzügig durch den Baron von Rosskopf finanziell unterstützt, war in allen größeren Blättern der Hauptstadt eine Anzeige geschaltet worden, die um Mithilfe hinsichtlich des Verschwindens des Dienstmädchens bat. Neben einem Bild Lottis enthielt sie eine genaue Beschreibung ihrer Kleidung, aber sie glaubten nicht, dass viel dabei herauskommen würde – vielleicht abgesehen von den üblichen Verrückten.

Alfred war nicht übermäßig erpicht darauf, mit der Durchsicht der Rückmeldungen zu beginnen, und so gähnte er sehr zufrieden, wickelte die graue, stark nach Desinfektionsalkohol riechende Felddecke noch ein wenig fester um sich.

Durch das kleine Klappfenster drangen kecke Sonnenstrahlen, wärmten ihm behaglich die Wangen, im Hintergrund summte Miriam einen Schlager und klapperte an ihren blitzenden Petrischalen herum.

Das Leben war schön!

Für ihn, er war ja noch am Leben.

Für den kleinen Georgie mit den schüchternen Augen war es vorbei. Vorbei, bevor irgendetwas begann, was auch nur den Namen Leben verdient hätte.

Vermutlich würde Hans von Brunnen nicht gehenkt.

Er würde gute Anwälte haben, und welchen Richter interessierte es schon, ob einer wie Georgie lebte oder nicht?

Aber Alfred glaubte auch nicht daran, dass von Brunnen den Jungen erschossen hatte. Zumindest nicht mit der Pistole, die man bei ihm gefunden hatte, die war noch nie abgefeuert worden, absolut fabrikneu.

Und warum hätte er erst bei der Vermieterin des Jungen vorstellig werden sollen, dann mit Georgie spazieren gehen und ihn etwas später erschießen?

Christine Schenk, die Zimmerwirtin, hatte ausgesagt, Georgie habe nach dem Gespräch nicht verängstigt oder anderweitig beunruhigt gewirkt. Auf die Frage, wer denn das gewesen sei, hatte er bereitwillig erklärt, das sei Herr Hans von Brunnen, der Exfreund des Grafen. Und weiter hatte er erzählt, dem gehe es nicht so gut, das sei ein ganz armes Schwein, und dann habe Georgie einen warmen Kakao getrunken, gut gelaunt überlegt, was er für den Abend anziehen solle.

Ein wenig tröstete Alfred die Vorstellung, dass der Junge seine letzten Stunden damit zugebracht hatte, am Küchentisch der mütterlichen Frau Schenk heiße Schokolade zu schlürfen, offensichtlich voll aufrichtiger Vorfreude, den Grafen wiederzusehen.

Wer außer Hans von Brunnen konnte ein Interesse daran haben, den Jungen zu ermorden?

Die Theorie, dass es sich um eine Ringvereinsangelegenheit handelte, hatten sie schon verworfen. Die Tat war ja in keiner Weise als Bestrafung oder Ähnliches gekennzeichnet worden.

Außerdem hatte man aus wohlinformierten Kreisen gehört, der allgewaltige Muskel-Adolf selbst habe sich ernsthaft entsetzt gezeigt. Er habe Georgie sehr geschätzt und eine große Zukunft für ihn gesehen.

Vielleicht war Charlie, der Charmeur, deshalb plötzlich wieder in der Hauptstadt aufgetaucht? Zur Bestrafung des wahren Mörders?

Auf seine Weise war Muskel-Adolf ein sehr gerechter Mann.

Ausgeschlossen hatten sie inzwischen auch die Theorie, dass Georgie einfach als Vertreter seines Berufes irgendeinem wahnsinnigen Moralisten zum Opfer gefallen war. Dagegen sprach das Telegramm, das Georgie an genau die Stelle beorderte, an der er später sterben sollte.

Ausgeschlossen auch der Gedanke, den Jungen könne mit Lotti mehr verbunden haben als ein rasches *Guten Abend*. Die Idee ließ sich einfach durch rein gar nichts untermauern.

Wem nur nützte die Tat?

Der Junge besaß weder Geld noch hatte er für irgendjemanden eine Bedrohung dargestellt, außer eben für Hans von Brunnen.

Es gab genau zwei Möglichkeiten: Entweder der Junge hatte unwissentlich etwas gesehen oder gehört, was er besser nicht gesehen oder gehört hätte, oder aber, es ging gar nicht um Georgie!

Was, wenn Georgie nur ein Bauernopfer war?

Um wen ging es dann?

—

»Herr Kriminalkommissar Genzer? Bitte entschuldigen Sie vielmals, mir wurde gesagt, ich solle hier auf

Sie warten, aber ich kann selbstverständlich auch später wiederkommen. Es ist mir sehr unangenehm, Sie zu stören, aber ich …«

Bis sie ihn kommen sah, hatte die Frau auf dem alten Holzstühlchen vor Pauls verschlossener Bürotür gesessen, doch nun war sie aufgesprungen und reichte ihm die Hand.

Ihrer ganzen Erscheinung und ihrem Auftreten nach stammte sie aus der gehobenen Arbeiterschicht. Ihr Strickrock war mehrfach mit einem nicht genau passenden Garn gestopft, ihre Kunstseidenbluse knitterte schon wieder stark, obwohl sie ganz offensichtlich noch kurz vorher geglättet worden war. Aber die Haare der Wartenden waren fachmännisch geschnitten, und der Figur nach schien sie regelmäßige, wenn auch nicht allzu üppige Speisen gewohnt.

Vorarbeiterin in einer der unzähligen Fabriken des Ostens, schätzte der Kommissar und fragte: »Womit kann ich Ihnen denn helfen?«

»Damit.« Sie streckte ihm eine alte, mit einem rotkarierten Geschirrtuch bedeckte Holzkiste entgegen. »Das sind ihre Kleider.«

»Meine Kleider?«

Paul war ziemlich durcheinander und hob das Tuch etwas an. Darunter lag sorgsam zusammengelegt ein Damenmantel. Doch bevor er seiner Verwirrung noch hätte Ausdruck verleihen können, sprach die Frau schon weiter: »Nich Ihre Kleider! Die von dem verschwundenen Mädchen. Aber wir haben nix damit zu tun! Wir kennen sie nich und haben ihr auch nie nichts getan. Wirklich!«

Paul nickte, warf einen längeren Blick in die Kiste.

Ja, sie enthielt noch mehr Kleider, die zumindest auf den ersten Blick durchaus auf die Beschreibung von Lottis Garderobe passten.

»Dann kommen Sie mal besser mit«, sagte er und schloss seine Bürotür auf.

Drinnen fiel ihm zuallererst wieder der Stapel mit ungeöffneter Post auf Gretas Schreibtisch in die Augen – dieses Weibsbild war so unfähig!

»Ich hoffe, Sie mussten nicht zu lange warten?«

Paul hatte fast ein schlechtes Gewissen, weil er das Essen mit Willi über Gebühr in die Länge gezogen hatte.

Sie hatten nicht über Christine gesprochen, stattdessen Tränen lachend eine Sammlung von Willis ehemaligen Bettgeschichten zusammengetragen. An insgesamt achtunddreißig konnten sie sich erinnern, aber ihnen war immer noch eine und noch eine eingefallen, und es blieb auch nicht ausgeschlossen, dass sie jemanden vergessen hatten.

Und in die Gegenwart zurückfindend, bat der Kommissar: »Nehmen Sie Platz.«

Er deutete auf den abgenutzten Plüschsessel ihm gegenüber.

»Mein Tippfräulein ist heute krank, deshalb kann ich Ihnen leider nichts anbieten. Aber erzählen Sie mir doch bitte trotzdem, wie sind Sie denn in den Besitz der Kleider gekommen, Frau …?«

»Tipper, Olga Tipper ist mein Name. Ich bin Vorarbeiterin bei der Kranz Buntstiftfabrik, Nachtschicht«, erklärte sie und setzte sich sehr behutsam. »Sie verhaften mich doch nich, oder?«

»Bisher nicht.« Paul bemühte sich um ein beruhigendes Lächeln und begann, ein bisschen die Unterlagen auf seinem Schreibtisch zu ordnen. Er tat es wie beiläufig, aber verfolgte doch den Zweck, Olga Tippers Aufmerksamkeit auf die gerahmten Fotografien zwischen all den Papieren zu lenken. Während die eine ein Geschenk Carls war und die Ostsee von ihrem Schlafzimmerfenster aus zeigte, war auf dem anderen Paul zu sehen, Willis Ältesten an der Hand und das in die Kamera strahlende Paulinchen auf dem Arm.

Zeugen fanden die Vorstellung oft beruhigend, der Mann hinter dem Schreibtisch habe eine Familie, und auch Olga Tipper fragte plötzlich: »Sind das Ihre Kinder?«

»Das Bild ist alt. Inzwischen gehen die beiden schon in die Schule. Konrad ist sehr gut im Rechnen, bei den letzten beiden Arbeiten war er sogar Klassenbester«, antwortete Paul, ohne zu lügen. »Haben Sie Kinder, Frau Tipper?«

»Ja, einen Sohn, Otto. Ein ganz lieber Junge, sieben ist er jetzt.« Ein kleines, Paul seltsam grau erscheinendes Lächeln huschte über ihre ernsten Züge. »Wissen Sie, mein Mann hat gesagt, ich soll nicht hierherkommen, Sie würden mich bestimmt verhaften, und dann verliere ich meine Arbeit, und mein Mann ist Kriegsinvalide und verdient kaum mal etwas, und der Staat, der zahlt nur so wenig, weil es doch nur ein halber Arm ist, der ihm fehlt, aber für die Arbeitgeber, für die ist es egal, ob nach der Schulter noch was kommt, solang da keine Hand dran ist, ist keine Hand dran, und für die gibt es das Geld. Aber ich habe mir gedacht, dieses Dienstmädchen, das hat doch auch eine Mutter, und wenn mein Otto verschwände und irgendeine könnte vielleicht helfen, ihn zu finden, und tut's aber nicht aus Feigheit und so, also die würde ich mehr hassen als alle Kriegstreiber dieser Welt. Der würde ich den Tod wünschen, und verdient wär's hundertmal, und drum bin ich eben zu Ihnen.«

»Das war sicher die richtige Entscheidung«, beruhigte der Kommissar. »Niemand wird Sie einfach so verhaften. Erzählen Sie mir, wie sind Sie zu den Kleidern gekommen?«

»Mein Mann, Josef, der arbeitet manchmal als Hilfsgärtner bei der Familie Kranz, im Frühjahr und im Herbst meistens, wenn es im Grünen viel zu tun gibt, Pfanzen einpacken und Bäume stutzen und all so was eben. Und, na ja, neulich, da war er im Schuppen und hat was gesucht, eine kleine Rosenschere hat er gesucht, und da ist ihm eben aufgefallen, dass da diese Kiste stand, die Sie jetzt vor sich haben. Er hat reingeguckt, und da waren genau die Kleider drin, die ich Ihnen mitgebracht hab. Er hat dann den ersten Gärtner geholt, und der hat auch reingeguckt und gesagt: *Na, das hat wohl eine vergessen.*

Der Chauffeur, der trifft nämlich manchmal seine Mädchen da im Geräteschuppen, weil er das Zimmer doch mit dem Diener teilen muss, und dann hat der erste Gärtner zum Josef gesagt, er soll die Kleider dem Chauffeur bringen, dass der sie an die Besitzerin zurückgibt. Aber der Chauffeur hat sich die Sachen angesehen und gemeint, die würde er nicht kennen, und dann ist Josef damit wieder zum ersten Gärtner, und sie haben überlegt, was damit machen, und irgendwann hat der erste Gärtner gesagt: *Josef*, hat er gesagt, *Josef, die Sachen würden doch deiner Frau passen.* Und mein Mann hat gemeint, das würden sie bestimmt tun, und dann hat er dem ersten Gärtner vier Zigaretten gegeben und durfte die Kleider behalten.

Das war natürlich ein großes Glück, weil ich hab nämlich eine Stellung im Büro angeboten gekriegt, und da hätte ich die Sachen so gut für gebrauchen können, aber wenn's was Schlimmes ist, das in den Stoffen hängt, dann mag ich sie nich haben. Die Kleider der Toten trägt man nich, die trauern ihren Besitzern nach.« Sie nickte entschieden und fuhr immer schneller werdend fort: »Das ist am letzten Freitag gewesen, aber ich hab die Kleider erst Montag gekriegt, weil der Josef sie noch zu seiner Mutter zum Waschen gegeben hat. Und ich hatte mich sehr gefreut, nur dann hab ich in der Zeitung die Beschreibung von den Kleidern des vermissten Mädchens gelesen, und da ist mir ganz anders geworden, das können Sie mir glauben. Weil, wir haben doch nichts Unrechtes getan, und jetzt womöglich verhaftet und ins Gefängnis geworfen zu werden deshalb, also da darf ich gar nich dran denken.«

Der Kommissar, der ihrem Vortrag bisher stumm nickend gefolgt war, fragte nun: »Kannten Sie Lotti Berschneider, oder kannten Sie jemanden, der das Mädchen kannte?«

»Nein, also das heißt, nich wirklich. Wir haben natürlich ihr Bild in der Zeitung gesehen, und bei mir in der Fabrik, da arbeitet eine, das ist die Schwägerin der Cousine eines Freundes von dem, mit dem die Lotti ausgegangen ist. Das weiß ich aber erst, seit das Mädchen verschwunden ist, weil die sich nämlich furchtbar wichtig damit macht, dabei hat die's auch nur aus der Zeitung und die Cousine das letzte Mal zu Weihnachten gesehen.«

Paul seufzte: »Ich denke, wir einigen uns darauf: Sie kennen das Mädchen nicht und auch niemanden, der mit ihm bekannt war.«

—

Rosi Kranz fand, ihr Herr Bruder war ganz allein selbst schuld! Und ohne ihn eines weiteren Blickes zu würdigen, verließ sie türknallend das Speisezimmer.

Also wirklich!

Das komplette Haus hatte ihr Herr Bruder auf den Kopf gestellt, weil dieses rote Katerchen verschwunden war.

Na und?

Es war doch nur irgendein russisches Katerchen, das Fabian aus der Sowjetunion mitgeschleppt hatte. Von der Sorte gab es in Berlin Tausende, aber was Katzen anging, hatte ihr Herr Bruder echt einen Tick!

Graf Sawicki hatte ihm auch immer welche aus Paris mitgebracht, und dann, nach zwei, drei Tagen waren die Katzen plötzlich verschwunden. Einfach weg, genauso plötzlich, wie sie gekommen waren.

Rosi wusste, dass das Personal behauptete, ihr Herr Bruder schlachte sie. Angeblich hatte eines der Dienstmädchen einmal Blutspuren im Badezimmer gesehen, aber das war dummes Gerede.

Vermutlich hatte das Mädchen in der Zeitung von diesen aufgeschlitzten Katzen gelesen und sich irgendetwas zusammenphantasiert.

Das war aber auch zum Gänsehautkriegen, da schnitt einer doch tatsächlich schon seit Jahren immer wieder Katzen auf! Drehte ihnen erst den Hals um und guckte ihnen dann in den Bauch. Was für Verrückte in Berlin herumliefen!

Das war der Krieg, vorher war es nicht so gewesen.

Der Krieg und diese Demokratie.

Ihr Herr Bruder hatte wie üblich recht, es wurde höchste Zeit, dass da einer kam und wieder Ordnung schaffte. Man traute sich ja als Frau kaum noch allein auf die Straße, weil überall Verrückte herumsprangen!

Und dieser Schauspieler, dieser Carl von Bäumer war der Allerschlimmste!

Was hatte es Rosi für Mühen gekostet, auf dem von-Rosskopf-Dinner neben ihm zu sitzen, und dann hatte er sich absolut grauenhaft betragen.

Aber er sah dabei eben so gut aus! Diese tintenblauen Augen, diese blonden Haare und vor allem der Mund, dieser Schmollmund! Einfach unwiderstehlich!

Und sie hatte auch das Gefühl gehabt, er habe ihr gebannt gelauscht, nur sein Abgang, der war ja wirklich skandalös gewesen. Aber sie hätte ihm verziehen, sofort hätte sie sich mit ihm verlobt, nur war er da ja wieder stiften gegangen.

Doch auch das hätte Rosi ihm verzeihen können, allerdings war heute Mittag ein Brief von ihm abgegeben worden, und dieser Brief war der Frechheit Gipfelpunkt!

Lieber Herr Kranz!
Ich bitte um postalische Zusendung meiner Jacke, die ich gestern in Ihrem Haus vergessen habe. Vielen Dank.
C. v. Bäumer

Rosi hätte vor Wut platzen mögen!

Und da in eben diesem Moment gerade ein Leierkastenmann mit seinem Äffchen an ihrer Hintertür klingelte und seine Dienste anbot, da hatte Rosi die Jacke genommen – überhaupt eine unsagbar biedere Jacke für jemanden wie Carl von Bäumer –, dieses grässliche Ding jedenfalls hatte sie genommen und gerade so diesem Bettler geschenkt, sollte der damit glücklich werden.

Zurück schrieb sie diesem schauspielenden Wahnsinnigen nur:

Sehr geehrter Herr v. Bäumer, leider haben wir Ihre Jacke nicht auffinden können. R. Kranz

Das hatte Rosi etwas erleichtert, doch dann war sie nach dem Kaffee zu ihrem Herrn Bruder in sein Arbeits- und Billardzimmer gegangen und hatte diesen in höchster Erregung herumtelefonieren sehen.

Offensichtlich versuchte er noch immer, dieses entlaufene Miststück von einer Katze aufzuspüren! Vollkommen panisch war der!

Und als Rosi ihn fragte, ob er einen türkischen Mokka oder eine Wiener Melange trinken wollte, da warf er ihr einen grässlichen Fluch an den Kopf und brüllte – ja, er brüllte! –, ob Rosi eigentlich wisse, worum es hier gehe?

Natürlich wusste sie das, sie war schließlich nicht dumm: Dieses rote Kätzchen war entwischt, vermutlich als dieser wahnsinnige Schauspieler bei seiner Flucht die Tür zum Garten offen gelassen hatte. Nur musste man deshalb so ein Theater aufführen?

Das sagte sie ihm auch, und als Antwort bekam sie eine Ohrfeige und die gebrüllte Bemerkung, sie solle nicht über Dinge reden, von denen sie nichts verstehe.

Und außerdem wollte er wissen, wo dieses Kreuz aus seinem Schreibtisch sei! Es gehe schließlich nicht an, dass in diesem Haus ständig etwas verschwinde!

Rosi wusste durchaus, wo dieses billige alte Ding hingekommen war. Sie hatte es der von-Rosskopf-Stiftung für den Wohltätigkeitsbasar geschenkt, zusammen mit dem zerbeulten Teekessel und einem mottenlöchrigen Bärenfell, aber sie hatte keinerlei Lust, es Fabian zu sagen, zumindest nicht, solange der nur rumbrüllen und den Briefbeschwerer durch die Gegend werfen wollte.

Wenn er wieder normal war, dann vielleicht. Aber auch nur vielleicht!

—

Kriminalkommissar Paul Genzer tippte gleichermaßen grimmig wie hochkonzentriert und unter ausschließlicher Verwendung der Zeigefinger seinen Bericht zum Fall »Tippfräulein Selbstmord«. Er bemühte sich sehr um Neutralität, aber vermutlich geriet ihm das Ganze doch etwas polemisch, denn aktuell empfand er *Kopf in den Backofen* als ein für Tippfräulein recht passendes Ende.

Wann immer er von der Schreibmaschine aufblickte, fiel ihm der inzwischen noch um die Nachmittagspost angeschwollene Briefhaufen auf Gretas Tischchen in die Augen, und dann hackte er so ärgerlich auf die Tasten, dass sich das R verkeilte.

Schlag achtzehn Uhr setzte er schwungvoll sein *P. Genzer* unter den Bericht, und in der süßen Gewissheit, diesmal bei späterer Lektüre keine peinlichen Schreibfehler vorzufinden, heftete er die Papiere in die dafür vorgesehene Mappe.

Er knallte sie so entschlossen oben auf den Postberg, dass der ganze Haufen ins Rutschen kam und sich über dem Dielenboden verteilte.

Paul lächelte zufrieden, sollte die dumme Gans doch morgen auf allen vieren rumrutschen und den Scheiß auflesen. Er würde es mit Sicherheit nicht tun!

Und noch immer grinsend öffnete er Gretas oberste Schreibtischschublade, entnahm den dort befindlichen Handspiegel und glättete seine ungebändigten Haare.

Mittwochabends hatte er Englisch bei Berlitz – bei einer jungen, goldlockigen Dame, deren Begeisterung für sein *Th* Paul durchaus etwas schmeichelte.

Das Telefon schrillte, um die Zeit musste es Carl sein, und so nahm Paul ab mit den Worten: »Hallo, Kleines, soll ich auf dem Weg vom Berlitz was zum Essen mitbringen? Ich hätte schrecklich Lust auf Buletten im Bett.«

Doch es war nicht Carl.

Jemand, dessen Stimme Paul bekannt vorkam, flüsterte: »Was hat Frau von Volkmann in Hamburg gemacht?«, und legte auf.

—

Patrick O'Kelly saß an einem Fenstertischchen des Café Blumberger, starrte auf den klebrigen gelblich grauen Marmor vor sich und wartete.

Seit zwei Stunden und seit vier Bier saß er schon hier.

Um ihn herum hatten sich Gäste zu verändern begonnen. Bei seinem Eintreffen waren es fast nur junge, unverheiratete Männer in Büroanzügen gewesen, die hier ein gemütliches Feierabendbier mit den Kollegen in die Länge zogen, ältere Tippfräulein, die über einem Glas Schaumwein mit anderen älteren Tippfräulein ausführlich über den Chef lästerten, denn zu Hause warteten nur dünnbelegtes Graubrot und ihre Lesezirkelheftchen auf sie.

Inzwischen jedoch zeigten Berlin und das Café Blumberger ihr Nachtgesicht.

Es fing damit an, dass die sommersprossige Bedienung mit den breiten Hüften abgelöst wurde. Statt ihrer flatterte ein wasserstoffblondes, langbeiniges Wesen umher. Gehüllt in eine Wolke aus künstlichem Blumenduft, drehte es zuallererst das Radio so laut, dass man sich nun nicht mehr hätte unterhalten können, danach tänzelte es zwischen den Tischen herum, entzündete rote, in alten Marmeladegläsern stehende Kerzen und begrüßte die Mehrheit der Gäste mit vertraulichen Wangenküssen.

Auch die Gäste waren nun andere: Hohlwangige Studenten in schon stumpfgrau gewordenen Abendanzügen, aber mit leuchtend roten Halstüchern strömten nun in lautstarken Horden herein, bestellten *Wodka!* und verschwanden sofort wieder; hübsche Fräulein mit makellosen Beinen und aufgemalten Strumpfnähten ließen ihre Kavaliere Kognak *gegen die Kälte* bestellen, enteilten in ihre Pelzmäntel aus Eichhorn und Maulwurf gehüllt dann in Richtung der Tanzpaläste auf dem Kurfürstendamm. Andere Fräulein verlangten Zigaretten, bürsteten ihre Bubiköpfe auf der Toilette noch einmal auf, röteten noch ein letztes Mal ihre Lippen und stürzten alsbald mit vor Lebensgier wie Kunstperlen glänzenden Augen davon.

Nur Patrick blieb, saß über seinem Bier und wartete.

Wo steckte dieses Weibsbild nur?

Sein letztes Geld hatte er für den Schnellzug Hamburg–Berlin ausgegeben, und nun ließ die Schlampe ihn warten! Er wäre ja gegangen, aber er konnte sein Bier erst zahlen, wenn Jordan ihre Schuld beglichen hatte.

Patrick staunte doch immer wieder aufs Neue über die Frechheit dieses Biestes!

Hatte sie also tatsächlich dieses Fliegerass geheiratet, hatte wohl geglaubt, Patrick würde nie davon erfahren, denn die feine Gesellschaft New Yorks mied ihn, seit seine Tasche leer und seine Kehle ewig trocken war.

Aber er hatte es eben doch erfahren!

Seine neuen Freunde aus Chicago erzählten es ihm, und nicht nur das, seine neuen Freunde hatten ihm auch die Reise nach Europa gezahlt, damit er diese Schlampe zur Rechenschaft ziehen konnte.

Und ach, wie sie vor ihm gezittert hatte! Vor ihm und seinem Zorn, dem Zorn ihres rechtmäßig angetrauten Ehemannes, den sie so schnöde von sich gestoßen hatte, als ihn das Börsenglück verließ.

Scheidung war Sünde, was Gott zusammengeführt hat, das soll der Mensch nicht trennen! Scheidung war für Patrick nie eine Option gewesen!

Aber schlimmer noch als Scheidung wog die Sünde der Bigamie, von Jordan wissentlich begangen!

Gott würde Jordan strafen, mit Feuer und Schwert. In die tiefsten Tiefen des ewig lodernden Höllenfeuers würde er sie stürzen, während Gott ihn für seine Treue belohnen würde. Doch Gottes Lohn bekam man bedauerlicherweise erst im Jenseits, und auch im Diesseits musste man eben sehen, wo man blieb.

Und es war einfach nicht gerecht, dass diese ehebrecherische Schlampe in Saus und Braus lebte, während er darbte, während er oft nicht wusste, wovon er seinen Durst stillen sollte.

Es war wirklich nur recht und billig, dass sie ihn an ihrem Glück teilhaben ließ. Ohne ihn und all die feinen Zwirne, die sie von seinem Geld gekauft hatte, wäre sie doch immer noch nur die nuttige Tochter eines Provinzsenators und nicht Frau von Volkmann, Witwe eines schwerreichen Fliegerasses.

Ob Jordan zu all ihren Sünden auch noch die Sünde des Mordes hinzugefügt hatte?

Hatte sie diesen armen Trottel selbst um die Ecke gebracht?

Wohl eher nicht, sie war ja bei ihm in Hamburg gewesen, hatte ihn mit Tränen und Küssen umzustimmen versucht, aber vielleicht hatte es einer in ihrem Auftrag getan?

Es war doch schon seltsam, dass das gute Fliegerass keine vier Wochen nach der Eheschließung einem Unfall zum Opfer fiel.

Und Jordan brachte Männer dazu, so ziemlich alles zu tun.

Oder war es am Ende gar kein Unfall gewesen, sollte sie ihn in den Selbstmord getrieben haben? Um an sein Geld zu kommen, das Geld, von dem Patrick jetzt seinen gerechten Teil abhaben wollte?

Wo nur blieb die Schlampe?

—

So eine Geisterbeschwörung war wie Soufflémachen – eine verflixt komplizierte Sache!

Man musste ganz schön aufpassen, dass da nix schiefging, weil da, soweit Effi dank ihrer umfassenden Lektüreerfahrung von »Die Geisterstunde – gruselige Geschichten aus dem schottischen Hochmoor« wusste, gern mal was danebenlief.

Sie kannte sich zum Glück aus, nur leider waren die richtigen Zutaten so schwer zu bekommen.

Es fing schon bei dem schwarzen Huhn an. Zwar hatte es glücklicherweise gerade heute Hühnerklein gegeben, doch woher sollte sie wissen, welche Farbe das Federkleid dieses Viehs ursprünglich hatte?

Die Köchin hatte schon vor drei Wochen ein ganzes Dutzend Hühner gekauft, gerupft und in den Eiskeller gesteckt. Natürlich konnte sie nach so langer Zeit nicht mehr sagen, ob da ein schwarzes drunter gewesen war.

Und außerdem zögerte Effi, ob Hühnerklein in Pilzsoße grundsätzlich galt. Am Ende hatte sie sich dagegen entschieden und das Ganze selbst gegessen.

Dafür hatte sie sich ein echt silbernes Vorlegemesser beschafft, mit dem sie ihr Jungfrauenblut zutage fördern würde, und mit der Kerze vom Ostergottesdienst sogar ein gewissermaßen geweihtes Licht.

Effi hoffte sehr, dass das reichen würde, ihren toten gnädigen Herrn zu beschwören.

Als Geheimwaffe besaß sie auch noch eine fast komplett schwarze Katze, doch Effi mochte das liebe Fräulein Leisegang wirklich nur ungern opfern!

Sie würde den Gnädigen fragen, warum er denn spuke und ob sie ihm vielleicht helfen könne. Außerdem wollte sie ihn bitten, nicht im Dienstbotenbad umzugehen, weil das gehörte sich wirklich nicht!

Und wenn der gnädige Herr dann schon mal erschienen war und einen gutgelaunten Eindruck machte, dann würde sie ihn gleich noch fragen, in wen Haie Weber, der niedliche Chauffeur des Herrn Kranz, verliebt sei. Der lächelte Effi nämlich immer zu, aber die Köchin meinte, der sei ein Taugenichts und ein Weiberheld.

Zum Glück hatte die Köchin mittwochs ihren freien Abend, sonst hätte die bestimmt gefragt, wo Effi abends um elf noch hinwollte, im Nachthemd und mit Fräulein Leisegang unter dem Arm. Aber die Köchin war mit ihrem Schupo im Kintopp, die kam nicht vor zwölf, bis dahin musste Effi die Beschwörung aber fertighaben, sonst würde es ein Donnerwetter und womöglich eins mit dem Teiglöffel über die Kehrseite geben.

Hoffentlich machte es dem gnädigen Herrn nichts aus, dass noch nicht Geisterstunde war?

Und hoffentlich erschien er schnell, nur mit Nachthemd unter dem Mantel war es nämlich ziemlich frisch im Garten. Aber eine Beschwörung musste eben in einem wallenden Gewand unter freiem Himmel stattfinden, und so presste Effi das schnurrende Fräulein Leisegang fest an sich und schritt rasch aus.

Sie fror, doch sie wollte zu dem kleinen weißen Pavillon. Den hatte der Gnädige zu Lebzeiten sehr gemocht, also würde er da bestimmt auch gern herumspuken?

Es war eine rechte Nacht für Geisterbeschwörungen, windig und nasskalt.

Effi war ziemlich gruselig zumute. Überall knarzte, raschelte und trippelte es. Ihre Füße in den etwas großen Gummigaloschen machten schauerlich schmatzende Geräusche, und wann immer sich die Wolken verzogen, warfen die Bäume im silbrig weißen Mondlicht Schatten auf den Rasen.

Wie nur sollte sie den gnädigen Herrn anlocken?

Sie besaß natürlich all die notwendigen Utensilien, aber man musste bekanntlich auch etwas singen.

»Die Geisterstunde« hatte sich in diesem Punkt leider sehr bedeckt gehalten, da stand nur: *In eisiges Dunkel gehüllt hauchte der große Miomar die düsteren Sprüche.*

Effi war sich nicht sicher, was besser sei: *Abrakadabra* zu flüstern oder das Lied vom Frauenzimmer Sabinchen zu trällern. Das war das einzige Lied, das Effi auswendig konnte und das man vielleicht düster nennen konnte.

Sie beschloss schließlich, immer im Wechsel zu singen und *Abrakadabra* zu murmeln, außerdem summte sie auch noch *Ooooooommmmm,* und Fräulein Leisegang schnurrte dazu.

Es schien ziemlich gut zu klappen.

Sie sah die reglose Gestalt auf dem Bänkchen im Pavillon schon von weitem. Stumm und starr saß dort ein Mensch, unbeweglich im böigen Nachtwind.

Aber das schien nicht der gnädige Herr zu sein!

Plötzlich ging Effi auf, dass sie ja keine Garantie hatte, dass der richtige Geist erschien!

Am Ende materialisierte sich da ihr Herr Papa!

Jetzt wurde Effi richtig gruselig. Den Herrn Papa, den hatte sie nie gemocht, der hatte getrunken und sie und ihre Mama mit dem Gürtel vertrimmt, und niemand war traurig gewesen, als der sich eines Tages im Suff das Genick gebrochen hatte.

Zehn Jahre war das jetzt her, aber Effi dachte noch immer sehr ungern an ihren Herrn Papa. So ungern, dass sie nicht mehr recht wusste, wie er ausgesehen hatte – doch das reglose Gespenst schien ihr deutlich schlanker.

Das war eine Frau, die Enden eines Schals flatterten im Wind.

Am Ende Tante Ella, die vorletzten Herbst im Kindbett gestorben war?

Am liebsten hätte Effi umgedreht und sich unter der Decke verkrochen, aber der Gedanke an den womöglich im Badezimmer spukenden Gnädigen hielt sie ab.

Vielleicht konnte Tante Ella ja für Effi mit dem gnädigen Herrn sprechen?

Tante Ella war lieb und lustig gewesen, und außerdem legten Effi und ihre Mama zum Totensonntag immer ein Gesteck auf ihr Grab, also würde sie ihr bestimmt gerne helfen.

»Tantchen«, rief Effi deshalb nun aus und ließ Fräulein Leisegang vom Arm.

Das Gespenst war ja schon mal da, da brauchte man kein Jungfernblut mehr zu vergießen und zum Glück auch keine Katzen zu opfern.

»Tantchen?«

Tante Ella bewegte sich nicht.

Das war seltsam, zu Lebzeiten war sie dauernd am Rumhopsen gewesen, und Mama hatte manchmal ausgerufen: *Ella, du hast einen Propeller im Po!*

»Tantchen«, rief Effi abermals und nahm immer zwei Stufen zum Inneren des Pavillons auf einmal. »Tantchen Ella!«

Aber es war nicht die liebe Tante, die dort so aufrecht und starr saß.

Das war Frau von Volkmann!

—

»Deine Katze macht überallhin!« Anklagend zeigte Carl auf die über den schönen gelben Spannteppich verteilte Erde. Die Erde stammte aus dem Blumentopf mit der Yuccapalme. »Das musst du ihr abgewöhnen!«

»Kauf ihr halt eine Sandkiste, oder lass sie morgens und abends ein bisschen auf den Dachbalkon, die langweilt sich doch eh zu Tode.« Paul zuckte die Schultern, hängte seinen Hut an den Haken und gab Carl einen Kuss auf die Stirn: »Schön, wieder heimzukommen, wenn einem ein solcher Empfang bereitet wird.«

»Aber stimmt doch! Und außerdem weißt du, dass ich mich freue, dass du da bist. Ich freue mich schließlich immer! Und ich hab sogar deine Hemden wieder von der Reinigung geholt.«

»Ich kann dir gar nicht sagen, wie froh ich bin, wenn wir Freitagabend im Zug sitzen! Ich hab so die Schnauze voll. Greta hat den ganzen Tag krankgefeiert, und dann hab ich Kapp losgeschickt, um den Kranz zum Verschwinden Lottis zu befragen, aber Kranz ist nicht da. Der ist wohl schon wieder auf Geschäftsreise, allerdings sehr spontan. Am Ende hat der die Kleine umgebracht und ist jetzt auf der Flucht.« Paul seufzte tief und drückte Carl seine Berlitzunterlagen sowie eine warme, reichlich fettige Tüte mit Buletten in Brötchen in die Hände. »Wir essen im Bett, oder? Aber ich muss vorher noch duschen, ich hab das Gefühl, ich klebe!

Ich war heute an so einem Tatort im Osten, das Zimmer von so einem Tippfräulein, das war mit Abstand das Dreckigste, was ich diese Woche gesehen habe. Die kann seit Monaten keinen Schwamm mehr in die Hand genommen haben. So viele Silberfischchen auf einem Haufen sieht man selten. Ich hab Kapp welche eingefangen, für seine Braut, die forscht doch an denen. Hast du deine Jacke wieder?«

»Ich mixe dir einen Gin-Fizz, weil es so ein harter Tag war«, erklärte Carl und beeilte sich, außer Hörweite zu kommen.

Er hatte Paul gegenüber behauptet, die Jacke in seiner UFA-Garderobe vergessen zu haben. Das wäre zwar auch kein Heldenstück gewesen, aber immer noch besser als die Wahrheit – auf der Flucht vor heiratswütiger Fabrikerbin geopfert. Und jetzt rückte das miese Weibsbild die Jacke nicht mehr raus! So etwas Boshaftes!

Carl hätte vor Wut platzen können, doch dann hatte gegen späten Nachmittag ihr Herr Bruder angerufen, ziemlich aufgelöst, ob Carl vielleicht ihre Katze gesehen hätte. Ein kleines rotes Katerchen, sehr zahm.

Voll innerer Befriedigung hatte Carl da fest erklärt, er

wisse nicht, wovon Kranz spreche. Er habe kein Katerchen gesehen, weder rot noch blau getupft, danach war er zu Horatio gegangen und hatte ihm ein Scheibchen Leber-Pâte zerdrückt. Zur Belohnung, weil er so schlau gewesen war, aus diesem grässlichen Haushalt zu verschwinden.

Eigentlich seltsam, als Kranz anrief, hatte er keine Geschäftsreise erwähnt. Ja, er hatte sogar gesagt, er sei den ganzen Abend zu Hause, falls Carl doch noch einfiele, dass er das Tier irgendwo gesehen habe.

»Paul?«, rief Carl deshalb, aber das plötzlich auftretende Geräusch von rauschendem Wasser zeigte ihm an, dass er sich mit seiner Mitteilung über den spontanen Entschluss Kranz' wohl noch etwas würde gedulden müssen.

Dafür war da schon wieder ein Haufen Katzenscheiße, diesmal im Topf des Gummibaums!

Sie brauchten wirklich eine Sandkiste!

Mit dem Kaminbesteck begann Carl, das Problem zu beseitigen, doch dann stutzte er.

Da funkelte etwas.

Ein Edelstein?

Ach was, das funkelte nicht nur, das glühte geradezu.

Das war kein gewöhnlicher Edelstein!

Das war ein roter Rubin, und wenn Carl seine Bildung nicht im Stich ließ, war das auch nicht irgendein Rubin! Das war der seit der Russischen Revolution verschwundene Rubin, den die Zarin einst aus Dankbarkeit dem Wunderheiler ihres Sohnes schenkte; das war die Blutträne Baba Jagas!

Donnerstag, 22. Oktober 1925

Fabian Kranz lief über ein verlassenes Bahngleis des Stettiner Bahnhofs.

Der Nachtzug nach Danzig würde um zwei Uhr fünfundvierzig fahren, da wäre er um kurz vor fünf in der Hafenstadt und spätestens gegen Mittag in Hamburg. Das war zwar ein Umweg, aber es gab um diese Uhrzeit keine bessere Verbindung. Von Hamburg würde er sich einschiffen, wohin eben das nächste Schiff ging, nur weg.

Sie haben den Rubin also nicht finden können? Das ist wirklich ein Jammer.

Muskel-Adolf hatte tatsächlich betrübt geklungen, so als bedauere er es, Schritte einleiten zu müssen, und bevor er weitergesprochen hatte, hatte sich ein tiefer Seufzer seiner Brust entrungen.

Ich gebe Ihnen bis Mitternacht, um Ihre Angelegenheiten zu ordnen. Sie müssen leider verstehen, wir als Ringverein können so etwas nicht hinnehmen, auch wenn Sie nach Ihrer Aussage keine persönliche Schuld trifft. Es ist wirklich ein Jammer, dass es so weit kommen muss.

Und dann hatte er einfach aufgelegt.

Fabian wusste, was das bedeutete, oder er glaubte zumindest, es zu wissen. Aber er hatte nicht vor, sich einfach so abknallen zu lassen!

Gleich nach dem Gespräch hatte er sich flüchtig von Rosi verabschiedet. Er hatte ihr gesagt, er müsse spontan auf eine Geschäftsreise nach Paris, sollte die dumme Pute doch Muskel-Adolfs Bluthunde nach Frankreich locken.

Dann hatte er einen kleinen, unauffälligen Koffer richten lassen, nur ein paar Hemden, etwas Wäsche, und während sein Diener noch packte, war er an den Safe gegangen, hatte das komplette dort deponierte Bargeld und den Erbschmuck geholt und danach begonnen, die Wertgegenstände auf seine diversen Hosen-, Hemden- und Manteltaschen zu verteilen. Im Anschluss daran hatte er eine Taxe bestellt und diese leer zum Bahnhof Zoologischer Garten fahren lassen, ohne mitzufahren.

Er selbst war durch den Lieferanteneingang des Hauses hinausgeschlichen und mit der Elektrischen zum Stettiner Bahnhof gefahren.

Da war es schon auf elf zugegangen, aber er hatte trotzdem an das Fenster des Pfandleihbüros Kunz geklopft. Der alte Stielaugen-Kunzi verließ doch niemals seinen Bau, und auch heute war er nach einiger Zeit hinter dem Fenstergitter erschienen, hatte Fabian mit Nachtmütze und altmodischem Schlafhemd die Tür geöffnet.

Für den Erbschmuck hatte er ihm natürlich nur einen lächerlichen Bruchteil des Wertes gezahlt, doch Fabian brauchte das Geld jetzt und sofort, das hatte sich sehr negativ auf den Preis ausgewirkt.

Und dann war es plötzlich Viertel nach zwei und Fabian ein wenig überrascht, noch zu leben. Offensichtlich waren Muskel-Adolfs Schergen tatsächlich auf den Trick mit dem Bahnhof Zoologischer Garten hereingefallen, noch eine halbe Stunde, und er wäre in Sicherheit.

An die Zukunft der Buntstiftwerke und an die Zukunft seiner Schwester durfte er jetzt nicht denken.

Jetzt ging es um das nackte Überleben.

All die Jahre war der Diamantenschmuggel gutgegangen, es war lächerlich einfach gewesen. Dieses Faktotum von einem Großfürsten verkaufte Marian die Steine zu einem wirklich günstigen Preis, angeblich, weil der Großfürst sich einen Freund von Marians Vater nannte.

In Wahrheit war es Zarenschmuck, gestohlen im allgemeinen Durcheinander der Revolution und dann außer Landes gebracht, doch dem alten Russen lag daran, dass keine allzu offensichtliche Verbindung zwischen ihm und den Juwelen bestand. Er bangte um seine Sicherheit. Er fürchtete den Zorn der Royalisten, sollte sein Diebstahl bekannt werden, und Marian sorgte sehr gewissenhaft dafür, dass sich die Spuren verliefen.

Marian schien den Alten zu mögen. Er hatte eine Schwäche für dessen endlose Erzählungen, für dämmrige Nachmittagsstunden voll Schwarztee mit Kirschmarmelade und Erinnerungen.

Fabian hatte meistens nur dumm danebengesessen, denn obwohl sich die beiden aus Gründen der Höflichkeit stets zunächst des Deutschen bedienten, glitten sie doch jedes Mal rasch in eine wilde Mischung aus Französisch, Russisch und Polnisch ab. Fabian beherrschte keine der drei Sprachen auch nur annähernd so gut, als dass er einer lebhaft geführten Unterhaltung hätte folgen können.

Überhaupt schien Fabians Beteiligung eher ein Akt der Nächstenliebe als eine tatsächliche Notwendigkeit. Wenn man ehrlich war, hätte der Pole die Katzen mit den Diamanten im Bauch auch wunderbar allein über die Grenze schaffen können. Doch als Fabian nach dem Tod seines Vaters dem Freund von seinen finanziellen Schwierigkeiten erzählte, da trat Marian mit der Idee einer Zusammenarbeit an ihn heran.

Vielleicht hatte der Pole allein auch Skrupel?

Marian war grässlich zimperlich. Im Grunde war es der Anfang vom Ende ihrer guten geschäftlichen Beziehung gewesen, als Marian erfuhr, dass Fabian die Katzen einfach aufschnitt, um wieder an die Edelsteine heranzukommen.

Warum auch endlos warten und dann noch in Exkrementen wühlen?

Marian war wirklich eine Zimperliese!

Marian hatte sich auch rundheraus geweigert, die Blutträne aus der Sowjetunion zu schmuggeln – viel zu gefährlich! Dabei war es einfach gewesen, man musste nur die polnischen Grenzkontrollen umgehen, und auch das war eigentlich übertriebene Vorsicht.

Es war alles so gut gelaufen, und dann war dieses Mistvieh von einem Kater verschwunden! Es war doch nicht zu glauben! Wo mochte das Biest nur hin sein?

Eigentlich war es Fabians ureigene Schuld, er hätte dem elenden Stück Dreck einfach gleich den Hals umdrehen sollen, statt noch lange zu warten. Dann wäre das alles nicht passiert, und er läge nun behaglich in seinem Bett, statt sich auf der Flucht vor Muskel-Adolfs Killern halb totzufrieren.

Fabian starrte seine Hände an, große, starke Hände. Es war ihm nie schwergefallen, sie um die schmalen Katzenhälse zu legen.

Manchmal hatte er gedacht, es falle ihm deshalb so leicht, weil seine Hände in jener längst vergangenen Dezembernacht ihre Unschuld verloren hatten.

Ach, Esther!

Er hatte es nicht gewollt, er hatte für einen einzigen Moment die Beherrschung verloren. Sie hatte ihm gesagt, dass sie schwanger war – schwanger von diesem grauenhaften Hallodri Max von Volkmann.

Hatte sie denn nicht gemerkt, was Max für ein Mensch war?

Wie dumm? Wie oberflächlich?

Was fanden die Frauen nur an diesem blonden, aufgeblasenen Operettenhelden?

Auch die arme kleine Lou Sad, die ihm bis ganz zum Schluss seine leichtfertig dahingeplapperten Liebesschwüre glaubte, die ihm jedes Mal wieder verzieh, wenn er nach seinen Eskapaden angekrochen kam?

Und wie sich der Baron von Rosskopf aufgeregt hatte, als er ihm von Esthers Kummer erzählte.

Ach, Esther! Warum nur?

Er hätte ihr geholfen, natürlich hätte er ihr geholfen, damals war Geld kein Problem.

Aber es hatte diesen einen Moment der Unbeherrschtheit gegeben, diesen einen kurzen Moment, in dem er sie von sich stieß.

Er hatte sie nicht töten wollen!

Es war ein Unfall gewesen.

Ihn traf keine Schuld.

Genau wie ihn am Verschwinden des Rubins keine Schuld traf.

Was konnte er dafür, wenn diese dämliche Katze weglief?

Noch zehn Minuten, dann würde der Zug einfahren. Der Bahnsteig war noch immer leer, doch nun betrat ein Mann ihn.

Fabian musterte ihn, so gut es bei den beschränkten Lichtverhältnissen ging. Er schien ihm harmlos, massig, breit, in einem etwas abgetragenen Mantel – wohl ein besserer Bauer, vielleicht wegen des Erwerbs einer Landmaschine in der Hauptstadt oder wegen eines Kredits?

Obwohl der Mann ihn nicht weiter beachtete, begann Fabian heftig zu schwitzen.

Und da hatte er all die Jahre gedacht, der Tod wäre für ihn eine Erlösung, aber jetzt, jetzt wollte er nicht sterben!

Er wollte und er würde leben und in Amerika noch einmal ganz neu anfangen!

»Entschuldigen Sie, ist das der Zug nach Danzig?«, fragte der Mann.

Er war nun vor Fabian stehen geblieben, sah ihn aus seinem breiten, offenen Bauerngesicht direkt an. Der Mann hatte braune, von der Sonne ausgeblichene Haare, Sommersprossen auf den Wangen und sanfte himmelblaue Augen.

Der Mann hatte gar keinen Koffer!

Warum hatte er keinen Koffer?

»Immertreu betrügt man nicht ungestraft«, sagte der Mann und, vielleicht weil er die Überraschung in Fabians Zügen sah, fügte noch freundlich lächelnd hinzu: »Stielaugen-Kunzi steht auf Muskel-Adolfs Lohnliste.«

Dieser Satz und das Quietschen des einfahrenden Zuges waren das Letzte, was Fabian Kranz hörte.

—

Am Samstagmorgen um vier Uhr früh würde Kriminalkommissar Paul Genzer sein Gesicht in die Wärme von Carls Schlüsselbeinkuhle pressen.

Vermutlich wäre ihm ein wenig heiß, denn sie nahmen immer gleich zwei beinahe glühende Wärmflaschen mit ins Bett und heizten darüber hinaus den grünen Kachelofen in der Küche kräftig ein.

Der Geruch des frisch befeuerten Ofens würde sich ausbreiten, es würde nach leicht feuchten Daunenfedern und nach Meer riechen.

Überhaupt wäre das Meer allgegenwärtig. Sein Geruch, sein donnerndes Tosen, sein Anblick, sobald man ans Fenster trat.

Vielleicht würde auch Carl schon ein wenig nach Meer duften?

Vielleicht hätten sie einfach nur ihr Gepäck in die süßlich nach Winteräpfeln müffelnde Diele gestellt, hätten sich in ihr Ölzeug geworfen und dem nächtlichen Strand einen Besuch abgestattet?

Wie Paul sich nach der Salzluft sehnte, nach dem Geräusch des aneinanderreibenden Seegrases!

Wie Paul sich danach sehnte, irgendwo anders als im Garten der von-Volkmann-Villa zu sein, wo er gerade im Regen stand und mit einer vollkommen aufgelösten Zeugin sprach.

»... das Jespenst des jnädigen Herrn war's! O janz sicher!« Das Dienstmädchen, das die tote Witwe von Volkmann gefunden hatte, schluchzte abermals laut auf und rieb sich mit ihren Kinderfäustchen die im Licht der Polizeilaternen nass glänzenden Wangen und Augen. »Er hat sie zu sich ins Totenreich jeholt.«

Der zuständige Schupo, offensichtlich ein Kavalier der von Volkmannschen Köchin, tätschelte dem Mädchen die Schulter, erklärte zum bestimmt zehnten Mal: »Nein, Effi, es gibt keine Gespenster. Dein gnädiger Herr hat nichts damit zu tun.«

»Frau von Volkmann hat sich selbst erschossen«, bemerkte Kommissar Paul Genzer und beobachtete müde, wie der Polizeifotograf Pix trotz der schlechten Lichtverhältnisse versuchte, eine halbwegs passable Tatortfotografie zustande zu kriegen. »Schau doch, Mädchen, sie hat die Pistole ja noch in der Hand.«

Dann wandte er sich an den Schupo und fragte: »Haben Sie eine Ahnung, wo Frau von Volkmann die Waffe herhat?«

»Ich bin mir nicht sicher, Herr Kriminalkommissar Genzer«, entgegnete dieser angenehm zackig. »Ich nehme aber stark an, dass es die Kriegsmauser ihres verstorbenen Herrn Gatten ist, Herr Kriminalkommissar Genzer.«

Paul nickte und betrachtete gähnend die tote Witwe, wie sie sehr aufrecht und inzwischen vollkommen durchnässt auf der gusseisernen Bank saß, die leblosen Augen weit aufgerissen und ins Leere starrend.

Noch ein Selbstmord im Hause von Volkmann, wenn auch diesmal die Gründe offensichtlicher waren.

Obwohl sie Paul recht gefasst vorgekommen war, hatte sie wohl den Tod ihres Gatten einfach nicht ertragen. Eine Kurzschlussreaktion, die sich auch damit deckte, dass Carl ihm erzählt hatte, sie wolle die Villa verkaufen, die Erinnerung sei ihr zu schmerzhaft.

»Herr Kriminalkommissar Genzer, ich würde Sie gerne einen Moment unter vier Augen sprechen«, riss der Schupo Paul aus seinen Gedanken, und nachdem sie das noch immer schluchzende Dienstmädchen an die Köchin übergeben hatten, erklärte er: »Wenn Sie mir eine Meinung gestatten, Herr Kriminalkommissar Genzer, dann erlaube ich mir, darauf hinzuweisen, dass Frau von Volkmann ihre Dienstboten stets anwies, für sie das Besteck verkehrt herum aufzulegen. Das Messer links, die Gabel rechts. Sie war Linkshänderin.«

Paul nickte und starrte die Leiche an.

Die Pistole lag in der rechten Hand.

—

Es war eine Dose Bierwurst und irgendwie auch nicht.

Willi wurde im Leben kein Dichter.

In der Schule hatte er sich durch den deutschen Aufsatz gerettet, indem er alles und jedes dahingehend interpretierte, dass Deutschland Kolonien brauchte. Das passte immer und reichte gewöhnlich für ein Gut.

Aber nun stand er in Christines nächtlicher Küche, ein Buttermesser in der einen Hand und diese Dose mit Bierwurst in der anderen.

Wenn Willi nachts nicht schlafen konnte, machte er sich immer ein Brot. Willi vertrat die These, dass nächtliche Grübeleien allein auf Hunger zurückzuführen seien. Wenn man nachts grübelte, hatte man Hunger, auch wenn man es vielleicht nicht merkte. Jedenfalls wurde es mit essen besser, folglich: Hunger.

Und nun das!

Noch immer starrte Willi die Dose an, ärgerlich jetzt. Es kam ihm einfach nicht richtig vor, in Christines Küche Bierwurst von seinem Schwiegervater zu essen.

Er konnte gar nicht sagen, wieso. Schließlich war es ganz regulär in der Metzgerei erworbene Bierwurst, keine schwarzgeschlachtete. Er würde noch enden wie sein Bruder oder sein Ältester, Konrad, – beide so vergeistigte Geschöpfe!

Beispielsweise weigerte Konny sich neuerdings, den Sonntagsbraten zu essen, weil er lebendige Schweinchen so mochte und es *gemein* fand, sie zu braten. Willi wusste, er hätte den Jungen ordentlich vertrimmen sollen, und Gusta lag ihm damit ständig in den Ohren, aber auch hier spürte er einen tiefen inneren Widerwillen.

Das war Christines Schuld.

Christine hatte etwas, das einen zwang nachzudenken. Wenn es nicht beruflich notwendig war, dachte Willi nicht besonders gern nach.

Das führte nur zu Scherereien.

Man musste die Dinge hinnehmen, wie sie waren, das hatte er im Krieg gelernt.

Und wenn man dachte, es sei zu schlimm, man könne das nicht ertragen, dann musste man die Zähne zusammenbeißen. Es gab sehr viel, was man noch ertragen konnte, wenn man eigentlich dachte, es gehe nicht mehr.

Das Licht der Straßenlaterne fiel durch das Fenster, so hell, man brauchte gar keine Lampe in diesem Schattenreich.

Noch immer hielt Willi die Dose in der Hand. Das Buttermesser hatte er inzwischen auf den Küchentisch gelegt. Er fror ein wenig, er war barfuß, in Schlafanzughosen, und die Kälte der glatten Fliesen kroch langsam seine Beine hoch.

Als er das erste Mal in dieser Küche gestanden hatte, da war es drückend heiß gewesen – so heiß, es ging das Gerücht, auf der Avus draußen schmelze blasenschlagend der Asphalt.

Er hatte Christine zufällig getroffen, schon um Ostern, in einem Buchladen, als Konrad und er für den Jungen nach einer Belohnung für das gute Zeugnis gesucht hatten. Er hatte sie sofort erkannt, obwohl sie ihre braunen Locken nun als Bob trug, aber er hätte sie nicht gegrüßt. Sie war es gewesen, die seinen Namen durch das Geschäft gerufen hatte.

Sie hatte ihnen dann erzählt, sie habe Probleme mit einem nicht schließenden Fenster, und Konrad hatte erwidert, sein Papa werde das bestimmt reparieren können, sein Papa könne alles reparieren.

Zu allem Überfluss war der Bengel ja auch noch vorlaut!

Und irgendwie war Willi dann also im Mai in dieser Küche gelandet und hatte ein nicht schließendes Fenster repariert. Es war unerträglich heiß gewesen, und Christine trug einen weißen Leinendress, dessen helle

Schlichtheit Willi an ein Kriegshochzeitskleid erinnerte, wie sie es nie für ihn getragen hatte. Nachdem dieses verdammte Fenster repariert war, hatte er entschieden ihren Eistee abgelehnt, hatte hastig seine Sachen zusammengepackt und war gegangen.

Trotz der Hitze war er die kompletten drei Etagen hinuntergerannt. Er wollte nur noch weg, weg von dem ewig leicht spöttischen Klang ihrer Stimme, weg vom schweißfeuchten Glanz ihres Brustansatzes, einfach nur weg.

Er hatte schon eine Ehefrau und eine Geliebte.

Er hatte sich schon einmal vor ihr lächerlich gemacht, er hatte kein Bedürfnis, die Erfahrung zu wiederholen.

Er war schon schwitzend und atemlos im Parterre gewesen, als er es merkte: Er hatte seinen Hut vergessen.

Als Christine ihm die Wohnungstür geöffnet hatte, hatte sie nur noch einen sehr kurzen Seidenkimono getragen. Der Hitze wegen. Zumindest hatte sie das gesagt, denn während sie ihm unbefangen lachend suchen half, hatte er ihre braungebrannten Beine betrachtet und sich gefragt, ob sie den Hut nicht vielleicht versteckt haben könnte. Die Vorstellung, Opfer derart raffinierter weiblicher Verführungskünste zu werden, hatte Willi ganz ungemein behagt, und als sie schließlich einen Highball auf den glücklichen Fund vorgeschlagen hatte, hatte er sich einen großen erbeten, mit wenig Eis.

Später, sie hatten schon auf dem kratzigen Perserteppich des Wohnzimmers gelegen und durchs Fenster die grellen, den Nachthimmel zerreißenden Blitze beobachtet, später hatte sie gefragt: »Warum hast du mich nicht schon früher zu deiner Geliebten gemacht?« Daraufhin hatte er geschwiegen, hatte sie stattdessen geküsst. Er wollte nicht lügen, und die Wahrheit konnte er nicht sagen. Die Wahrheit hätte gelautet, sie würde niemals seine Geliebte sein. Sie könnte immer nur eines sein: seine Frau. Die eine, für die man treu sein wollte.

Am Anfang hatten sie oft darüber gesprochen, was hätte sein können, und dann stritten sie heftig, wer von ihnen beiden Schuld daran trug, dass die Dinge so durcheinandergeraten waren. Sie stritten gern, sie stritten gefahrlos, sie wussten beide, sie würden sich wieder versöhnen, und manchmal stritten sie auch nur um der Versöhnung willen.

Sie sprachen nie darüber, dass Willi Gusta und seine Kinder würde verlassen müssen, aber Willi wusste, dass es so kommen würde.

Das machte ihm Angst.

Während des Krieges hatte Willi einmal über acht Stunden in einem Granattrichter gelegen, halb bedeckt von Schutt und von den langsam erkaltenden Innereien seiner Kameraden. Er hatte sich nicht bewegen können, weil ein Zementpfeiler ihm den Fuß zertrümmert hatte, und keine Handbreit von seinem Gesicht entfernt verblutete der Gefreite Lindberg, der Schuhmachergeselle Ulli, Liebhaber strammer Frauen und passionierter Doppelkopfspieler.

Willi hatte immer geglaubt, wer das überstanden habe, habe vor nichts mehr Angst – aber es stimmte nicht.

Wie so vieles nicht mehr stimmte, seit er seinen Hut bei Christine vergessen hatte.

Bei einer Auseinandersetzung mit Gusta hatte Willi zum Beispiel Angst davor, Konrad zu verlieren. Konrad war ihm von all seinen Kindern das liebste, obwohl er seinetwegen Gusta hatte heiraten müssen.

Paulinchen kam nach ihrer Mutter, die war schon jetzt eine dumme Gans – und die beiden Kleinen? Die waren noch zu jung, als dass Willi hätte sagen können, ob er sie mochte oder nicht.

Das im Februar erwartete? Da konnte er sich nicht mal dran erinnern, es gemacht zu haben. Vermutlich war er dabei also noch betrunkener als gewöhnlich gewesen.

Das Metall der Dose in Willis Hand wurde langsam warm. Die Schweine, deren Fleisch in der Dose war, die hatte sein Schwiegervater selbst geschlachtet.

Vor seinem Schwiegervater, dem alten Metzgermeister Greif, hatte Willi am meisten Angst. Der Alte war der einzige Mann, den Willi kannte, der ihm körperlich überlegen war. Der einzige, der härter und gemeiner zuschlug als er selbst.

Willi bezweifelte ernsthaft, dass der Metzgermeister von der Idee einer Scheidung sehr angetan wäre. Dazu kam dieser feiste Geselle, dessen Namen Willi sich nie merken konnte, der aber immer so hinter Gusta herscharwenzelte, der unterstützte den Alten bestimmt noch.

»Kannst du wieder nicht schlafen?« Christine stand plötzlich in der Küche, zerzaust, im Kimono und noch immer mit ein wenig verquollenen Augen, weil sie um den armen Georgie geweint hatte.

Georgie, der vielleicht eine Chance auf ein klein wenig Glück gehabt hätte, wäre er nicht vorher gestorben.

Georgie, der aus dem Heim ins Ungewisse ausgerissen war mit der Hoffnung, es irgendwann vielleicht besser zu haben.

Wäre Georgie feige gewesen, er würde noch leben, und auch Graf Sawicki würde noch leben, Hans von Brunnen wäre niemals zum Mörder geworden und doch ..., der Junge war so glücklich gewesen an jenem letzten Morgen. So restlos glücklich.

»Hast du Hunger? Soll ich dir eine Milch machen?«

Willi nickte und dachte an die junge Christine von einst, die Doktorentochter mit den schneeweißen Häkelhandschuhen, und an die Christine von heute, die vielleicht damals seinen Hut versteckt hatte. Er dachte an das kommende Baby von Christine und an das kommende Baby von Gusta, an das kalt blitzende Schlachterwerkzeug seines Schwiegervaters dachte er auch. Vor allem aber dachte er an das Glück in Georgies Augen, und mit derselben Mischung aus Mut und Verzweiflung, mit der er seinerzeit schließlich seinen zertrümmerten Fuß befreit hatte, sagte er: »Wenn ich dich heute wieder fragen würde, wäre die Antwort immer noch Nein?«

—

Alfred Kapps Miriam hatte keinen Urlaub genommen. Sie konnte ihre Zellkulturen nicht lange allein lassen und wollte ihre Babys auch niemand anders längere Zeit anvertrauen, aber sie planten doch, während Alfreds bevorstehender dienstfreier Tage ein wenig zu unternehmen.

So wollten sie über das nun anstehende Wochenende nach Wien reisen, Miriams Herrn Papa besuchen und vielleicht einmal vorfühlen, ob der alte Herr Professor seine Meinung bezüglich Alfred als Schwiegersohn – *ein Scherenschleifer!* – inzwischen etwas revidiert hätte.

Trotz Promotion in Chemie und mehr oder weniger wilder Ehe mit dem protestantisch getauften Alfred, war Miriam in diesem einen Punkt ein anständiges jüdisches Mädchen. Ohne die Einwilligung ihres Herrn Papa würde sie nicht vor den Altar treten.

Anständig und seriös wollte der Herr Papa seinen Schwiegersohn, aber für derartige Formen der Selbstverleugnung musste Kapp frisch und ausgeschlafen sein.

So empfand es der Kriminaloberwachtmeister als einen ganz persönlichen Angriff auf sein Lebens- und Liebesglück, dass Fabian Kranz sich mitten in der Nacht ermorden lassen musste.

Hätte das nicht Zeit gehabt?

Ab elf Uhr wäre Kapp im Urlaub gewesen, danach hätte sich doch angeboten?

Wenigstens lag die Sache klar – erschossen, und wie das an Kranz' Mantel geheftete und mit *I* beschriebene Zettelchen deutlich machte, durch Immertreu.

Alfred seufzte, den Mörder würden sie niemals vor Gericht bringen. Er persönlich tippte auf Charlie, den Charmeur. Die Masche mit dem aus einer Bibel gerissenen Zettel und der Herzschuss aus nächster Nähe, das war so sein Stil.

Außerdem hatten ihnen ihre Spitzel gemeldet, dass Charlie gestern früh im Hotel Rupinski eingecheckt hatte, aber Alfred wusste, der würde ein Alibi haben, und was für eins.

Vermutlich würden ein Bischof und drei Kardinäle beeiden, dass das brave Schäfchen gerade zur Tatzeit bei ihnen beichtete.

Doch weil Charlie Alfred geärgert hatte, beschloss Alfred, nun Charlie zu ärgern, und so bestimmte er: »Wir verhaften jetzt sofort wegen Verdacht auf Fluchtgefahr und verhören auf dem Revier.«

Dann konnte der wenigstens auch nicht ausschlafen!

—

Die Köchin der Familie von Volkmann war das, was Bruder Willi als *kolossal appetitlich* bezeichnet hätte.

Von der frech zwischen den rosigen Wangen herausspickenden Stupsnase über die üppigen Brüste bis zu den wohlgeformten Schenkeln schien ihre Figur das angenehme Ergebnis bester deutscher Hausmannskost.

»Ick hab de Kleene mit Kakau und Aspirin ins Bett jesteckt. Das Mädken is vollkommen verwirrt, se globt, se hätt 'n Jespenst beschwört, das die Jnädige ermordet hätt. Se liest viel so Jruselstuss, daher kommt se uf die Ideen.« Die Köchin seufzte tief und fuhr fort, den Frühstückstisch für das Personal zu decken. »Se möchten sicher nischt?«

Paul schüttelte den Kopf. Er war viel zu müde zum Essen. Er wollte nur noch dieses Verhör beenden und sich dann in seinem Büro auf die Feldpritsche werfen. Vielleicht würde er sich auch ein wenig Kokain genehmigen, müde wie er war.

»Die Jnädige, die war keene Dame nich«, erklärte die Köchin weiter, während sie routiniert Teller verteilte und eine Kanne Milch auf den Tisch stellte. »Se hat Manieren jehabt wie eene Dirne. Se war noch jar nich janz anjekommen, da fing se schon an, dem Jrafen Sawicki nachzusteigen – jrade dem. Nicht nur, dat der andersrum war, der wär och viel zu anständig jewesen für mit die Jattin von 'nem Freund.

Aber in die Nacht zu Mittwoch, da hat se eenen Mann zu Besuch jehabt und dat hat de Kleene jehört, aber natürlich nischt verstanden. Se is doch jrade vierzehn, is ihre erste Stellung. Hab ick ihr verschafft, weil ihre Frau Mama ist eene Jroßcousine von meiner Halbschwester.«

»Wissen Sie, wer der Herr war?«

»Nee.« Sie schüttelte ihren blonden Kopf und reichte Paul eine dampfende Tasse Malzkaffee. »Aber ick glob, dat war der Herr von Rosskopf. Mit dem hat se nämlich seit ihrer Rückkehr ständig telefoniert und immer janz heimlich, aber ick hab eben jehört, wie se sich mit dem vom Frollein vom Amt hat verbinden lassen, drum weeß ick, dat der es war. Se war 'n rechtes Lumpenstück, dat können Se mir globen.«

Paul trank vorsichtig einen Schluck und fühlte sich durch die herbe, heiße Brühe seltsam belebt, und mit neuem Schwung fragte er: »Sie wissen nicht zufällig, was Frau von Volkmann gestern Abend vorhatte, oder?«

»Jenau weeß ick's nich. Vielleicht weeß es die Effi, die musst ihr ja helfen, sich zu richten. Aber ick glob, wenn se's wüsste, hät se's mir erzählt. Se wollte auf jeden Fall ausgehen, aber nich zum Schwofen, weil se hat ja keen Schwofkleid anjehabt, und drei Tage nach dem Tod des Herrn Jatten schwofen, dat wär wohl selbst für dieses Lumpenbiest ein zu freches Stück jewesen! Se hat aber bestimmt irjend'nen Mann treffen wollen, weil für nur in Jarten zu hocken war's zu fein, wat se anhatte, und ooch zu kühl.«

Paul nickte nachdenklich und nahm noch einen Schluck.

»Ick glob, dat war ooch der Herr von Rosskopf, den se hat sehen wollen, weil se hat nämlich die arme Effi anjemotzt, weil de an den Schallplatten jewesen is. De Effi hat se uffjeräumt, und dat hat der Jnädigen irjendwie nich jepasst. Der Herr von Rosskopf, der wollt nämlich seinen Walkürenritt wieder, den er dem Herrn selig jeliehen hat, und der war von der Effi wechjeräumt worden, und dat allet ist jestern Nachmittag jewesen und furchtbar wichtig, drum glob ick, se hat ihn abends treffen wollen.« Sie war nun mit Tischdecken fertig und begann, Rührei in abenteuerlichen Mengen zuzubereiten. »Aber se haben Essen jehen wollen, weil ick hab jefragt, ob ick was vorbereiten soll, weil is ja mein freier Abend jewesen, und se hat nö jesagt, und die war so fein, die hat sich nich mal 'n Brot selbst belegt.

Dat sin so neureiche Manieren! Meine Schwester, die is bei die Frau von Keller, dat is eene wirkliche Dame, und als da letzten Erntedank die Zuckerköchin krank jeworden is, da hat die jnädige Frau selbst eene Mehlspeise jekocht! Da is der keen Zacken aus der Krone jebrochen, weil das is eene richtiche Dame, keen so uffjeblasenes Jör aus Übersee.«

Und obwohl Paul heftige Abwehrbewegungen machte, begleitete sie diese Aussage damit, ihm Rührei und Speck auf den Teller zu laden.

»Se dürfen nich denken, dat ich tratsche, dat sin ja alles Tatsachen. An dem Tag, an dem der Jnädige jestorben is, da war ja ooch der von Rosskopf da, und ick hab's am Sonntag nich jesagt, weil der Diener meinte, es wäre nich wichtig, aber vielleicht is es dat ja doch? Die haben nämlich mächtig jestritten, die beiden feinen Herren, nur deshalb haben se dann die Schallplatte mit dem Wagnerjetöse uffjelegt, damit man's nich so mitkriegt. Jestritten haben se und rumjeschrien wie Fabrikarbeiter am Zahltag. Und da is es ooch schon um de Frau von Volkmann jegangen, weil der von Volkmann, der hat was jebrüllt, seine Frau und jroße Liebe, und der Herr Baron, der hat jespottet, von wejen jroße Liebe, und den Herrn von Volkmann *ein mieses Schwein* jenannt. Ick glob, se hat ihn betrojen, mit dem Baron von Rosskopf und Jot weeß mit wem noch allet. Aber als er's jemerkt hat, da war's zu spät, da is se schon seine Frau jewesen, und deshalb ooch der Unfall beim Putzen von seine Pistole. Der jnädige Herr hat keenen juten Jeschmack bei die Damen jehabt, erst dat Lotterflittchen Fräulein Sad und nun die.« Sie nickt einige Male heftig. »Also wenn Se mir frajen, dat hat abjefärbt, das Lumpenwesen von die Amerikanerin. Vorher, da waren dat zwei feine Herren, und dann kam da dat Biest, und se benehmen sich wie die Gassenjungen und schrein rum, dat es einem jruslig wird.

Wenn Se mir frajen, wer de Jnädige umjebracht hat, dann sach ick Ihnen, dat waren bestimmt so Jangster aus Chicago, weil weeß doch keener, wat die drüben jetrieben hat. Weeß wirklich niemand, wusste nicht mal der jnädige Herr, und der hätt's doch wissen müssen, oder?«

Paul nickte und aß. Er war dazu übergegangen, sie einfach reden zu lassen.

»Und de Effi, de hat mich ooch noch erzählt, dat jestern so gegen halb zehn dat Café Blumberger anjerufen hat, da saß nämlich een Mann – Herr konnte man den ja wohl nich nennen –, der war wohl stockbesoffen und konnte de Zeche nich zahlen und ooch nich recht Deutsch und hat behauptet, er sei der Jatte von der Frau von Volkmann und warte uff seine Frau, die würde ihn auslösen. Se haben's ihm wohl nich janz jeglaubt, aber er wusste ihre Telefonnummer, und drum haben se hier anjerufen, aber de Effi hat natürlich jesagt, dat der Herr Jatte von der Frau von Volkmann tot ist und außerdem ein feiner Herr und keiner von der Sorte, die im Café Blumberger verkehren. Ick weeß nich, wat se nachher mit dem jemacht haben, aber dat war wohl ooch ein Amerikaner. Dat sin doch allet Jangster da drüben, jrauenhaft! Wirklich jrauenhaft!«

Paul nickte vage, wechselte dann unvermittelt und auf gut Glück das Thema, vielleicht gab es ja irgendeine Verbindung: »Noch eine letzte Frage. Kannten Sie Fräulein Berschneider? Lotti Berschneider?«

»Dat is doch die, wo se die Kleider in der Zeitung so jenau beschreiben und um Mithilfe bitten, oder? Dat Mädchen vom Herrn Baron von Rosskop? Nee, kenn ick nich, und de Effi bestimmt ooch nich.« Sie seufzte tief und zog die Hausklingel, um Diener und Gärtner zum Frühstück zu rufen. »Jrässliche Zeit, wirklich jrässliche Zeiten heutzutage!«

—

Charlie, der Charmeur, galt gemeinhin als der fähigste Killer auf Muskel-Adolfs Lohnliste. Vermutlich gingen vier bis sechs Morde auf sein Konto, aber vor Gericht gestanden hatte Charlie bisher nur wegen eines Streits um den richtigen Verlauf eines Hasenzauns in einer Schrebergartenkolonie – und selbst da war er nur als Zeuge der Verteidigung geladen gewesen.

Seine Gattin hatte auf der Anklagebank gesessen, das war ein wüster Drachen, die hatte Haare auf den Zähnen und stärkere Fäuste als mancher Mann.

Auf einer persönlichen Ebene verstand Alfred Charlies Einstellung zu Treue also ganz gut. Man hatte ihnen bei der Verhaftung im Hotel Rupinski gleich als Erstes erzählt, dass Charlie wohl mehrfach Damenbesuch gehabt habe.

Am Morgen eine eher füllige Blondine, dann, nachdem die gegangen war, eine niedliche Brünette, die bis abends geblieben war, und nach der dann eine Blondine mit Bubikopf und wirklich auffallend gepflegten brandroten Nägeln.

Irene.

Irene, Muskel-Adolfs Tippfräulein und langjährige Favoritin um den Titel *Frau Muskel-Adolf*, war noch auf dem Zimmer gewesen, als Alfred und seine Männer Charlie holten.

In einem zu ihren Nägeln passenden brandroten Seidenpyjama hatte sie auf dem Doppelbett geflegelt und gesalzene Nüsschen aus der Tüte genascht.

Ihre Anwesenheit hatte Alfred noch mehr geärgert, als die Geschichte es sowieso schon tat. Ganz offensichtlich befand man an höchster Stelle den Mord an Fabian Kranz für nicht bedeutend genug, um seinem Mörder ein richtiges Alibi zu kaufen!

Und als Charlie dann beim Anlegen der Handschellen noch erklärt hatte, sich über diese Behandlung beschweren zu wollen, schließlich liege rein gar nichts gegen ihn vor, da musste Alfred sich schon sehr zusammenreißen und hätte ihm zu gerne eine geklebt.

Aber er hatte sich zur Ruhe gemahnt. Er musste nur noch bis elf durchhalten, danach begann sein Urlaub, heute Abend schon wären Miriam und er für eine Nacht bei Freunden in München.

Die eine Stunde würde er doch ohne Eklat überstehen!

»Weswegen genau halten Sie mich eigentlich fest?«

Alfred überließ es Kriminalassistent Dörflein, diese Frage zu beantworten. Bis zum eigentlichen Beginn des Verhörs mussten sie noch auf das Eintreffen eines Tippfräuleins warten. Alfred hoffte inständig, es möge nicht diese unfähige Greta sein.

Und als hätte er sie gerufen, stand diese kleine, angemalte Ziege plötzlich in der Tür zum Verhörzimmer. Die Schreibmaschine unter dem Arm. Alfred seufzte gut vernehmbar, er hasste dumme Frauen.

Er war so in seinem eigenen Kummer gefangen, dass er erst gar nicht merkte, dass Charlie gleichfalls einen betrübten, um nicht zu sagen eindeutig unglücklichen Eindruck machte.

Zunächst verlief das Gespräch dann jedoch in gewohnten Bahnen.

Natürlich wusste Charlie von rein gar nichts. Fabian Kranz kannte er dem Namen nach, als Buntstift-Fabrikant, und er gab an, in der Stadt zu sein, weil er ein Telegramm von seinem lieben Vereinsbruder Adolf Leib erhalten hatte.

Dieser wünschte ihn wegen der Hochzeitsvorbereitungen zu sehen. Charlie würde nämlich Trauzeuge sein, und als solchem oblag es ihm natürlich auch, den zünftigen Junggesellenabschied zu organisieren. Damit habe er auch den gestrigen Tag verbracht.

Alfred schwieg, aus irgendwelchen Gründen kicherte diese debile Greta in einem fort. Die machte ihn wahnsinnig. Es gab wirklich wenig, was Alfred so nervte wie dumme Frauen.

»Und die Nacht von gestern auf heute? Wie haben Sie die verbracht? Lassen Sie mich raten, auch im Hotel und auch mit Probeliegen auf den Nutten für den Junggesellenabschied?«

Seltsamerweise schwieg Charlie, und sogar das dämliche Gekicher war verstummt.

Alfred warf einen Blick auf seine Uhr – noch zehn Minuten, die würde er auch noch rumbringen. »Komm schon, Charlie, wir wissen beide, dass wir dir nichts werden nachweisen können. Du hast also die komplette Nacht mit Irene rumgevögelt, und ganz besonders heiß ist es zwischen zwei Uhr dreißig und drei Uhr zugegangen, richtig?«

Charlie schwieg noch immer, schließlich nickte er langsam, und was dann passierte, würde der Frontsoldat Alfred Kapp für den Rest seines Lebens mit den Worten *Die Hölle brach los* beschreiben.

Mit einem einzigen Satz hechtete Greta wie eine Wildkatze über den kleinen Tisch, kratzte und schlug auf den durch seine Handschellen stark in der Gegenwehr behinderten Charlie ein, beschimpfte ihn unterdessen lautstark und schrill als *Hurenbock*, *Lügner* und kündigte an, seine Frau von seinem Treiben zu unterrichten.

Teils aus Bosheit, teils aber auch aus tatsächlicher Überraschung brauchten sowohl Alfred als auch Kriminalassistent Dörflein eine ganze Weile, bis sie einschreiten konnten.

Erst als Greta anfangen wollte, den Steuerzahler zu schädigen, indem sie die reviereigene Schreibmaschine auf dem wimmernden Killer zertrümmerte, sagte der Kriminaloberwachtmeister mit aller ihm zu Gebote stehenden Strenge: »Aber Fräulein Greta, bitte!«

—

»Nein! Nein! Nein! Ich denke gar nicht daran!« Carl zog genervt an seiner Bulgaria Stern und trat schwungvoll gegen das Bein des Telefontischchens. »Wenn Nicki seinen Comte LeJuste auf einer einsamen Südseeinsel voll mit dreiviertelnackten, liebestollen Kannibalinnen stranden lassen will, dann darf er das gerne tun, aber ich lasse mir dafür keinen Vollbart wachsen! Mach ich nicht, tu ich nicht, denk ich gar nicht dran!«

»Er hat dich eben als bärtigen Karamasow-Bruder gesehen, und er war hingerissen von dir!«, erklärte sein Manager durchs Telefon. »Absolut entzückt! Er meinte, das gäbe dir etwas völlig Neues. Das will er eben auch für seinen Detektiv. So etwas Archaisches, männlich Wildes.«

»Nein, ich dreh nur noch glattrasiert oder mit Menjou.« Carl betrachtete schaudernd sein Spiegelbild. Noch eine bärtige Rolle konnte man Paul nicht antun. Paul hatte den Vollbart gehasst, Paul war nicht so für das archaisch, männlich Wilde. »Außerdem hätte er mir das auch am Dienstagabend persönlich sagen können!«

Hätte er – theoretisch. Praktisch hatte er in einem fort auf Paul eingeredet und immer noch eine und noch eine und noch eine langweilige Stierkampfanekdote ausgegraben, und immer wenn Carl dachte, jetzt wäre er endlich fertig, war Paul mit irgendeiner neuen Stierkampffrage angekommen.

Es war wirklich ein kolossal fader Abend gewesen, auch wenn Paul das leugnete.

»Wenn er unbedingt einen Bart will, dann kleben wir ihn auf. Sagen Sie ihm, aufkleben ist in Ordnung, aber ich lass mir keinen mehr wachsen!«

»Das sieht doch niemals echt aus!«, stöhnte Herr Morgenstern, und Carl stöhnte zurück: »Na, dann strandet der Comte eben mit seinem Rasierzeug! Und außerdem bin ich im Urlaub. Ich muss mich erholen, dieses dauernde leidende Gegucke als Dmitri Karamasow war nämlich kolossal anstrengend. Ich melde mich, wenn ich von der Ostsee zurück bin.«

Doch kaum hatte Carl die Verbindung unterbrochen, da klingelte es erneut. Herr Morgenstern war manchmal sehr hartnäckig.

»Nein heißt nein!«, sagte er deshalb statt einer Begrüßung, und Willi Genzers Stimme fragte verwirrt: »Paul ist also nicht da?«

»Nein, Paul ist nicht da. Er ist auf dem Revier, was willst du denn?« Carl gab sich keine Mühe, nicht entnervt zu klingen. Er war auf Paul ziemlich schlecht zu sprechen.

Paul hatte ihm die Bluttträne, die das Katerchen ausgeschieden hatte, ab- und mit aufs Revier genommen.

Paul meinte, man müsse den rechtmäßigen Besitzer erst feststellen.

Carl meinte, der rechtmäßige Besitzer stehe ja wohl fest, nämlich er.

Er sah gar nicht ein, warum irgendjemand anderes den hübschen Stein haben sollte! Er würde ihn in eine Krawattennadel fassen lassen, oder vielleicht ließ er ihn auch einfach so, wie er war. Jedenfalls war der Stein hübsch, und er wollte ihn behalten.

Am Ende würde noch rauskommen, dass man den Rubin an die dämlichen Sowjets zurückgeben müsse! Das sah Carl schon zweimal nicht ein. Die Sowjets hatten schon den Besitz seiner Tante inklusive Erbschmuck und St. Petersburger Stadthaus verstaatlicht, das musste an milden Gaben der Familie von Bäumer doch wohl reichen.

Oder möglicherweise stellte sich Herr Kranz als rechtmäßiger Eigentümer heraus, und dann merkte der, dass Carl bezüglich der Katze geflunkert hatte – furchtbar peinlich wäre das!

Aber Paul war manchmal grauenhaft stur, und am Ende hatte er einfach gesagt: *Es war mein Kater, der den Stein geschissen hat, also ist es mein Stein, und mit meinem Stein kann ich machen, was ich will, und ich will ihn dem rechtmäßigen Besitzer zuführen.*

Sie hätten noch weiter gestritten, aber dann hatte sich Frau von Volkmann ja umbringen lassen oder vielmehr selbst umgebracht, und Paul hatte weggemusst, den Rubin hatte er mitgenommen.

»Ich brauch ja nicht unbedingt Paul, nur euren Eiskeller«, unterbrach Willi Carls Gedanken. »Wann kann mir denn den mal einer aufmachen? By the way, ihr habt doch diesen Diener, der kann das doch sicher? Der könnte mir eigentlich auch tragen helfen.«

»Was willst du mit unserem Eiskeller?« Grausige Visionen von einer ermordeten Gusta zwischen ihren Champagnerflaschen drängten sich Carl auf.

»Was soll ich mit eurem Eiskeller wohl wollen? Ich will was einlagern. Fleisch, um genau zu sein. Ich habe hier einen halben Zentner rote Würste und außerdem ein Spanferkel und ein Dutzend Hähnchen, die sind allerdings noch nicht gerupft.« Willis Stimme nahm einen schmeichlerischen Ton an. »Ihr könnt euch ja überlegen, ob ihr zum Beispiel zwei Hähnchen wollt oder vielleicht ein Prozent vom Wiederverkaufswert. Ihr müsstet es ja auch nicht lange für mich aufbewahren, nur so, sagen wir, drei, vier Tage. Ich bin sicher, für seine Hochzeit braucht der Allgewaltige ein Spanferkel, keine rechte Ganovenhochzeit ohne Ferkelchen am Grill!«

»Woher hast du denn das ganze Zeug?«, fragte Carl, während er versuchte, mit Spucke den Fleck vom Ärmel seines Trenchcoats zu rubbeln. Das mit der Jacke musste er Paul auch noch beichten.

»Von meiner Scheidung. Es kann übrigens sein, dass ich euren Eiskeller in Zukunft öfter brauchen werde. Am Montag krieg ich acht halbe Rinder und am Mittwoch vermutlich noch mal ein paar Hähnchen, aber am Donnerstag, da kommen dann die wirklich feinen Sachen. Wachteln und Täubchen und fünf Truthähne. Also kann ich die Sachen jetzt bringen lassen oder nicht?«

»Mach halt«, stöhnte Carl und legte auf.

Der blöde Fleck ging nicht raus!

Und er musste doch jetzt dieses Dienstmädchen der Frau von Volkmann verhören, weil die Kleine Paul leidtat und doch so ein von-Bäumer-Fan war, als ob er sonst nichts mit seiner Zeit anzufangen wüsste.

Dabei musste er vor dem Urlaub noch unbedingt zum Friseur! Die dämliche Dauerwelle wusch sich schon wieder raus.

Dazu die Aussicht auf die Berge von Abwasch, die im Urlaub auf ihn warteten!

Carl war so genervt von alldem, dass er schon auf halbem Weg in die Garage war, als ihm auffiel: Hatte Willi tatsächlich *Scheidung* gesagt?

—

Paul Genzer, seines Zeichens vielbeschäftigter Kriminalkommissar, saß hinter seinem Büroschreibtisch und öffnete Post.

Er tat es sehr schlechtgelaunt und so grimmig, dass er den Umschlag des Schreibens vom Amt für Geburtenkontrolle beim Aufreißen beinah in zwei Hälften zerriss.

Dieses unfähige Weibsbild, jetzt hatte Greta sich also auch noch verhaften lassen! Die tat auch wirklich alles, nur um nicht arbeiten zu müssen.

Paul war gerade dazugekommen, als Doktor Häßling versuchte, einem wüst zugerichteten Charlie die gebrochene Nase notdürftig zu schienen. Der Killer sah aus, wie mit dem Gesicht in eine Erntemaschine gekommen, vollkommen zerschnitten und zerkratzt.

Aber als der Kommissar dann sagte, nach der Verarztung könne Charlie zurück in sein Hotel gehen, da hatte dieser ihn aus einem weit aufgerissenen und einem langsam zuschwellenden Auge furchtsam angesehen und erklärt: *Ich möchte lieber hierbleiben. Seien Sie doch so freundlich, und inhaftieren Sie mich. Diese Furie von Tippfräulein hat ganz bestimmt schon längst Irene und meine Frau angerufen und alles gepetzt. Wenn Sie mich nicht hierbehalten, dann bin ich ein toter Mann. Haben Sie Erbarmen, ich flehe Sie an!*

Paul hatte fest den Kopf geschüttelt. Sie waren ja nicht die Wohlfahrt und auch kein Heim für der Untreue überführte Ehemänner!

Da ist die Tür! Raus mit Ihnen!, hatte er bestimmt gesagt, dann aber geflüstert: *Wenn Sie sich geständig zeigen, dann werde ich mich persönlich für Sie verwenden. Zum Beispiel letztes Jahr, der Einbruch im Teppichhaus Edelmann …*

War ich! War ich! Vor Erleichterung hatte Charlie regelrecht gejauchzt und voll Eifer losgesprudelt: *Und den Fluchtwagen bei dem Einbruch in der Privatbank Buchholz vor zwei Jahren, den hab ich auch gefahren. Reicht das für ein paar Jährchen Tegel?*

Nein, leider nicht. Die Richter, die sind heutzutage alle so milde, hatte Paul lächelnd geantwortet. *Und dann ein unbescholtener Bürger wie Sie, seit Jahren glücklich verheiratet, ein vorbildlicher Vereinsbruder und enger Freund des allseits geachteten Philanthropen Muskel-Adolf Leib. Nein, nein, da erkennen die gleich, das waren Jugendsünden, da dreht Ihnen keiner mehr einen Strick draus. Gehen Sie in Frieden, Charlie, gehen Sie zu Ihrer Frau.*

Der Kunstraub Mendelsohn war auch ich, hatte Charlie hervorgestoßen. *Und die Charlottenburger Einbruchserie diesen Sommer, die habe ich auch geplant.*

Es tut mir leid, Charlie, hatte Paul den Kopf geschüttelt. *Aber Sie wissen ja, wie das heutzutage ist. Da braucht man bloß zu sagen, man war im Krieg und außerdem hat einen der Vater mit dem Teppichklopfer vertrimmt, schon ist man auf Bewährung draußen.*

Wollen Sie mich umbringen? Haben Sie ein Herz! Wir Männer müssen doch zusammenhalten! Sagen Sie dem Richter, was für ein Sauhund ich bin, was für ein gewissenloser Lump! Verdorben bis ins Mark bin ich!

Flehend hatte den Kommissar das eine gesunde Auge angebettelt, und schließlich hatte Paul sich gnädig zu vorläufiger Untersuchungshaft erweichen lassen.

Er ging persönlich davon aus, dass Charlie an keiner der von ihm gestandenen Taten auch nur im Entferntesten beteiligt gewesen war. Charlie, der Charmeur, arbeitete als Killer, nicht mehr und auch nicht weniger. Einbrüche waren ihm so fremd wie Paul das Posaunenspiel, aber seine Morde konnte Charlie ja kaum bekennen. Auf Mord stand schließlich der Galgen, doch auch jetzt würde der Gute für mindestens neun, zehn Jahre hinter schwedische Gardinen wandern.

Also war diese dumme Greta doch zu irgendetwas gut gewesen, und zumindest hatte sie vor ihrer Verhaftung noch in Erfahrung bringen können, dass als rechtmäßiger Besitzer der Tränen Baba Jagas seit dem Verschwinden des Zaren wohl die Sowjetunion galt.

Pauls Laune besserte diese Erkenntnis jedoch kaum, er hatte auch immer noch kein Jahrestagsgeschenk.

Jemand klopfte, aber Paul musste zweimal sehr laut *Herein* rufen, bevor geöffnet wurde.

In der Tür stand ein einbeiniger Leierkastenmann ohne Leierkasten, dafür aber mit Äffchen.

Mit Äffchen und mit Carls Jacke!

Der Mann trug eindeutig Carls Lammfelljacke!

Die gute Lammfelljacke, die Paul ihm letzte Weihnachten in Paris gekauft hatte. Sie war dem Mann etwas kurz an den Ärmeln und etwas weit in den Schultern, aber es war eindeutig Carls Jacke! Dort, wo Carl einmal in angetrunkenem Zustand mit der Zigarette hängengeblieben war, war eine winzige Brandspur, und wenn man ganz genau hinsah, dann konnte man blaue Wollfusseln am Kragen erkennen. Die stammten von Carls Strickschal!

»Herr Kriminalkommissar Genzer? Man hat mich zu Ihnen geschickt. Man hat mir gesagt, Herr Kriminaloberwachtmeister Kapp sei schon im Urlaub, aber Sie würden auch im Mordfall Georgie ermitteln?«

»Ja«, entgegnete Paul gedehnt und sehr nachdenklich. Ihm wurde gerade klar, warum er Carl seit Tagen nicht mehr in der Jacke gesehen hatte, und das Herz krampfte sich ihm zusammen. »Ja, bei mir sind Sie da schon richtig. Setzen Sie sich, womit kann ich Ihnen behilflich sein.«

»Düserein ist mein Name. Ich möchte ein Geständnis ablegen.«

Der Mann sank umständlich in den Plüsch des Sessels und hob sich dann sein Äffchen auf den Schoß. Es war ein sehr hübsches, sehr gepflegtes Äffchen mit glänzendem Fell und funkelnden Knopfaugen.

»Es geht um Georgie Tuchsäss. Ich glaube, das hier gehörte ihm.« Er hielt dem Kommissar einen zerdrückten, anscheinend leicht angenagten Hut entgegen. »Coco hat ihn wohl gestohlen, als er die Leiche gefunden hat. Sie dürfen nicht glauben, ich hätte ihn zum Klauen abgerichtet, wirklich nicht!«

Das Äffchen sah auf einmal sehr schuldbewusst aus, vergrub sein winziges Köpfchen verschämt im Lammfell des Kragens.

»Im Leierkasten hat er den Hut versteckt und ihn mir erst heute früh gezeigt. Ich fürchte, es sollte ein Geschenk für mich sein. Heute ist nämlich mein Geburtstag, und Sie denken vielleicht, das könne ein Affe nicht wissen, aber da kennen Sie meinen Coco schlecht! Sie würden nicht glauben, wie schlau mein Coco ist! Als ich im Sommer aus dem Bett gestiegen und dabei gestürzt bin, da hat er Hilfe geholt, und wenn ich wieder ohne Schlüssel aus dem Haus will, dann schlägt er Alarm.« Zärtlich fuhr die rote, von Brandnarben entstellte Hand des Mannes über das noch immer halb verborgene Köpfchen. »Was werden Sie denn jetzt tun? Bitte nehmen Sie mir meinen Coco nicht weg. Ich bitte Sie, wir haben nur uns auf der Welt, und er hat es doch nicht aus Bosheit getan. Wir zahlen Ihnen auch eine Entschädigung, weil ja der Polizei durch uns Mühe entstanden ist. Wenn Sie uns ein bisschen Zeit geben, zahlen wir Ihnen jede Summe! Nur, bitte, trennen Sie uns nicht.«

Zum zweiten Mal an diesem Tag sah Paul Genzer sich dem flehenden, angsterfüllten Blick eines erwachsenen Mannes ausgesetzt, diesmal noch unterstützt durch die traurigen schwarzen Knopfaugen des Äffchens.

Paul lächelte, und dann sagte er: »Was halten Sie von einem Handel? Sie sehen für mich aus wie ein Mann, der schönen Schmuck zu schätzen weiß. Wie stehen Sie eigentlich zur Sowjetunion?«

—

Das menschliche Herz ist aus Glas.

Ist es einmal zerbrochen, beginnen die Scherben zu wandern, mal langsam, mal schnell, und irgendwann, an irgendeinem Tag, da stirbt man dann. Schuld tragen die inneren Blutungen.

Viktor, der Baron von Rosskopf, hustete ein blutiges Klümpchen in sein Taschentuch, fuhr sich mit demselben Taschentuch über die schweißfeuchte Stirn und ging schwankend den Gang entlang. Ihm war, als müsse er sich an der Wand abstützen, als könne er jeden Moment stolpern und stürzen.

Er wollte zu seiner Mutter.

Die geliebte Mutter war gestorben, da war Viktor acht gewesen, doch ihr Zimmer hatte der Vater unverändert gelassen.

Nicht aus Sentimentalität, sondern aus Gleichgültigkeit. Der Vater hatte es nie besucht, und all die anderen Frauen, die nach Mutter kamen, die hatten andere Zimmer, andere Wohnungen und Häuser bezogen.

Aber nach dem Tod des Vaters, einem sehr unehrenhaften Tod an den Folgen einer sehr unehrenhaften, gerade noch vertuschten Krankheit, da hatte Viktor das Personal angewiesen, das Zimmer gründlich zu reinigen, doch ansonsten nichts zu verändern. Einzig das Musselin-Nachthemd, das nun halb, wie nachlässig hingeworfen, über der Lehne des rosa Empiresessels hing, ließ Viktor jede Woche reinigen und drapierte es mal so, mal so.

Wenn die Welt um ihn auch tobte und barst, wenn alles, was er liebte, in Stücke fiel und zu Staub wurde, dieser Ort blieb ewig gleich. Selbst die Vorhänge hielt Viktor stets geschlossen, er wollte den Wandel des Jahres nicht sehen müssen.

Gewöhnlich stand er jedoch nie länger als ein, zwei Minuten in diesem Schrein, aber heute hoffte er, Kraft und vielleicht sogar neuen Lebensmut hier zu finden, und wie er es als Kind manchmal getan hatte, sank er nun auf dem hochflorigen Teppich vor dem mit Rosen besticktem Samt überworfenen Bett, presste sein Gesicht gegen den kühlen Stoff, atmete gierig, doch nichts!

Nur der Geruch nach Staub und vielleicht eine ganz leichter Hauch von Waschpulver.

Und schlimmer noch, er konnte sie nicht fühlen!

Er konnte nicht einmal mehr den Schatten der Erinnerung fühlen, an die glatte, warme Hand der Mutter, wie sie ihm einst übers Haar gefahren war, um seinen Kummer zu lindern.

Das menschliche Herz ist aus Glas, und Viktor, dessen Innerstes vielleicht seit dem Tod der Mutter, sicher jedoch seit dem Tod Esthers zerschnitten war und jeden Tag grausamer schmerzte, presste sein Gesicht immer weiter in den Stoff und hoffte, irgendwo noch den Duft der Mutter zu erahnen.

Es war zu grausam!

Heute Morgen in der Zeitung die Schlagzeile: »Buntstift-Kranz ermordet!«

Er hatte es nicht glauben wollen, nicht glauben können!

Er hatte Kranz' Schwester angerufen, und doch, es stimmte!

Fabian Kranz war tot!

Einfach so, vollkommen sinnlos ermordet!

Es gab keine Gerechtigkeit auf dieser furchtbaren Welt. Ein Mann wie Fabian Kranz einfach so, einfach auf offener Straße ermordet.

Ein rascher, schneller Tod!

Und Esther? So qualvoll und langsam ertrunken, durch die Hand von Kranz getötet, und nun war dieser auf ewig straffrei, gemordet ohne jede gesetzliche Konsequenz.

Es war so ungerecht!

Leiden hätte er müssen und vor Gericht gestellt werden. Und jetzt war er einfach tot, jeder menschlichen Gerechtigkeit entzogen!

Es war nicht richtig.

Mit zitternden Fingern hielt Viktor sich Esthers Kreuz vor die Augen. Er sah nicht mehr klar, vielleicht wegen der Tränen, vielleicht wegen des Schwindelgefühls?

Esther war tot. Ermordet.

Seelisch ermordet durch Max von Volkmann, der sie geschwängert und im Stich gelassen hatte.

Seelisch ermordet durch Marian Sawicki, der sie vielleicht hätte retten können, wäre er in ihrer Not für sie da gewesen.

Und endgültig getötet durch Fabian Kranz, der sie in den Pregel gestoßen hatte.

Und nun ging Fabian Kranz straffrei aus! Es war nicht gerecht!

Doch zumindest war er tot.

Erfreute sich nicht länger an seiner Schlechtigkeit und daran, dass er damals davongekommen war. Also war er vielleicht doch gestraft?

Viktor versuchte ein Lächeln, rappelte sich etwas auf, taumelte gegen das Bett, kroch schließlich auf allen vieren zum Grammophon neben dem Schminktisch, legte die Platte auf, die das grässliche Weib ihm gestern zurückgegeben hatte, und lauschte: Der Walkürenritt.

Und plötzlich schüttelte Viktor heftiges Lachen, er konnte gar nicht mehr aufhören, so sehr schüttelte das Lachen ihn und schleuderte ihn endgültig auf den Boden.

Er hätte später nicht sagen können, wie lange er dort gelegen hatte, still im gewaltigen Gewitterklang der Walküren, doch als er aufstand und in den Salon ging, dunkelte es schon. Er wollte noch einmal einen Blick in das Erkerfenster werfen, in das er Lotti, seine falsche Esther, an manch langem Nachmittag gesetzt hatte, um sie endlich in Ruhe betrachten zu können, ohne die ständige Bedrohung durch die anderen Jungen.

Lotti, dumme kleine Lotti. Wie es ihr wohl ergehen würde?

Er hätte sie töten sollen, doch er hatte es nicht gekonnt, aber nun war es egal. Nun war sowieso alles egal.

Noch einmal legte er den Walkürenritt aufs Grammophon, und von diesem mächtigen musikalischen Sturm umbraust, küsste er Esthers Kreuz ein letztes Mal und setzte sich in das Erkerfenster. Eine Amsel hüpfte über das sich langsam dunkel färbende Gras des Gartens, wühlte zwischen den Blättern herum.

Dann also eine Amsel, es gab sicher Schlechteres, was man zum Abschied sehen konnte. Und dann nahm der Baron die Mauser aus der Tasche seines Sakkos, steckte sie sich in den Mund und drückte ab.

—

Paul Genzer, seines Zeichens vielbeschäftigter Kriminalkommissar, saß hinter seinem Büroschreibtisch und öffnete Post.

Er tat es jedoch mit einem Lächeln, denn er war der Mann mit einem vollkommenen Geschenk zum dritten Jahrestag, und außerdem hatte er Besuch.

Konrad, Willis Großer, saß im Schneidersitz in dem abgenutzten Plüschsessel und malte auf einem der Briefumschläge. Für Paul sah es aus wie ein recht imposantes Kriegsross nebst muskelstrotzendem, lanzenschwingendem Ritter, doch Konrad hatte ihn schon korrigiert.

Es zeigte den heiligen Martin, der Bettler würde noch folgen.

Wie üblich hatte Willi Konrad aus dem Kommunionsunterricht abgeholt, und wie so oft hatte er auf dem Heimweg *einen Geschäftsfreund* getroffen. Willis Geschäftsgespräche waren derart beschaffen, dass man sie lieber nicht im Beisein eines fast Achtjährigen führte, weshalb der Bruder seinen Sohn gern für ein Weilchen zum Onkel Paul auf das nahe gelegene Polizeirevier schickte.

»Nach den Ferien fahre ich mit der Elektrischen zur Schule«, erklärte Konrad plötzlich unvermittelt und riss Paul aus seinen Gedanken. »Ich bekomme eine Monatskarte.«

»Warum denn das?« Paul blickte etwas verwirrt. Konrads Volksschule war keine fünf Gehminuten von der elterlichen Wohnung entfernt.

»Weil doch Herr Wendt bei uns einzieht, und den mag ich nicht. Der stinkt immer nach Schweiß und nach der Angst von den Lämmchen, die er totmacht.«

»Red keinen Unsinn. Herr Wendt riecht doch nicht nach Angst. Vielleicht riecht er nach Fleisch, das kommt von seinem Beruf.«

Paul mochte Konrad. Er fand sogar, dass sein Neffe ihm selbst ähnlicher sah als dem Vater. Willi hatte schon als Kind etwas Bulliges gehabt, Konrad und er aber waren eher hoch aufgeschossen, mit spinnwebenfeinen Haaren und großen hungrigen Augen.

»Dein Opa riecht doch auch nicht nach Angst und der ist auch Metzger.«

»Wenn du meinst«, entgegnete der Junge in einem müden Tonfall, der nahelegte, dass jede Diskussion mit einem so beschränkten Onkel von vorneherein zum Scheitern verurteilt war. »Papa hat jedenfalls gesagt, dass ich mit zu ihm darf, und dort ist ein Klavier, und ich bekomme Stunden. Und der Benny darf mich dann auch besuchen, weil Mama es nicht länger verbieten kann.«

»Konny, wovon sprichst du bloß?«

»Du hast gefragt, warum ich eine Monatskarte kriege.« Nun war es an Konrad, verwirrt zu blicken. »Magst du denn Herrn Wendt?«

»Nein, ich mag den auch nicht besonders.« Herr Wendt, der Gesell von Willis Schwiegervater, war breiter als hoch, und wenn er nicht gerade schwitzend in Hemdsärmeln an Willis Sonntagstafel saß und alle mit seinen Kriegserinnerungen langweilte, verbrachte er seine Wochenenden mit der politischen Bildung. Er war Mitglied in irgendeiner seltsamen Zwergpartei, die aller Wahrscheinlichkeit nach entweder sang- und klanglos verschwinden oder eines nahen Tages von der NSDAP geschluckt werden würde. »Wie kommst du nur drauf, dass Herr Wendt bei euch einziehen könnte? So ein Unsinn!«

»Aber das ist er doch schon! Gestern Abend und heute Morgen hat Papa ihm den Kaiser Wilhelm im Goldrahmen auf den Kopf gehauen, wegen dem Einziehen und wegen dem Benny. Das hätte ich gern gesehen, nur war ich da in der Schule. Paulinchen hat's mir erzählt. Die ist nämlich heute daheim, weil die braucht nicht so viel zu lernen, die heiratet eh, und da kann sie heute Mama helfen, Papas Zeug zu verpacken. Und meins jetzt auch, weil ich darf mit zum Papa, weil Papa ist stärker als der stinkige Herr Wendt. Papa ist mindestens so stark wie Breitbart. Und der war so ziemlich der stärkste Kraftmensch der Welt.« Konrad klang sehr erleichtert und zufrieden. »Du hast nicht vielleicht doch Buntstifte? Dann könnte ich einen Strauß malen und ihn der Frau Schenk mitbringen. Papa sagt, man kommt nie mit leeren Händen, das sei ein Zeichen von schlechter Kinderstube.«

»Zu Frau Schenk ziehen Papa und du also.« Paul verstand allmählich und fragte dann: »Kennst du sie denn schon?«

»Ja, ein bisschen. Papa und ich haben im Sommer mal was vorbeigebracht.« Konrad nickte und ergänzte mit Kennermiene: »Die hat schicke Beine. – Wie ist's denn nun mit den Buntstiften?«

»Ich hab wirklich nur Bleistifte, aber wenn du magst, kannst du runtergehen und dir in dem Zeitschriftenladen an der Ecke welche kaufen.« Er reichte Konrad etwas Geld und erklärte: »Vom Rest bringst du uns Gummizeug mit. Aber was tust du nicht?«

»Mit Fremden reden und am Straßenrand stehen«, rief Konrad, mit seinem Markstück schon halb aus dem Zimmer gestürmt.

Zur Witwe Christine Schenk, einstige Trägerin weißer Häkelhandschuhe und Besitzerin eines Klaviers, zog man also.

»Was hast du denn mit meinem Sohn gemacht? Der ist mir auf dem Gang entgegengekommen, hatte aber keine Zeit für seinen alten Herrn.« Willi stand in der noch von Konrads Aufbruch offenen Tür. Er sah ziemlich ramponiert, aber recht zufrieden aus. »Konny sagte, er müsse für dich dringend etwas besorgen und das dulde keinen Aufschub?«

»Streng geheime Polizeiarbeit. Wie geht es denn Herrn Wendt? Hat der wenigstens auch so ein Leukoplastgesicht?«

»Sie müssen seine hässliche Wange nähen. Konrad hat dich ins Bild gesetzt? Top. Du kennst mich, ich bin ein Gemütsmensch, und ich hab nichts dagegen, dass der mir Gusta abnimmt, wirklich nicht. Von mir aus hätte der sie schon 17 heiraten dürfen.« Willi befühlte nachdenklich seine mit getrocknetem Blut verkrustete Augenbraue. »Jetzt lohnt sich das natürlich vom wirtschaftlichen Standpunkt aus mehr. Ich hab bei meinem Schwiegervater für jedes Ehejahr fünfzig Doppelpfund Fleisch rausgehandelt, damit ich seine Tochter nicht umbringe. Ich hab ihm gesagt, ich hab beste Beziehungen zum Polizeipräsidenten, und ich hab ihm gesagt, der Polizeipräsident hasst untreue Frauen.«

»Ah«, machte Paul amüsiert und fragte: »Aber was ist dann mit deinem Gesicht passiert?«

»Ach, der Wendt hat Konrad als *Judenfreund* bezeichnet, wegen des kleinen Benny Levi. Da kommt noch was auf uns zu.« Willi zuckte missmutig die Schultern. »Und das gelbe Kakao-Service ist auch hin. Weißt schon, das ich im Sommer im Luna Park geschossen hab. Der blöde Judenfresser ist in den Geschirrschrank geflogen, dabei ist dann auch der Kaiser über ihn gekommen. Mein schöner Kaiser Wilhelm, der große! Ganz kaputt!«

»Ich schenk dir einen neuen. Sogar zu Pferde und mit Morgenröte am Horizont. Kriegst du zum Einzug.« Paul lächelte tröstend und riss den nächsten Umschlag auf. »Christines Nachbarn sind sicher schon sehr gespannt, die werden was zu tratschen haben. Uneheliche Schwangerschaft, geschiedener Mann und all das im biederen Teil des biederen Charlottenburg.«

»Großes Durcheinander, das alles.« Willi machte eine ungewöhnlich hilflose Geste mit den Händen, und Paul hätte ihn gern in den Arm genommen. Er hätte auch gern etwas Tröstendes gesagt, etwa dass er für ihn da sein werde oder dass er seine Entscheidung gutheiße oder dass er Willi für seinen Mut bewundere, etwas in der Art eben – aber dafür waren sie beide nicht gemacht, und so entschied sich Paul für: »Ich helf dir beim Umzug.«

Willi schien ihn dennoch zu verstehen, jedenfalls zog sich ein leicht schmerzverzerrtes Lächeln über das Gesicht des Bruders.

»Eigentlich wollt ich dich fragen, ob du und dein blondes Gift heute Abend Konrad nehmen könntet? Nur ein, zwei Stunden. Sein Zeugs und ein paar meiner Sachen sind noch bei Gusta, und wie ich mein ehemaliges Eheweib kenne, wird es unangenehm. Zu Benny kann er nicht, die haben Gäste, und bei Christine mag ich ihn nicht lassen, da war er ja noch … Paul, alles in Ordnung?«

»Und ob!« Der Kommissar nickte und deutete auf den Briefbogen in seiner linken Hand. »Das ist der Abschiedsbrief des Grafen Sawicki, und das ist die Erklärung für all diese Selbstmorde! Hör zu:

Sehr geehrter Herr Kriminalkommissar Genzer,
hiermit bekenne ich mich schuldig der Beteiligung an dem Mord an Lotti Berschneider und Esther Rosenzweig.

Die Ermordung Esther Rosenzweigs liegt nunmehr bald dreizehn Jahre zurück, doch werden Sie bei der damals ermittelnden Behörde in Königsberg sicher noch alle benötigten Unterlagen vorfinden. Ich fasse den Tathergang daher nur kurz für Sie zusammen:

Am 22. Dezember 1912 verließ Esther Rosenzweig die elterliche Wohnung, um sich mit Herrn Viktor von Rosskopf in einem Kaffeehaus zu treffen.

Auf ihrem Weg zu dem vereinbarten Café begegnete sie zufällig Fabian Kranz, von dem sie wusste, dass er in sie verliebt war. Fräulein Rosenzweig erwiderte seine Gefühle jedoch nicht einmal im Ansatz, liebte sie doch Baron von Rosskopf. An jenem 22. Dezember lockte Kranz das Mädchen in einen Hinterhalt, wo er es gemeinsam mit Max von Volkmann überwältigte, schändete und anschließend mit ihrem eigenen Schmuckstück, einem Kreuz an einem Band strangulierte. Die Leiche warfen sie mit Gewichten in den Taschen in den Pregel, von wo sie wohl ins Meer getrieben wurde. Die beiden gestanden mir die Tat im Anschluss, denn ich sollte ihnen ein Alibi verschaffen. Da ich ein heimliches Verhältnis mit Max von Volkmann unterhielt und fürchtete, ihn andernfalls zu verlieren, erklärte ich mich schließlich dazu bereit.

Der Mord wurde als Unfall abgetan und nie aufgeklärt.

Im Jahre 1924 stellte der ahnungslose Baron von Rosskopf ein Dienstmädchen ein, das Esther stark ähnelte – Lotti Berschneider. Abermals überkam Fabian Kranz seine grässliche Lust, und er arbeitete daran, sich mit dem Mädchen vertraut zu machen, und verabredete sich an jenem Samstag im Oktober mit ihr. Wie schon Esther, schändete er das Mädchen mehrfach, ermordete es danach durch Strangulation und warf es nackt in die Spree. Ihre Kleider behielt er als Trophäe zurück.

Er prahlte mir gegenüber einige Tage später mit der Tat, er glaubte wohl, ich sei ein ähnlich kranker Geist. Dies lag mir jedoch fern. Ich sagte ihm, dass ich nicht vorhätte, ihn zu decken, und seine Schuld öffentlich machen würde, wenn er es nicht selbst tue.

Des Weiteren habe ich mir erlaubt, im Namen von Lottis Mörder an den Baron zu schreiben und einen kleineren Geldbetrag für ihre Familie beizulegen.

Am Morgen des Sonntags telefonierte ich in dieser Angelegenheit auch mit Herrn von Volkmann und machte ihm klar, dass ich beabsichtigte, auch über die Ermordung Esthers nicht länger zu schweigen. Zur unauffälligen Besprechung bedienten wir uns einer Geheimsprache aus unserer Schulzeit, die es uns ermöglichte, über etwas scheinbar Banales zu plaudern, während wir in Wahrheit doch über die Ermordung Esthers redeten. Ich nehme an, dass Max von Volkmann sich erschoss, um einer gesellschaftlichen Bloßstellung zu entgehen.

Mit Fabian Kranz telefonierte ich auf ähnliche Weise, doch er drohte mir mit der Ermordung Georgies, und als ich mich nicht von meinem Plan abbringen ließ und ein Treffen mit Baron von Rosskopf vereinbarte, da machte Kranz seine Ankündigung wahr und ermordete Georgie, den er zuvor mit einem Telegramm in einen Hinterhalt gelockt hatte.

Ich weiß, als Nächstes wird er mich töten, weshalb

ich nun dieses Geständnis ablege und mich im Anschluss daran selbst richten werde.

Ihr ergebener
Marian, Graf Sawicki

Freitag, 23. Oktober 1925

Carl saß im Büro seines Managers auf einem Perserteppich und versuchte, seine Nase gegen die Knie zu pressen, wobei er die Knie durchgedrückt hielt, den Bauch einzog und ruhig weiteratmete, während er mit den Händen die Zehen berührte und nebenher bis hundert zählte. Er kam sich dumm und zugleich sehr beschäftigt vor.

Im neuen Comte LeJuste würde der Comte wieder einen Auftritt im Morgenrock haben.

Also diesmal eigentlich nicht im Morgenrock, sondern in einem fast gänzlich zerrissenen Hemd, was aber auf dasselbe hinauslief, auf Bauchmuskeltraining nämlich. Carls Argument, dass es unrealistisch sei, einen vielbeschäftigten Privatermittler wie den Comte mit einem solch übungsintensiven Bauch zu zeigen, hatte niemand interessiert, also übte Carl.

Die UFA hatte eigens zu diesem Zweck Joseph Pilates einen Tag aus Hamburg kommen lassen, und er hatte Carl eine Reihe von Übungen vorgeturnt, die er nun unter den wachsamen Augen seines Managers nachmachen sollte. Unter den wachsamen Augen des Herrn Morgenstern, weil dieser ihm nicht zutraute, allein ausreichend zu üben, und so hatte Carl sich jeden Freitag zehn Uhr dreißig in dessen Büro einzufinden und zwei Stunden zu schwitzen.

Es war keineswegs so, dass Herr Morgenstern sich weiter um seinen Star gekümmert hätte. Ungerührt thronte er hinter seinem riesenhaften, mit geschnitzten Löwentatzen versehenen Schreibtisch. Links und rechts flankierten ihn verfärbte Fotografien seines jüngeren Selbst an der Seite längst vergessener Berühmtheiten und nachträglich kolorierte Fotografien seines aktuellen Selbst an der Seite großer Theatermänner im Zobelpelz und schöner Starlets im Nerz. Er telefonierte, rauchte eine Zigarre, las Zeitung und empfing Schauspieler, Sänger, Intendanten – längst hatten die aufgehört, sich über Carls turnende Anwesenheit zu wundern.

Wenn sie sie überhaupt noch zur Kenntnis nahmen, dann mit demselben höflichen Desinteresse, das der gemeine Berliner vielleicht für ein seltsames, doch nicht weiter bemerkenswertes Naturschauspiel bereithielt.

Das hier war die Hauptstadt, und das hier war das Büro des erfolgreichsten Managers der Republik, hier gab es keine Verrücktheit, die noch schockiert hätte.

»Junge, nicht einschlafen!«, forderte Herr Morgenstern Carl soeben streng auf und nahm von seiner Sekretärin den morgendlichen 11-Uhr-Champagner entgegen. Dieser Champagner war eine ärztlich angeordnete Notwendigkeit, denn durch die jahrelange Zusammenarbeit mit Künstlern jeder Couleur war Herr Morgensterns Blutdruck in Mitleidenschaft gezogen worden. Er war chronisch zu niedrig, nur Ereignisse wie die ungeplante Schwangerschaft eines Starlets oder die Syphiliserkrankung einer ersten Geige konnten ihn noch auf Normallevel anheben – heute jedoch war nichts Derartiges zu erwarten, deshalb der Champagner.

»Verbinden Sie mich mit Anita!«, befahl Herr Morgenstern seinem Tippfräulein, und es gelang ihm, so zu klingen, als sei es eine Zumutung, dass man ihn nicht schon längst mit Anita verbunden hatte.

»Darling, was sollte das gestern wieder?«, flötete er alsbald in den Hörer, wobei er Carl mit dem Zeigefinger signalisierte, den Bauch fester anzuspannen. »Kindchen, ich weiß nicht, was ich mit dir noch anstellen soll.«

Carl zog den Bauch ein und ärgerte sich, mit ihm wurde niemals derart verständnisvoll gesäuselt! Wenn er wie Anita in der »Weißen Maus« in eine Prügelei verwickelt worden wäre – übrigens keineswegs zum ersten Mal –, dann hätte es bestimmt nicht *Darling* und *Kindchen* geheißen. Es war so ungerecht!

Voll Ingrimm zählte Carl siebenunddreißig, achtunddreißig, neununddreißig und voll noch grimmigerem Ingrimm dachte er an die Berge von Geschirr, die er ganz allein würde abspülen müssen. Er hatte keine Ahnung, wie all diese Taten zusammenhingen, all diese Morde und Selbstmorde und dann dieses seltsame Geständnis von Graf Sawicki.

Ob der Brief tatsächlich von diesem stammte, konnte bisher nicht sicher bestätigt werden – jedenfalls war es sein Briefpapier und dieselbe Maschine, auf der auch der Entschuldigungsbrief von Lottis Mördern geschrieben worden war.

Dem entgegen standen die Aussagen des Grafen von Keller und Hans von Brunnens. Beide behaupteten unabhängig voneinander, der Juwelier habe alles von Hand geschrieben, und auch der Abschiedsbrief an dessen ehemaligen Liebhaber war nicht getippt worden.

Das Druckbild passte auch zu keiner der Maschinen in Sawickis Laden, aber was bewies das schon?

»... na, da sind wir uns ja einig. Liebste Grüße an deinen Gatten. Auf Wiederhören. ... Lisa? Verbinden Sie mich sofort mit Herrn Courant! Und warum ist Herr Pauls noch nicht da? ... Das ist mir egal, ob Herr Pauls eine schwere Trennung durchmacht, das tut er täglich. Schaffen Sie ihn her, aber pronto! ... Hallo? Hallo? Guten Morgen, Curt, endlich erreiche ich dich!«

Es war alles ein großes Durcheinander. Zunächst das Verschwinden Esthers, im Dezember vor all den Jahren, dann das Verschwinden Lottis, das spätere Auftauchen ihrer Garderobe im Gartenschuppen des Fabian Kranz, angeblich vom Mörder als Trophäe zurückbehalten – doch warum dann so lieblos versteckt?

Warum einfach in eine Kiste gepackt und im Schuppen verstaut, an einem vom Personal so vielbesuchten Ort?

»Junge, du ziehst den Bauch nicht ein!«

Dann der seltsame Selbstmord des Max von Volkmann – eine vollkommen sinnlose, vollkommen unmotivierte Tat, außer man schenkte diesem Brief Sawickis Glauben.

Der Tatort mit den zugezogenen Vorhängen und dem noch immer laufenden Grammophon, der Tatort, an dem irgendetwas nicht passte. Carl dachte an das Dienstmädchen Effi, das er gestern auf Drängen Pauls hin besucht hatte, jenes unglückliche, vollkommen verstörte Geschöpf, das schwor, den toten Dienstherrn im Zimmer der Gnädigen sprechen gehört zu haben.

Und dann diese seltsame Gnädige! Ihr rechtmäßig angetrauter, nie von ihr geschiedener Mann Patrick O'Kelly war in der Nacht ihrer Ermordung von der Polizei aufgegriffen worden – nachdem er im Café Blumberger die Zeche nicht hatte zahlen können und zu randalieren begonnen hatte. Ihn hatte sie also an jenem Wochenende heimlich in Hamburg getroffen.

Die Frage war nur, hatte Max von Volkmann davon erfahren?

Wusste das Fliegerass, dass es mit einer Bigamistin zusammenlebte? Brachte er sich deshalb am Ende um?

Und welche Rolle spielte Muskel-Adolf?

Der Mann, der Max von Volkmanns ehemalige Verlobte Lou Sad heiraten wollte, ein Mann, gleichermaßen eifersüchtig wie gewissenlos? Der Mann, der Fabian Kranz kaltblütig durch einen seiner Killer töten ließ. Wenn man dem Geraune der Polizeispitzel Glauben schenkte, geschah dies zur Strafe für das Verschwinden der Bluttträne Baba Jagas, des Rubins, den Muskel-Adolf für seinen Trauring gewollt hatte. Welche Rolle kam ihm zu?

»Ja, ich habe es auch schon gehört. Fritz' Film wird die UFA ruinieren, und diese Helm! Nicht einen Funken Talent!«

Die Ermordung des kleinen Strichjungen Georgie, weil er etwas gehört oder gesehen hatte? Oder weil der Graf ihn geliebt hatte – was war sein Todesurteil gewesen?

Und warum hatte Sawicki sich erschossen?

Um einer Ermordung durch Kranz zuvorzukommen, wie er in seinem angeblichen Bekennerbrief behauptete? Aus Kummer über den Tod seiner Liebe oder aus einem ganz anderen Grund? Nutzte sein Tod irgendjemandem?

»... Bühnenbilder? Kein Mensch hat heutzutage noch Bühnenbilder, sagen Sie ihm das ...«

Was war mit der Ermordung von Frau von Volkmann? War es überhaupt eine? Nur weil sie die Pistole in der falschen Hand hielt?

Vielleicht war sie beidhändig? Wen hatte sie treffen wollen? Herrn von Rosskopf, um ihm seine Schallplatte zurückzugeben? Wenn ja, dann war er nicht gekommen, denn die Platte lag noch immer da.

Und was war mit dem Baron, warum hatte er sich erschossen? Er, der als Einziger nicht an der Ermordung Esthers beteiligt gewesen war?

»Lisa, warum ist Herr Pauls noch immer nicht da? Ist da? Na, dann lass ihn mal ein gepflegtes Stündchen warten. Ich dachte schon, ich müsste seinen Vertrag zerreißen und diese alberne Platte selbst einsingen.«

Herr Morgenstern lachte herzhaft, und Carl, dem inzwischen die Bauchmuskeln und die Knie weh taten, lachte pflichtschuldig mit.

Doch dann, auf einmal lachte er wirklich!

Er lachte von ganzem Herzen.

Er lachte, denn er dachte an all die Berge von Geschirr, die Paul im Urlaub spülen würde, und er dachte daran, dass Paul würde zugeben müssen, was Carl für ein guter Detektiv sei. Er lachte, bis Herr Morgenstern streng fragte: »Junge, hast du's wieder mit dem Kokain übertrieben?«

—

Lotti Berschneider fuhr das erste Mal in ihrem Leben erster Klasse, und es gefiel ihr ausnehmend gut.

Bis München war der Zug nicht ganz so schick gewesen, doch nach dem Umsteigen in den Schnellzug nach Wien war alles so, wie man es aus dem Kintopp kannte: Nussbaummöbel, bordeauxroter Teppichboden und entzückende rot-grün karierte Vorhänge an den frisch geputzten Fenstern.

Und erst der Speisewagen, Herrschaftsklasse! Absolut top! Mit livriertem Zugpersonal und mit weißen, gestärkten Tischdecken und mit Kristallglas, und das Beste war, Lotti musste weder die Tischdecken bügeln noch das Kristallglas polieren. Es war sagenhaft!

Und in ihrem nagelneuen Schneefuchs, in ihrem nagelneuen Reisekleid von Herrmann Gerson schien keine der feinen Herrschaften sich an ihr zu stören.

Ja, die beiden allein reisenden jungen Herren in sehr gutgeschnittenen Eton-Anzügen warfen ihr sogar recht freche Blicke zu, und ihr war, als kommentiere auch eine ältere Dame, die mit ihrer vielleicht fünfzehnjährigen Enkeltochter reiste, ihr Erscheinen sehr wohlwollend.

Lotti strahlte, aber nur innerlich. Äußerlich stellte sie eine Miene arroganter Überheblichkeit zur Schau, und nachdem sie sich gesetzt hatte, verlangte sie wie selbstverständlich die Speisekarte. Vorbei die Zeiten von belegten Broten und hartgekochten Eiern.

Bei ihrem Verschwinden vor bald zwei Wochen, da hatte sie Holzklasse fahren müssen. Das war einfach unauffälliger gewesen, dabei hatte sie zu dem Zeitpunkt ja sowieso noch niemand vermisst. Um ihr besticktes Handtäschchen tat es ihr noch immer leid.

Das hätte sie zu gerne behalten, aber was nicht ging, ging nicht, und von all dem Geld konnte sie sich zehn schönere kaufen. Ach was, zwanzig!

Sie würde in Wien ganz neu anfangen.

Einen Hutsalon würde sie eröffnen, mit ihren eigenen Modellen und vielleicht auch mit Modellen aus Paris.

Der Ober kam, reichte ihr mit seinen weißbehandschuhten Händen die Karte, verschwand unter untertänigen Verbeugungen.

Es tat Lotti sehr gut, derart behandelt zu werden, und die Tatsache, dass sie keine Ahnung hatte, wie man die Namen all dieser französischen Kuchen und Torten aussprach, verpasste ihrer Laune nur einen kleinen Dämpfer.

Sie würde einfach mit dem perfekt manikürten Finger darauf zeigen.

Der Speisesalon begann sich langsam zu füllen, es war bald Teezeit. Nun strömten aus allen Richtungen elegante Erscheinungen, Herren im Maßanzug und Damen im geplätteten Reisekleid, aber auch Fahrgäste zweiter Klasse, die nur zum Nachtmahl hierherkamen, in den Waggon. Man erkannte sie an ihren nicht ganz so perfekt sitzenden Jacketts, an den nicht vollkommen fallenden Wasserwellen und natürlich an ihren Schuhen.

Früher wäre Lotti bestenfalls einer von diesen Gästen gewesen, aber nun, dank ihrer seltsamen Ähnlichkeit mit diesem ermordeten Mädchen, nun blickte sie auf all diesen Pöbel herab.

Genüsslich beobachtete sie die Eingangstür, verglich die Längen der Perlenketten und die Qualität der übergehängten Füchse – besonders gut gefielen Lotti die, denen statt Glasaugen Brillanten eingesetzt worden waren. So eine Stola hätte sie auch gerne besessen.

Aber nun gab es plötzlich ein Geraune, ein junges Paar hatte den Waggon betreten.

Er wäre noch durchgegangen, er sah ein bisschen aus wie einem Werbeplakat der Rechten entsprungen, groß und blond und männlich hager, aber sie!

Klein, feingliedrig, mit nussbraunem Bubikopf und in Hosen!

Wirklich, die Frau trug Hosen, aber keinen Smoking, wie man das aus Berliner Nachtclubs ja vielleicht noch kannte. Nein, sie trug Tweedhosen wie ein Mann! Und darüber eine Bluse mit umgelegtem Jumper!

Man staunte, man raunte, und die beiden Kellner schielten nach dem Oberkellner, was denn nun zu tun sei. Sollte man das Paar unter Verweis auf die unpassende Garderobe der gnädigen Frau des Etablissements verweisen, sollte man sich modern zeigen und nichts tun?

Das Paar schien von all der Aufregung nichts zu bemerken. Ins Gespräch vertieft, standen sie in der Tür, warteten darauf, dass man sie an einen Tisch führen würde, doch dann hob der Mann den Blick, ließ ihn über die Menge schweifen, und er blieb wohlgefällig an Lotti hängen.

Ja, Lotti war eben hübscher als so ein schamloses Hosenweib, da konnte man ihm keinen Vorwurf draus machen.

Nun aber sprach er ein paar Worte mit seiner Begleiterin, ließ sie dann kühl lächelnd stehen, kam tatsächlich auf Lotti zu. Aus der Nähe sah er fast noch besser aus, wirklich wie einer von so einem Werbeplakat der NSDAP.

»Fräulein Berschneider?«, fragte der Mann, und Lotti starrte ihn einen Moment fassungslos an.

Das konnte nicht sein!

Das war unmöglich!

Aber sie war vorbereitet und entgegnete kühl: »Bedaure, Sie müssen mich verwechseln. Mein Name ist Rosskopf.«

»Angenehm, Fräulein Rosskopf. Mein Name ist Kapp, und ich glaube, ich würde Sie gerne einen Moment unter vier Augen sprechen. Fassen Sie diese Einladung getrost als polizeiliche Anordnung auf. Darf ich bitten?«

Samstag, 24. Oktober 1925

Es war die Zeit, zu der jeder Berliner, der etwas auf sich hielt, in seine vom Personal auf Hochglanz gewienerten Lackschuhe schlüpfte, sich den Zylinder verwegen in den Nacken schob und davonstürzte, fort in die charlestonbenebelten, in die kunstlichtgrellen Dielen, Bars und Schwofcafés.

Es war die Zeit, als Schwester Urtes Gouvernanten ihr die bettfertigen Kinder vorführten, der Größe nach aufgestellt, der Jüngste noch auf dem Arm der Milchamme, der Älteste seiner Kinderfrau schon an die Schultern reichend. *Gute Nacht, Frau Mutter*; *Gute Nacht, Otto-Wilhelm*; *Gute Nacht, Frau Mutter; Gute Nacht, Friedrich; Gute Nacht, Frau Mutter; Gute Nacht, Siegfried usw. usw.*

Schwester Urte war schon im Abendkleid, und die trockenen Küsse, die sie ihren Kindern auf die Stirn hauchte, würden nach *Chanel N°5* und dem Puder ihres Dekolletés duften. Auf der Treppe würde sie leicht schwermütig seufzen und, während man ihr das Pelzcape umlegte, zu ihrem Gatten aufblicken und erklären: *Ich liebe unsere Kinder so sehr*.

Dann würde sie durch die aufgehaltene Tür in den Fond ihrer Limousine steigen und fortbrausen, zu ernsthaften, wichtigen Gesellschaften voll wichtiger Männer mit schönen, stummen Gattinnen, die alle leicht melancholisch ihrer zu Hause einsam schlummernden Kinder gedachten.

Es war die Zeit, zu der all die Gretas in Berlin ihre Bubiköpfe aufbürsteten, ihre Kniekehlen rougierten und schnell drei, vier Aspirin in den Kaffee warfen – dann drückten die Pumps weniger und der Schwips war billig. Es war auch die Zeit, zu der all die Georgies bereits den zweiten Kunden bedient hatten, zu der die Olgas in staubgesichtigen Horden zur Schicht in die aufragenden Fabriken verschwanden, und die Zeit, zu der all jene, die den Leierkastenmann um seinen Reichtum beneideten, sich in Hausfluren und Gartenlauben ein Nest aus Zeitungspapier bauten. Für Carl und Paul war es jedoch im Moment die Zeit, zu der Paul sein Besteck klirrend auf den Steingutteller fallen ließ, tiefer in den Korbstuhl sank und erklärte: »Lecker war's!«

Sie saßen am Esstisch in der Küche ihres gemieteten Häuschens, blickten durch die neblig beschlagenen Stubenfenster hinaus auf das längst in der Nacht verschwundene Meer.

Es roch nach Torffeuer und Bratkartoffeln, nach Salzwasser und feuchten Wänden, nach Schwarztee und Strohrum, und auf dem Grammophon lag Vivaldis *Vier Jahreszeiten*, die vergeblich versuchten, das Donnern des Meeres zu übertönen.

Sie waren sehr satt und sehr glücklich.

»Wir könnten auch einfach das Häuschen hier kaufen? Mir gefällt es hier gut. Ich mag, wie nachts der Regen aufs Dach prasselt, und wir liegen keine Handbreit davon entfernt und werden trotzdem nicht nass. Außerdem scheint Horatio sich wohl zu fühlen.« Paul deutete auf ihr Katerchen, das sich behaglich auf Carls Pullover zusammengerollt hatte, der vor dem Kachelofen trocknete. »Wir haben ja noch Zeit, es zu entscheiden. Wenn wir Weihnachten wiederkommen, dann …«

»Aber wir sind doch Weihnachten gar nicht hier! Dein Bruder hat uns zu sich eingeladen.« Carl riss überrascht die Augen auf. »Du kannst doch nicht einfach seine Einladung ausschlagen. Das ist so lieb von ihm! Hast du denn keinen Familiensinn? Gerade an Weihnachten, und stell dir vor, wie nett es wird, besonders mit den Kindern. Also wirklich, Paul!«

»Aber …« Paul sah verwirrt aus. »Aber letztes Jahr hat uns mein Bruder doch auch eingeladen, und wir mussten nach Paris, weil du dich schon beim Gedanken an Heiligabend mit Willi grün verfärben wolltest. Dabei hab ich Angst vor Franzosen, selbst wenn sie zur Abwechslung mal nicht auf mich schießen.«

»Das war etwas vollkommen anderes! Das kann man gar nicht vergleichen. Ich hab jedenfalls schon gesagt, dass wir kommen, und jetzt doch nicht, das wäre kolossal peinlich!«

Carl schüttelte einige Male konsterniert den Kopf und pflückte sich ein letztes Fetzchen Fleisch von dem Hähnchengekröse auf dem Tisch. Das Huhn hatten sie aus Berlin mitgebracht, Miete für ihren Eiskeller.

Willi hatte die Meisterleistung vollbracht, den kompletten Inhalt des Eiskellers zu verkaufen. Für die Hochzeit des Allgewaltigen und für eine Summe, die Willi ungewohnt dezent als *angemessen* beschrieben hatte. So angemessen, dass Willi komplett die antiquierte Kirschbaum-Holzvertäfelung von Christines Charlottenburger Wohnung herausgerissen hatte und teilweise durch Fichte, teilweise durch Wandfarbe zu ersetzen plante.

Gestrichene Wände waren nicht nur günstig und modern, hatte Willi Carl mit einem abschätzigen Blick auf ihre Tapete belehrt, sondern auch sehr hygienisch, da sich keine Bazillen dahinter verkriechen konnten. Das zukünftige Kinderzimmer wurde im Übrigen lindgrün gestrichen, weil das Konrad gefiel und man ja nicht wusste, wie viele Kinder noch einziehen würden.

Das Kirschbaumholz wiederum ging an einen Amerikaner, der für die Architektur des Kaiserreichs schwärmte, aber das eigentlich Interessante an diesem Umbau war, dass Willi auf die Frage, wo Carl denn beim etwaigen Weihnachtsdinner sitzen werde, leicht verlegen wurde und gestand, es müssten wohl alle in der Küche essen. Bis Heiligabend hätte er die gute Stube unmöglich fertig.

Er hoffe, das sei okay für Carl?

Carl könne ja trotzdem bei den Frauen sitzen und müsse auch nicht auf seinen geliebten Kirschlikör verzichten. Sie würden sogar extra für ihn welchen kaufen, Christine trank nämlich nach dem Essen lieber einen Klaren. Und Carl hatte genickt, innerlich gleichermaßen tief geseufzt wie breit gelächelt und entgegnet, dann sei das schon in Ordnung. Er hatte das seltsame Gefühl, dass extra für ihn erworbener Kirschlikör ihm vielleicht sogar schmecken könnte.

Außerdem gefiel ihm die neue Frau Genzer. Die hatte selbstgemachten Nougat mitgeschickt, wohl weil sie fand, Willi könne nicht einfach so anderer Leute Eiskeller mit Beschlag belegen, und vielleicht auch, weil sie sich ein bisschen Sympathie kaufen wollte. Und obwohl Carls Sympathie natürlich nicht käuflich war, aß er eben sehr gern Nougat. Er wollte das Thema wechseln und fragte deshalb: »Was sollte eigentlich die Karte, die heute Mittag von deinem Neffen kam?«

»Lies selbst«, entgegnete Paul und hielt sie ihm hin.

Lieber Onkel Paul, stand da in Konrads krakeligen Schuljungenbuchstaben. *Ich schreibe Dir in Papas Auftrag und soll Dir sagen, es sei alles gutgegangen. Der rechtmäßige Besitzer habe sich gefreut und sich sehr großzügig gezeigt. Auch gegenüber dem Affen. Der Finderlohn war wirklich mehr als angemessen.*

Ich schicke Dir herzliche Grüße von Papa und Christine und hochachtungsvolle von Herrn Muskel-Adolf.
Dein Konny

PS.: Mama hat Papas Boxpokale weggeworfen.

»Diese Gusta ist ein Biest, aber was ist gutgegangen?« Ratlos blickte Carl von dem Tintengekleckse auf. »Und von welchem Affen redet er? Wofür gab es Finderlohn?«

»Na, du bist hier eben nicht der Einzige mit Geheimnissen«, bemerkte Paul, der inzwischen aufgestanden war und auf dem Herd Spülwasser erhitzte. »Ich würde ja gern mit dem Abwasch beginnen. Nur hast du mir noch immer nicht erklärt, warum du glaubst, unsere kleine Wette gewonnen zu haben. Möchtest du damit nicht langsam anfangen, du großer Meisterdetektiv? Weißt du, das Bratkartoffelfett trocknet sonst an, und wenn ich nicht überzeugt bin, dann spülst du.«

»Dann würde ich dir raten, zu deiner Motivation diese Schallplatte aufzulegen. Du weißt doch, mit Musik geht alles leichter, und während du dem Walkürenritt lauschst, erkläre ich dir, wer Max von Volkmann ermordet hat, und auch, warum ich denke, dass wir uns mit der Verhaftung nicht zu beeilen brauchen.«

»Ich kann Wagner nicht leiden«, stellte Paul kategorisch fest und begann, eine Spülbürste einzuseifen. »Leg auf, was du willst, von mir aus auch deinen unsäglichen Jack Jackson, aber Wagner muss es wirklich nicht sein. Warum bleiben wir nicht bei Vivaldi?«

»Ich glaube aber, diese Interpretation würde dir helfen, das Stück in einem völlig neuen Licht zu sehen. Es ist die Schallplatte, die von Volkmann und der Baron kurz vor dem Tod des Fliegerasses hörten. Ich hab sie extra organisiert.«

»Wagner bleibt Wagner!« Paul schüttelte sich. »Wagner ist was für Amerikaner und deutschtümelnde Idioten.«

»Da könntest du recht haben.« Grinsend legte Carl die Platte auf. »Aber jetzt hör einfach mal zu.«

»Da kommt nichts. Das blöde Ding ist auch noch kaputt. Magst du mir nicht lieber endlich erklären, warum ich hier abwaschen muss?« Paul goss dampfendes Wasser in das Spülbecken. »Ich fang erst an, wenn du mich überzeugt hast!«

»Ach Paul, sei doch nicht immer so prosaisch! Lausche dem Regen, wie er gegen unser Fenster prasselt, dem Meeresrauschen, dem Knistern des Holzes im Kamin, Horatios Schnurren …«

»Ich wünsche nicht gestört zu werden! Ich möchte meine absolute Ruhe!«, drang plötzlich eine herrische Stimme durch den Raum.

Paul fiel vor Schreck ein Teller aus der Hand und zersprang klirrend auf dem Fliesenboden.

»So hat er es gemacht! Eigentlich ein einfacher Trick, nicht wahr?«

»Ja, aber ... aber ...« Paul war bleich wie das Trockentuch. »Aber wenn von Rosskopf von Volkmann erschossen hat, was ist dann mit den ganzen anderen Selbstmorden? Und wer hat dann von Rosskopf erschossen?«

Paul sah sehr hilflos aus, wie er da begann, Scherben aufzusammeln.

»Ich versteh auch immer noch nicht, warum von Rosskopf Lotti Geld gegeben hat, damit sie untertaucht und sich falsche Papiere besorgt. Und dann ihre Kleider bei Fabian Kranz in der Gartenlaube versteckt. Das ist doch alles so sinnlos und verrückt!«

»Verrückt ja, aber sinnlos nicht.« Carl schüttelte den Kopf. »Von Rosskopf war mit Sicherheit nicht mehr normal zu nennen, aber dennoch haben all diese Taten einen Sinn, wenn auch einen perversen.«

»Gut, gut, dann erklär's mir, großer Meisterdetektiv.« Mit diesen Worten versenkte Paul seine Hände in einem Schaumberg. »Ich walte solange meines Amtes.«

»Na ja, ich glaube, es fing vor vielen Jahren damit an, dass sich drei Freunde in dasselbe Mädchen verliebten. In Esther Rosenzweig nämlich, die sechzehnjährige Tochter eines Königsberger Blumenhändlers. Und zunächst ging auch alles gut. Fabian Kranz und Baron von Rosskopf taten wohl das, was alle Oberprimaner jener Zeit taten, wenn sie verliebt waren. Sie schwärmten aus der Distanz. Sie machten Komplimente, sie schrieben romantische Postillen, und nach dem zweiten Glas Apfelwein träumten sie vielleicht von einem Kuss.

Max von Volkmann jedoch war damals wie heute aus anderem Holz geschnitzt, draufgängerisch, verwegen, und wenn er etwas wollte, dann nahm er es sich.

Er nahm es sich so lange, bis er es eben nicht mehr wollte, dann schmiss er es weg. Wie feurig und glühend das Fliegerass liebte, bis es eben plötzlich nicht mehr liebte, Lou Sad kann davon ein Lied singen. Und Esther Rosenzweig auch.

Ich gehe davon aus, dass sie eines Tages feststellen musste, dass sie infolge der von-Volkmann'schen Leidenschaft in anderen Umständen war. Und nachdem der Vater ihres Kindes nicht die Absicht zeigte, ihr in irgendeiner Weise beizustehen, wandte sie sich hilfesuchend an ihre anderen beiden Verehrer – aber auch an den Grafen Sawicki. Der Brief an den Grafen ist im Archiv der Königsberger Polizei, sie waren dort so freundlich, mir den Inhalt vorzulesen.«

»Und was stand drin?« Paul kochte gerade die eingebrannte Bratkartoffelpfanne aus.

»Nichts Besonderes. Sie bat nur um ein Treffen, da sie ein großes, dringliches Problem mit ihm besprechen wolle, aber man kann in jeder Zeile spüren, welche Qualen das Mädchen litt. Graf Sawicki hat sie nicht aufgesucht. Vermutlich hat er keine Zeit dazu gefunden, denn ich halte ihn nicht für boshaft – nur für sehr gleichgültig gegenüber anderen Menschen. Er war der Typ, der gerne Dinge sagte wie: *Wie kann ich dir nur helfen?* Und während man ihm noch antwortete, hatte er einen schon wieder vergessen.

Esthers beide Verehrer aber waren selbstverständlich bereit, sie zu treffen. Esther plante wohl, erst Kranz und dann im Anschluss Baron von Rosskopf zu sehen. Die Reihenfolge bot sich an, weil Kranz damals der Reichere von beiden war und sie für eine geheime Abtreibung Geld brauchen würde.«

»Und Kranz hat sie dann aus Zorn darüber, dass sie sich mit einem anderen eingelassen hatte, vergewaltigt und erwürgt und anschließend im Pregel versenkt?«

»Also wirklich, Paulken!« Carl riss vorwurfsvoll die Augen auf. »Jetzt vergiss einfach mal dieses dumme Bekennerschreiben Sawickis, das hat einen ganz anderen Zweck als den vordergründigen. Ob er sie vergewaltigt und erwürgt hat, kann ich dir allerdings tatsächlich nicht sagen. Ich halte es aber für hochgradig unwahrscheinlich. Meiner Meinung nach hat Esther ihm ihre Zwangslage geschildert, und sie sind in Streit geraten, dabei hat er ihr die kleine Kette, die sie um den Hals trug und die sie vom Baron bekommen hatte, abgerissen. Vielleicht ist sie deshalb gestolpert, vielleicht hat er sie gestoßen? Vielleicht tue ich ihm auch unrecht, und sie ist einfach auf dem vereisten Pflaster ausgerutscht, und er wollte sie halten, bekam aber nur noch die Kette zu fassen? Fakt ist jedenfalls, dass Kranz nach diesem Treffen im Besitz jener Kette war und Esther nicht mehr gesehen wurde. Baron von Rosskopf, den sie im Anschluss treffen wollte, wartete vergeblich.«

»Darüber ist er dann wahnsinnig geworden?«

»Nein, ich glaube, das kam erst so nach und nach. Vielleicht auch durch den Krieg? Vielleicht war er aber auch noch nie ganz normal? Vielleicht seit dem frühen

Tod seiner geliebten Mutter, vielleicht hat Esther das gespürt und wollte deshalb nichts von ihm wissen?« Carl zündete sich eine Bulgaria Stern an und inhalierte nachdenklich. »Jedenfalls wurde er immer besessener von der Idee, Esther zu finden, und nachdem sein Vater gestorben war, ließ er sie noch einmal suchen. Er rollte den Fall erneut auf, doch vergeblich, die Leiche blieb verschwunden. Stattdessen stellte er nun also Lotti ein, ein Mädchen, dessen einzige Besonderheit war, dass sie Esther stark ähnelte. Ich glaube, zu diesem Zeitpunkt war er bereits endgültig wahnsinnig. Kein geistig gesunder Mensch würde etwas Derartiges tun, aber es lief noch eine ganze Weile gut weiter. Entgegen dem, was die klatschsüchtige feine Gesellschaft unserer geliebten Hauptstadt kolportierte, ging es dem Baron ja nicht darum, mit seiner Esther-Doppelgängerin all die Sünden Sodoms durchzuexerzieren. Er wollte das Mädchen ansehen und bewundern, auf Distanz, wie es eben ein Oberprimaner um 1912 mit seiner Flamme getan hätte. Vielleicht wäre es ewig so gegangen, doch dann passierte zweierlei. Graf Sawicki erzählte ihm von der Schwangerschaft Esthers. Und auch, wer der Vater des Kindes war. Ein harter Schlag für ihn. Seine keusche Angebetete, schwanger von einem Hallodri wie Max von Volkmann.

Aber damit nicht genug, Rosi Kranz fand das Kreuz Esthers, als sie für den Basar der von-Rosskopf-Stiftung nach Trödel suchte, und gab es weg.

Als der Baron es unter den gestifteten Gütern fand, erkannte er es natürlich sofort wieder, und als er erfuhr, woher es stammte, war die Sache für ihn klar: Fabian

Kranz hatte Esther seinerzeit ermordet und das Kreuz behalten.

Er konnte sich keine andere Erklärung dafür denken, wie Kranz sonst in den Besitz der Kette gekommen sein sollte. Und damit war für ihn der Tag der Rache gekommen.«

Paul nickte und kratzte stumm schwarze Kartoffelreste aus der Pfanne.

»Er ging ganz systematisch vor. Max von Volkmann und Graf Sawicki traf seiner Meinung nach eine weniger schwere Schuld als Fabian Kranz. Ihre Schuld war mehr eine moralische Verfehlung als eine tatsächliche, rechtliche. Und so verabredete er sich an jenem Sonntagmorgen mit Max von Volkmann, wohl wissend, dass dessen Gattin verreist sein würde …«

»… um ihren tatsächlichen Ehemann hinzuhalten.« Paul grinste. »Das ist der erste Fall von Bigamie in meiner ganzen Laufbahn, weißt du das?«

»Einmal ist immer das erste Mal. Aber du bist dadurch im Ansehen meines Bruders massiv gestiegen. Er hat sich gefreut wie ein Kind, als ich ihm davon erzählt habe. Jetzt ist er der Erste, der in der feinen Gesellschaft Manhattans herumklatschen darf, dass dieser Patrick O'Kelly sich, sei's aus tatsächlicher Religiosität, sei's aus Bosheit, weigerte, sich von Jordan scheiden zu lassen, und sie daraufhin einfach so tat, als sei sie es schon. Stell dir vor, was das für meinen Bruder bedeutet, eine derartig herrlich saftige Geschichte. Und dann hat O'Kelly seine Gattin auch noch erpresst, um wenigstens ein bisschen was von dem Kuchen des von-Volkmann-Vermögens abzubekommen. Fritz war ganz aus dem Häuschen.«

»Die Überfahrt haben ihm übrigens *Freunde* aus Chicago bezahlt. Ich hoffe, dieses Detail hast du nicht vergessen, deinem Bruder gegenüber zu erwähnen?«

»Nein! Natürlich nicht!« Empört schüttelte Carl den Kopf. »Hab ich gerade so weitergegeben. Ich fürchte aber, in der Version, die Fritz herumerzählen wird, sind der arme Säufer O'Kelly und Al Capone die reinsten Duzfreunde.«

»Dank Berlitz kann ich dir sagen, im Englischen ist sowieso jeder mit jedem per du.« Mit gespielt arrogantem Gesichtsausdruck warf Paul ein paar Seifenflocken ins Spülwasser. Er schrubbte noch immer an der eingebrannten Kartoffelpfanne herum. »Aber jetzt lenk nicht ab, wie ging es dann weiter?«

»Der Baron besuchte also Max von Volkmann an jenem Sonntagvormittag, und ich vermute, er hat ihm ganz klar die Meinung ins Gesicht gesagt. Was er davon hielt, dass das Fliegerass die schwangere Esther im Stich gelassen hat. Das dürfte dann zu dem Streit geführt haben, den das Personal belauschte. Ich glaube, die Pferde sind etwas mit dem Baron durchgegangen, denn er hatte ja extra eine Schallplatte des Walkürenritts dabei, um diese Auseinandersetzung zu übertönen. Die spielte er dann ja auch etwas später ab, vermutlich im vollen Einverständnis mit Herrn von Volkmann, der natürlich nicht wollte, dass seine Dienerschaft in so intime Geschichten eingeweiht wurde. Und dem Baron lag sicher nicht daran, dass jemand den Streit mitbekam, aber andererseits war es auch nicht weiter riskant. Er hatte ja ein vollkommenes Alibi.«

»Er hat das Fliegerass also einfach irgendwann gegen Ende des Stückes erschossen, was natürlich bei dem Wagnergedonner niemand hörte, hat von Volkmann die Pistole in die Hand gedrückt, die Zeitungsseite mit der Nachricht von der Verlobung Lou Sads zerknüllt und ist gegangen? Kaum zu fassen!« Paul machte noch immer ein ungläubiges Gesicht und streckte Carl dann anklagend die eingebrannte Pfanne entgegen. »Sollen wir nicht lieber gleich eine neue kaufen? Die krieg ich ja nie mehr sauber.«

»Das hättest du dir eben überlegen müssen, bevor du gewettet hast«, erwiderte Carl streng, mixte Paul aber als Zeichen seines guten Willens noch einen Gin-Fizz. »Zunächst zog der Baron die Vorhänge zu, vermutlich solange von Volkmann noch lebte. Er wollte vermeiden, dass ihn jemand dabei sah, wie er dieses makabre Bühnenbild arrangierte. Dann legte er die Schallplatte hier auf und wartete, bis er Herrn von Volkmanns Diener auf dem Gang hörte. Erst dann ging er, wobei er die Tür rasch hinter sich schloss. Er sprach ein wenig mit dem Diener, wobei er sich den Anschein vollkommener Unbefangenheit gab, und irgendwann ertönte eine Stimme und bat darum, nicht gestört zu werden. Es war wirklich einfach.«

»Aber woher wusste der Baron, dass der Diener würde hereinkommen wollen? Und wie brachte er Max von Volkmann dazu, diese Sätze auf eine Schallplatte zu sprechen?«

»Die erste Frage ist deiner fast nicht würdig.« Carl lachte. »Was hätte der Diener denn um diese Uhrzeit anderes von seinem Herrn wollen können? Er wollte hereinkommen und das Geschirr entfernen.

Und die zweite Frage ist auch leicht beantwortet: Es ist nicht Max von Volkmann. Du wirst dich erinnern, der Diener sagte, sein Herr habe niedergeschlagen geklungen. Ich vermute, es ist der Baron selbst, der etwas leiser und tiefer spricht als gewöhnlich. Aber vermutlich hätte er sich nicht einmal diese Mühe machen müssen. Der Diener erwartete, die Stimme seines Herrn zu hören, und folglich nahm er die Stimme für die seines Herrn. Ähnlich wie Effi, dieses kleine Dienstmädchen, aber darauf komme ich später. Nun war also Max von Volkmann erst einmal ermordet, und Baron von Rosskopf hatte den Tatort planmäßig verlassen.

Es lief für ihn alles wie am Schnürchen.

Dass der Reichspräsident dann, auf Drängen der Witwe, die Polizei unter Druck setzte, einen Unfall aus der Geschichte zu machen, dürfte ihn gewundert, aber nicht weiter irritiert haben. Es war auch für seine Pläne vollkommen unerheblich.«

Paul nickte und schrubbte. Er wandte sich aktuell zur Abwechslung den Tellern zu.

»Er hatte im Grunde die reinste Glückssträhne, denn dann trat Georgie auf den Plan. Es war ein tragischer Zufall, dass der Graf gerade diese Woche dem Jungen über den Weg lief und sich so rettungslos verliebte. Zu Georgies Unglück erzählte Sawicki dem Baron davon, und dieser erkannte die Gelegenheit. Ich weiß nicht, wie er geplant hatte, den Polen umzubringen, aber was es auch war, als er von den Gefühlen seines vermeintlichen Freundes erfuhr, disponierte er um. Ich glaube, es war ein Glücksspiel. Er konnte nicht wissen, ob sein Plan aufgehen würde, aber er probierte es. Er schrieb

Georgie jenes Telegramm, und als der Junge erschien, erschoss er ihn kaltblütig von hinten. Danach brauchte er abermals nur zu warten. Und es klappte. Wie von ihm angenommen, hielt Graf Sawicki seinen ehemaligen Liebhaber Hans von Brunnen für den Täter und erschoss sich. Teils aus Kummer über den Tod des Geliebten, vielleicht aber auch, um die Schuld an der Ermordung Georgies auf sich zu nehmen.

Er hat Herrn von Brunnen einen Brief geschrieben, bevor er sich tötete – erinnerst du dich? Darin schreibt er, er habe sich um alles gekümmert und der Baron werde Herrn von Brunnen helfen.

Ich vermute, dass der Graf in seinem letzten Telefonat mit dem Baron diesen bat, der Polizei irgendeine Geschichte zu erzählen. Er habe zur Tatzeit versucht, ihn in seinen Büroräumen anzutreffen, und nicht vorgefunden, oder etwas Ähnliches. Er wollte nicht, dass Herr von Brunnen für den Mord büßte, auch wenn er überzeugt war, dass dieser Georgie auf dem Gewissen hatte. Er glaubte, die Motive seien Eifersucht und seine Unfähigkeit gewesen, Hans von Brunnen ebenfalls zu lieben.

Mir kam es sofort seltsam vor, denn obwohl alle immer erzählten, der junge Herr von Brunnen habe den Grafen bedroht oder damit gedroht, sich selbst zu erschießen, hatte er doch niemals jemand anderem Leid zufügen wollen. Nur sich und dem Grafen. Er sagte, er habe Georgie geohrfeigt und sich dafür hinterher sehr geschämt, und ich glaube ihm. Er ist kein brutaler Mensch, nur ein sehr unglücklicher. Weißt du, was jetzt aus ihm wird?«

»Er ist natürlich aus der Haft entlassen worden, und seine Eltern wollten ihn wohl nach Oxford schicken, aber er sagte zu mir, das sei nicht so seins.« Paul zuckte die Schultern. »Wenn ich es richtig verstanden hab, geht er zu Verwandten aufs Land. Seine Mutter hat ein großes Gut.«

»Ich glaube, da passt er besser hin.« Carl betrachtete nachdenklich seine Spiegelung in der beschlagenen Scheibe. »Berlin ist nicht für jeden etwas.«

»Kochen aber auch nicht! Guck mal, das ist die Pfanne, in der ich Rührei gemacht hab, da ist nichts angebrannt.«

Er hielt anklagend eine Pfanne in die Luft, und Carl bekannte voll gespielter Zerknirschung: »Ich kann das eben nicht so gut. Das musst du mir morgen noch mal zeigen.«

Er kannte Paul gut genug, um zu wissen, dass es dem keineswegs leichtfiel, Carls Ermittlungserfolg zu akzeptieren, und erst nachdem er einen langen, anerkennenden Blick auf die Pfanne geworfen hatte, fuhr er fort:

»Na ja, bis jetzt war für den Baron alles gutgelaufen, aber sein Plan hatte einen einzigen, wenn auch nur einen winzigen Haken. Er musste die verräterische Schallplatte wiederkriegen. An sich kein schwieriges Unterfangen, er musste sie einfach nur zurückverlangen. Ihren makabren Inhalt sah man ihr ja nicht an. Er ist wohl davon ausgegangen, dass sich im Zeitalter von Jazz, von Jack Jackson und Palastorchester niemand freiwillig den Walkürenritt anhören würde, und deine Reaktion vorhin hat nur noch einmal bewiesen, wie richtig er mit dieser Einschätzung lag. Wie sagtest du noch: *Wagner ist was für Amerikaner und deutschtümelnde Idioten.* Und du hattest recht – Amerikaner lieben Wagner! Hätte der Baron beispielsweise Rachmaninow gewählt, niemals wären wir ihm auf die Schliche gekommen. Es handelte sich ja auch nur um ein paar Tage, der Baron war sehr daran interessiert, seine Platte zurückzubekommen. Die Wahrscheinlichkeit, dass man in dem Trauerhaus während dieser kurzen Zeit Opernplatten hörte, war wirklich sehr gering. Doch Jordan von Volkmann, die Amerikanerin, legte sie eben doch noch einmal auf. Und sie hörte, was wir gerade hörten, und auch sie zog die richtigen Schlüsse daraus. Sie hörte die Stimme übrigens nicht allein. Effi, das Dienstmädchen, belauschte sie zufällig. Das *Jespenst*, das war nichts anderes als die Schallplatte.«

»Jordan von Volkmann hat dann versucht, den Baron zu erpressen, oder?«

»Genau. Wie der überstürzte Versuch, die Villa zu verkaufen, zeigt, brauchte sie dringend Geld zur Beruhigung ihres erpresserischen Gatten. Sie verabredete sich am Mittwochabend mit dem Baron, und er erschoss sie, wobei er auf seinen alten Trick zurückgriff und versuchte, das Ganze wie einen Selbstmord aussehen zu lassen. Leider kannte er Frau von Volkmann nicht gut genug, um zu wissen: Sie war Linkshänderin. Deshalb unterlief ihm der dumme Fehler mit der Pistole in der falschen Hand. Der Teller ist aber nicht sauber!«

»Ich finde, der ist sauber genug! Und bitte zünde mir eine Zigarette an, großer Meisterdetektiv.«

»Du hast eine eigenwillige Auffassung von Sauberkeit! Bedenke immer, Wettschulden sind Ehrenschulden!« Tadelnd schwenkte Carl die Bulgaria Stern, und nachdem er sie angezündet hatte, fuhr er fort: »Und danach, nach der Ermordung der Witwe, danach begann für den Baron alles schiefzulaufen. Womit wir bei Horatio und der Blutträne wären. Wem gehört sie denn jetzt eigentlich?«

»Aktuell wohl noch Herrn Muskel-Adolf Leib, aber ich nehme an, er plant, sie seiner Verlobten zur Trauung an den Finger zu stecken.« Paul wandte Carl den Rücken zu und schrubbte sehr hingebungsvoll. »Er hat das gute Stück ja gewissermaßen rechtmäßig erworben.«

»Rechtmäßig!« Carl spürte, wie die Wut in ihm hochstieg. »Der und rechtmäßig! Das ist Schmuggelware, und außerdem hat er Fabian Kranz deswegen ermordet! Und du händigst ihm das schöne Stück aus, als wäre er ein unbescholtener Bürger.«

»Ich hab ihm den Stein doch nicht gegeben!« Empört schüttelte Paul den Kopf. »Mir ist er auch abhandengekommen, in meinem Büro. Eben war er noch da, und im nächsten Moment: weg! Das war eindeutig Profiarbeit! Ich habe so ein Gefühl, dass wir den Dieb nie fassen werden. Ich möchte fast sagen, ich habe das Gefühl, der Dieb hatte nichts Menschliches.«

Irgendwie glaubte Carl ihm nicht. Paul machte so einen verdammt zufriedenen Eindruck.

»Also, Sawicki und Kranz schmuggelten seit Jahren Juwelen und anderen während der Revolution verschwundenen Schmuck aus Paris, richtig? Hans von Brunnen meinte beim abschließenden Verhör, sie hätten bei jedem der Besuche einen exilierten Russen aufgesucht, leider weiß er den Namen nicht mehr. Auch die Adresse ist dem Ärmsten entfallen.« Paul grinste amüsiert. »Er erinnerte sich gerade noch so daran, dass sie nach den Besuchen immer Katzen nach Berlin mitgebracht hatten. Mal eine, manchmal aber auch drei, vier. Die Katzen brachte Sawicki bei Kranz unter. Vermutlich, weil er um seine schöne Einrichtung fürchtete. Und Kranz schlitzte die armen Kreaturen auf und holte so den Inhalt ihres Magens hervor. Ich nehme an, dass Sawicki in der Zeitung von den zerschnittenen Katzenleibern gelesen und Kranz zur Rede gestellt hat.

Der Graf wollte wohl, dass der Freund einfach wartete, bis der Schmuck auf natürlichem Weg wieder ans Licht kam. Über diesem Konflikt zerbrachen letzten Endes die geschäftlichen Beziehungen der beiden. Die Bluträne organisierte Kranz allein und ohne das Wissen des Polen.«

»Genau. Als ich Sawicki am Montag besuchte, da meinte er noch, sein Haus werde den Ehering stellen, aber Muskel-Adolf hatte sich da schon umentschieden.« Carl nahm Horatio auf den Arm, vergrub einen Moment lang sein Gesicht im warmen Fell des Bauches. »Kranz machte es wie immer. Er schmuggelte das Juwel im Magen eines halbverhungerten Straßenkätzchens über die Grenze, nur dummerweise riss unser Horatio aus, und mit ihm verschwand auch der Rubin.«

Carl plagte fast ein schlechtes Gewissen. Wenn er dem Buntstiftfabrikanten gegenüber ehrlich gewesen wäre und zugegeben hätte, dass das Katerchen bei ihnen war, könnte Kranz noch leben. Das war keine so kolossal sagenhafte Leistung gewesen – aber er hatte doch nicht gewusst, was für Kranz auf dem Spiel stand.

Er hatte es einfach nicht gewusst, nicht einmal geahnt hatte er es.

»Muskel-Adolf konnte natürlich nicht hinnehmen, dass der Rubin, für den er schon gezahlt hatte, einfach nicht geliefert wurde. Bei so etwas muss es einem Mann wie ihm ums Prinzip gehen. Aber ich glaube, es ist ihm nicht leichtgefallen. Er ist kein Freund des Tötens, unser Herr Leib. Er rief also Charlie, den Charmeur, der hocherfreut in die Hauptstadt reiste.« Paul seufzte, er startete gerade einen neuen Anlauf bei der eingebrannten Kartoffelpfanne. »Dass Muskel-Adolf keine rechte Lust hatte, Kranz zu ermorden, kann man schon daran sehen, dass er sich nicht die Mühe machte, für Charlie ein ordentliches Alibi zu organisieren. Charlie löste das Problem ja dann auf seine eigene Weise, die ihn jetzt nach aktuellen Schätzungen zwischen zehn und zwölf Jahre ins Zuchthaus bringen wird. Für Greta wird es übrigens bei einer Standpauke durch den dicken Gennat bleiben, außerdem muss sie wohl die zerstörte Schreibmaschine ersetzen, aber sonst passiert ihr nichts. Charlie hat von einer Anzeige abgesehen, auch nachdem wir ihm gesagt haben, dass er ihr bei der Verhandlung nicht ungeschützt begegnen würde.«

»Der Ärmste könnte einem fast leidtun.«

»Mein Mitleid hält sich in sehr engen Grenzen.« Paul schrubbte verbissen. »Aber warum hat sich denn jetzt auch noch der Baron erschossen? Und was sollte das mit dem Brief? Und warum ist Lotti verschwunden?«

»Fangen wir bei Lotti an, aus der Antwort auf diese Frage ergeben sich die restlichen.«

Draußen begann es plötzlich heftig zu stürmen. In wütenden Böen trieb der Seewind den Regen gegen das Fenster.

Carl sah es und seufzte.

Er hatte Paul das mit der Jacke immer noch nicht gebeichtet und deshalb den ganzen Tag im Ölzeug gefroren. Er hatte gehofft, es würde wenigstens morgen kühl und trocken werden – das perfekte Wetter für einen Trenchcoat eben. Und eigentlich hatte er auch gehofft, sie könnten gegen Mitternacht im Freien anstoßen, aber da holte er sich ja eine Lungenentzündung.

»Kleines, nicht träumen!«, riss Paul ihn aus seinen unerfreulichen Gedanken. »Wie war das mit Lotti?«

»Na ja, um ihr Verschwinden zu verstehen, müssen wir noch einmal das Motiv betrachten«, erklärte Carl und drehte sich demonstrativ vom Fenster weg. »Baron von Rosskopf wollte Rache für das Verschwinden beziehungsweise für die Ermordung seiner großen Liebe. Aber es war nicht damit getan, all diejenigen zu töten, die seiner Meinung nach Schuld auf sich geladen hatten. Er wollte, dass Fabian Kranz für genau das Verbrechen, dass er nach von Rosskopfs Glauben begangen hatte, verurteilt wurde – von einem weltlichen Gericht. Er wollte, dass Fabian Kranz für die Ermordung Lottis hingerichtet wurde, stellvertretend für die Ermordung Esthers. Die Schuld der anderen beiden schätzte er geringer, weshalb er es in ihrem Fall bei einem raschen Tod beließ. Doch Kranz sollte leiden, wie der Baron Jahr um Jahr gelitten hatte. Er sollte bestraft werden, mit all den Mitteln, die einem Rechtsstaat zur Verfügung stehen. Beginnend bei der öffentlichen Bloßstellung, der Entehrung und endend beim Strang. Und so musste Lotti verschwinden.

Es wäre die sicherere Methode gewesen, sie tatsächlich umzubringen, doch das brachte von Rosskopf nicht über sich – zu groß war die Ähnlichkeit zwischen den beiden Mädchen. Also gab er ihr Geld, besorgte ihr gefälschte Papiere und wies sie an unterzutauchen. Ihre Kleider musste sie zurücklassen. Einerseits natürlich, damit sich niemand an sie erinnerte, andererseits, um daraus den Strick für Kranz zu drehen. Und es klappte alles erst einmal prächtig, der Erdboden verschluckte Lotti, und der Baron machte der Polizei mächtig Druck, dieses Verschwinden ernst zu nehmen, auch wenn keine Leiche da war.

Um trotzdem klarzumachen, dass es sich beim Fall Lotti Berschneider nicht schlicht um ein entlaufenes Dienstmädchen handelte, schrieb er einen Bekennerbrief des Mörders und schickte ihn an sich selbst. Das Geld war nur ein Vorwand, es ging einzig darum, klarzumachen: Hier haben wir einen Mord ohne Leiche!

Darauf zielten auch die in Kranz' Schuppen so nachlässig versteckten Kleider. Ich denke, es war keineswegs im Sinne von Rosskopfs gewesen, dass der Gärtner die Kiste fand. Er hatte eine Entdeckung durch die Polizei geplant, aber dank der Ehrlichkeit dieser Fabrikarbeiterin kamt ihr ja dennoch in ihren Besitz.«

»Das war riskant. Es hätte doch problemlos passieren können, dass jemand die Kleider fand und einfach behielt.«

»Das Risiko musste er eingehen, aber bedenke, wie er diese Pressekampagne mit der Beschreibung von Lottis Garderobe finanziell unterstützte. Es hätte schon einen sehr abgebrühten Dieb gebraucht, die Kleider danach noch zu tragen.« Carl warf einen Blick auf seine Alpina. Wenn er bis Mitternacht fertig sein wollte, hatte er noch gut Zeit, weshalb er fragte: »Wie geht es denn Kapp jetzt? Sind seine Verlobte und er noch nach Wien gekommen? Drolliger Zufall, dass er und Lotti gerade im selben Zug saßen.«

»Nicht wirklich, Kapp hat für so was ein Händchen. Das ist einer dieser Polizisten, die überall über Leichen stolpern. Denk doch daran, letzten Mai hat er den sterbenden Pastor Leiser gefunden, und im Sommer vor vier Jahren, da hat er mal einen Kriegskameraden in Friedrichshain besucht, als aus der Nachbarwohnung Schreie kamen. Die, die da schrie, war Marie Nitsche, das letzte Opfer von Großmann.« Paul schüttelte sich, wobei Carl nicht wusste, ob es sich auf den Frauenmörder Großmann oder Kapps sonderbares Talent bezog. »Nach Wien sind die beiden schon noch gekommen, aber war wohl kein so voller Erfolg. Wegen der ganzen Sache mit Lottis Verhaftung hat Kapp nämlich vergessen, seinen Schwiegervater anzurufen – der hat in Wien vergeblich auf dem Gleis gewartet, und als die beiden dann doch noch ankamen, da hat der Alte sich geweigert, mit Kapp auch nur zu sprechen. Mit jemandem, der seinen zukünftigen Schwiegervater auf einem Bahngleis vergisst, wollte der Alte nichts zu tun haben, und weil's ja eh schon egal war, hat Kapp ihm dann wohl gleich noch die Meinung gesagt. Daraufhin hat der Alte seine Tochter geohrfeigt, weil die so einen lumpigen Schwiegersohn anbringt, und Kapp hat wiederum den Alten geohrfeigt, weil er seine Verlobte geohrfeigt hat, und dann ist die Bahnpolizei gekommen und hat alle drei auf die Wache mitgenommen. Da saßen sie noch, als wir abgefahren sind. Ich vermute allerdings stark, inzwischen dürften Kapp und seine Braut wieder auf der Heimreise sein.«

»Na ja, Berlin ist eh viel schöner als Wien.« Etwas Besseres fiel Carl dazu nicht ein, weshalb er schnell wieder auf seine Ermittlungen zu sprechen kam: »Also, wie gesagt, Lotti musste verschwinden, und es musste wie ein richtiger Mord aussehen. Ein Mord ohne Leiche, so wie ja auch Esthers Leiche nie gefunden wurde. Ich könnte mir vorstellen, dass das in von Rosskopfs krankem Geist sogar einen besonders perfiden Sinn ergab.«

»Der Inhalt des Bekennerbriefs Sawickis war also vollkommen erfunden?«

»Restlos, sein einziger Zweck war es, Fabian Kranz anzuklagen, und es hätte auch geklappt. Es wäre wohl auf einen Indizienprozess herausgelaufen, und schau dir die Indizienlage einmal an: beginnend bei den Kleidern, die in Kranz' Schuppen gefunden wurden, über von Rosskopfs Aussage, Kranz und Lotti hätten vertraut gewirkt, bis eben hin zu dem Geständnis Sawickis. Selbst wenn man den Fabrikanten aus Mangel an Beweisen nicht zum Tode verurteilt hätte, sein Leben wäre nach einem solchen Prozess vorbei gewesen. Die Lynchjustiz der feinen Berliner hätte ihn gerichtet, schließlich wäre ihm nur noch der Griff zur Mauser als halbwegs ehrenvoller Ausweg geblieben. Und von Rosskopf hätte endlich seine Rache gehabt, Kranz wäre öffentlich für genau dasselbe Verbrechen wie im Falle Esthers gestraft worden.« Carl trank den letzten Rest Gin-Fizz in einem Zug, dann fuhr er fort: »Übrigens hätten wir sofort merken müssen, dass der Bekennerbrief nicht von Sawicki stammte, denn der Graf wusste gar nichts von dem Telegramm, dass Georgie in den Tod lockte. Seine Erwähnung macht klar, dass nur der Mörder, dass nur von Rosskopf das Schreiben verfasst haben konnte.«

»Ich verstehe.« Paul hatte wohl auch an der Bratkartoffelpfannenfront einen Durchbruch gehabt, jedenfalls spülte er schon mit klarem Wasser nach. »Und dann kam Charlie und vermasselte dem Baron sein wunderbar konstruiertes Rachegebäude.«

»Ja, alles, die ganzen Mühen und Winkelzüge, alles umsonst, weil Charlie ihm dazwischenfunkte. Kein Wunder, dass der Baron nicht mehr weiterleben wollte.« Carl griff sich die Pfanne und begann, sie abzutrocknen. »Und dann musste er auch noch feststellen, dass Frau von Volkmann ihn hereingelegt hatte. Die Schallplatte, die sie ihm vor ihrer Ermordung aushändigte, war nicht die verräterische. Es war einfach eine Aufnahme des Walkürenritts. Ich vermute, sie hatte vor, ihn noch öfter zur Ader zu lassen.«

»Sauber kombiniert, Kleines. Wirklich!« Paul nickte einige Mal anerkennend, dann sagte er: »Was hältst du davon, wenn wir ans Meer gehen und da anstoßen?«

»Na ja …« Carl spürte, wie ihm das Blut ins Gesicht schoss. »Na ja, ich hab die Lammfelljacke nicht mit, weißt du …«

»Ich weiß, Kleines.« Paul lachte und fuhr mit einer feuchten Spülhand über Carls Wange. »Aber mach mal die Küchenbank auf, da ist dein Geschenk drin. Ich hab Horatio ja auch schon früher bekommen.«

Carl schob das rotkarierte Sitzkissen zur Seite, klappte die Sitzfläche hoch, und da war sie! Seine Lammfelljacke!

Genau seine Lammfelljacke mit der Zigarettenspur am Ärmel und den blauen Schalfusseln am Hals!

»Wie um alles in der Welt ...«, stammelte er. Es war genau seine Jacke, aber sie roch ein wenig seltsam. Ein bisschen nach Zoo.

»Du hättest mir auch einfach sagen können, dass du sie einem Bettler gegeben hast, statt andauernd Ausreden zu erfinden. Ich hätte das doch verstanden. Und mach dir keine Sorgen, für den Mann ist gesorgt. Ich dachte mir, es sei ganz im Sinne der kommunistischen Idee der Umverteilung von Reichtum, wenn der Rubin nicht an den sowjetischen Staat geht, sondern zum Wohlergehen eines Kriegsinvaliden beiträgt. Und dann auch noch ein sehr verliebtes Brautpaar glücklich macht.« Paul grinste in Carls ratloses Gesicht. Ganz offensichtlich tat ihm Carls Unwissenheit nach der Ermittlungsschlappe sehr gut, und voll Genuss ergänzte er: »Als der Leierkastenmann wegen Georgies Hut bei mir im Büro war, da musste ich ihn kurz allein lassen, und den Moment muss sein Äffchen genutzt haben, die Blutträne zu stehlen. Ein harter Schlag für den sowjetischen Staat, dem ich als gewissenhafter Vertreter der Polizei den Rubin natürlich hätte aushändigen müssen. Aber in der Aufregung hat der arme Leierkastenmann dann seine Jacke vergessen, weshalb wir sie jetzt wiederhaben.«

»Soso«, murmelte Carl nachdenklich. »Und was hat der Affe dann mit dem Rubin gemacht?«

»Ich hab ihn mit dem Rubin und Willi als Begleitschutz zu Muskel-Adolf geschickt. Ich hab mir schon gedacht, dass sich unser Bräutigam sehr freuen würde, und offensichtlich war der Finderlohn ja auch sehr großzügig.« Er klopfte auf die von Konrad erhaltene Karte. »Und unter uns, auf Berlins Straßen ist die Dankbarkeit eines Ringvereinsbosses Gold wert.«

Nun lachte Paul breit, und Carl nickte einige Male sehr anerkennend. Er verstand immer noch nur die Hälfte, und es war ihm ein Rätsel, wie Paul auf die Idee kam, er habe die Jacke einem Bettler geschenkt. Aber eigentlich war es doch egal, Hauptsache, er hatte sie wieder!

»Komm schon, Carleken. Oder willst du auf halbem Weg anstoßen?«

»Nein! Ich komme erst, wenn du deine Wettschulden vollständig beglichen hast. Du hast abgespült, aber du musst auch noch zugeben, dass ich ein kolossal sagenhafter Ermittler bin!«

»Oh, Kleines!« Paul verdrehte die Augen, und dann, schon im Mantel, die Tür zum Strand schon geöffnet, sagte er: »Carl Otto Johann von Bäumer, du bist ein kolossal sagenhafter Ermittler – aber ein miserabler Bratkartoffelkoch, das bist du auch!«

Danksagung

Ich glaube, ich kann mich glücklich schätzen, denn ich habe so viele Menschen, die mir bei meinen Büchern und im Generellen immer wieder helfen. Besonderer Dank gebührt diesmal aber meinem wunderbaren Bruder Bambi, denn ohne ihn wäre ich niemals auf die Lösung gekommen. Und außerdem kann man seinem großen Bruder gar nicht oft genug sagen, wie lieb man ihn hat – da schämt er sich immer so schön dafür, auch wenn es wahr ist.

Besonderer Dank auch meiner süßen Jacky, deren gesunder Appetit mich auf die Idee mit dem Juwelenschmuggel brachte – niemals würde ich öffentlich sagen, dass du ein gefräßiges kleines Stinktier bist! Niemals!

Dann wären da natürlich meine unermüdlichen Testleser: Dank an Andrea Gunkler, die für mich den Kampf mit dem gleichrangigen Hauptsatz kämpfte und deren Motivationsbilder mir so oft Freude bereiteten und noch immer bereiten. Dank an Claudia Sawicka, die mir auf wissenschaftliche Weise erläuterte, was ich da eigentlich schreibe und warum man es so und nicht so lesen kann. Wuschel, du bist wunderbar! Dank an Hans-Georg Langjahr, der las, beriet und mit verdrehten Augen leben konnte. Dank an Horst-Dieter Radke, der stets beratend zur Seite stand, wie sich das ja auch zwischen Räubern gehört, Dank an Jochen und Jana Wagner, denen ich mal wieder zu spät beichtete, dass ihre Fassung nicht mehr aktuell ist. Ich wünschte, ich könnte sagen, es kommt nicht wieder vor … Dank an Katharina Sundermann, die sich die Zeit nahm, obwohl sie sie nicht hatte, und wer selbst ein Baby hat, weiß, was das bedeutet. Dank an Margit Weng, die Kommas strichelte, las, Söhnchen sittete und mir immer Pommes macht. Dank an Miriam Hermsen, die sich durch alle Fassungen kämpfte und mich unterstützte, wann und wo es ging – und sei es mit Martiniglas-Socken. Dank an Nicola Grote, die las (natürlich), aber deren Begeisterung für mein Schreiben so viel mehr wiegt als alles Testlesen. Dank an Kristin Ment, die zwar oft gar nicht wusste, an welchem Buch ich eigentlich gerade arbeitete, aber die so felsenfest an meinen Erfolg glaubt, dass ich es auch tue (manchmal zumindest). Dank an Viktor Nepomuk und seine Tina – auch wenn ihr nicht testgelesen habt, ich weiß, ihr hättet es gern getan. Ich komm beim nächsten Mal wieder darauf zurück.

DANKE euch allen – ohne euch würde ich nie ein Buch fertigkriegen!

Dank an meine Mutter, der ich jederzeit vorlesen durfte und die an einen zweiten Band glaubte, bevor der erste verkauft war. Dank an meinen kleinen Blondschopf, der mich schreiben ließ und mir immer wieder half, die Prioritäten richtig zu sehen. Dank an meinen großen Blondschopf, der mich auch schreiben ließ und so viel Verständnis für so vieles aufbringt – Partner von Autoren brauchen wirklich gute Nerven! Wie schön, dass du sie besitzt!

Dank gebührt natürlich auch meinen geliebten Chaoten Horaz und Poraig – ohne euch wäre ich nie Autorin geworden. Ihr seid die Besten, und eines Tages wird die Welt es auch wissen!

Dank an Denise Mayer, die mir nicht nur die Möglichkeit gab, mit gutem Gewissen und ohne mein Söhnchen zu schreiben, sondern auch manchmal bei der Wortfindung half. Gute Freunde gibt es selten, gute Tagesmütter fast noch seltener, und wenn man beides zusammen bekommt, also das ist wirklich ein Danke wert!

Dank an meine wunderbaren Agenten Conny Heindl und Gerald Drews, die mich nicht nur vermittelten, unterstützten und immer wieder aufbauten, sondern auch einfach unheimlich nett sind. Ich bin sehr froh, durch euch vertreten zu werden!

Ganz besonders herzlichen Dank an meine Lektorinnen Anne Sudmann und Constanze Bichlmaier, deren Arbeit mir viel Spaß gemacht hat. Ich freue mich schon auf das nächste Mal.

Aus Gemeinheit erst jetzt – gib's zu, du hast gedacht, ich vergesse dich – ein monumentales Dankeschön an meine Ulrike Renk. Es ist kein Dankeschön für deine Unterstützung, es ist kein Dankeschön für deinen Einsatz für mich, und es ist auch kein Dankeschön, weil du mir immer Mut machst, wenn ich ihn brauche. Es ist ein Dankeschön für deine Freundschaft, denn die ist mehr wert als all das zusammen!

Und zum Schluss bellt in der Ferne noch ein Hund. Ich habe mich wirklich bemüht, aber ich habe keine andere passende Stelle für diesen unbeschreiblich stimmungsvollen Satz gefunden. Liebe Büchereulen, ich hoffe, es reicht trotzdem für die Aufnahme in den Hunde-Fred.